誉田哲也

Tetsuya Honda

プラージュ

Plage

幻冬舎

プラージュ
Plage

幻冬舎

目次

1．貴生の事情……5
2．記者の眼差……21
3．貴生の新居……31
4．美羽の居所……49
5．貴生の朝食……64
6．記者の追跡……78
7．貴生の就活……90
8．紫織の気持……104
9．貴生の挫折……118
10．記者の潜入……133
11．貴生の疑念……145

12・通彦の傷痕……160
13・貴生の手先……174
14・潤子の休息……188
15・貴生の困惑……202
16・美羽の迷走……216
17・貴生の空転……230
18・記者の葛藤……243
19・貴生の焦り……255
20・友樹の悔恨……268
21・貴生の死角……287
22・潤子の祈り……300
23・貴生の帰還……319

装幀　bookwall
写真　HIDEHARU NAITO/
orion/amanaimages

1．貴生の事情

オイ、起きろ、早く逃げろッ——。

薄暗い夢の向こうからそんな声が聞こえ、借金取りや警察でもそこまで無遠慮には叩かないだろうというくらいの、強烈なドアノックの連打で目を覚ました。

見慣れたワンルームアパートの天井。傍《かたわ》らに目をやると、ベッドサイドの目覚まし時計は四時二十分辺りを示している。けたたましいノックの音は続いていたが、でもこの部屋の玄関ではなかった。隣か、そのまた向こうくらい。

だが次のひと声で、貴生《たかお》は完全に覚醒《かくせい》した。

「火事だァーッ、早く逃げてくれェーッ」

嘘だろ、と疑ったのはほんの一瞬で、部屋の空気が若干煙たいこと、カーテン越しに見る夜の色がいつもと少し違うことに気づき、慌ててベッドから転げ出た。

火事？　逃げろって、そりゃ逃げるけど、でもこのままじゃ駄目だ。とりあえず携帯、それと財布、キャッシュカードは財布に入ってるし、あと免許、保険証も、ってことは、このバッグごと持っていけばいいのか——。

ちょうど脱ぎ捨ててあったジャンパーとジーパンもついでに拾い上げ、我ながら案外冷静だなと思いつつ玄関に向かったが、出ていきなり火に巻かれたら、と不安になって一瞬足を止め、でも外で叫んでた誰かはドアを叩いてたんだから大丈夫か、と思い直して飛び出した。

貴生の部屋は一階の真ん中。外廊下を通って道に出るまでには二つのドアがあるが、それらはすでに開け放たれていた。その二枚に体当たりしながら駆け抜けた。視界の悪さは煙のせいか、あるいは単なる未明の暗さか。無意識だったが、息を止めていたので煙は吸わなかった。目はちょっと痛かった気がする。

道に出ると十メートルほど先、顔見知りの、いかにも着の身着のままといった恰好《かっこう》の住人たちが、呆然《ぼうぜん》と建物を見上げていた。火元は貴生の部屋の真上、二〇三号のようだった。開け放たれた玄関ドアの中で、獰猛《どうもう》な赤い光が暴れていた。その距離でも顔には熱を感じた。

消防車は？　呼びました、住人は他に？　いえ、これで全員だと思います、隣の家は起きてるの？はい、さっき鈴木さんが知らせに、一一九番したの？　はい、さっきしました——。

数分して赤ランプを回した消防車が到着し、何台ものパトカーが通りを封鎖し、消火活動が始まった頃になって、貴生はようやく気がついた。

ジャンパーとジーパンを持ってきたつもりだったが、よく見ると、ジャンパーとフリースだった。

急に、いろんなことが不安になった。

警察に保護され、決して愉快とはいえない事情聴取を耐え抜き、ようやく解放された頃にはすでに昼近くになっていた。

「……冗談じゃねえっつーんだよ」

貴生にとって、あのアパートの部屋はたった一つの拠《よ》り所だった。あの部屋があるからこそ、自分はやり直せると思えた。比較的短期間のうちに、これまでとさほど変わらない人生に復帰できると信じられた。だがそれが、まさか焼けて、あっという間に消えてなくなってしまうなんて——。

仕方ない。今の自分は、住まいがなくなったからといってフラフラと友達の家を渡り歩ける立場ではない。手続きは、きちんとしておかねばなるまい。

貴生は歩きながら携帯電話を取り出した。メモリーから「小菅大作《こすげだいさく》」を選び出し、コールボタンを押す。小菅って名前も洒落《しゃれ》にならんな、などと思っていたら、コール音は二回で途切れた。

『はい、もしもし』

「あ、あの……吉村《よしむら》です。吉村、貴生です」

『うん、どうした。仕事、見つかったかい』

「いや、そうではなくて……それよりも、ちょっと、マズいことになりました」

簡単に事情を話すと、小菅はすぐにくるよう貴生に告げた。

小菅の自宅はそこからバスで五分ほど。住所でいうと大田区《おおたく》東蒲田《ひがしかまた》。小菅自身は日焼けした「ひょっとこ」のような、ひょうきんなんだか貧相なんだか分からないなりをしているが、あれでも地元では名士なのだという。実際、住まいは大層なお屋敷だし、車はベンツとレクサスと軽ワゴンの三台を所有。犬はパグと柴犬を飼っている。庭の池には錦鯉《にしきごい》もウジャウジャいる。

立派な門柱に仕掛けられた呼び鈴を押すと、《はい、どちら様でしょう》とお手伝いさんの声が応えた。

「こんにちは、吉村です」

《ああ、吉村さん。今すぐお開けします》

門扉《もんぴ》が自動で開き、玉砂利の敷かれた庭を横目で見ながら玄関まで進み、

「いらっしゃいませ。どうぞ、お上がりください」

「失礼します」

いつもの書斎に案内された。小菅自身は応接セットのソファにおり、テーブルにはなんと、すでにカツ丼が二人前用意されていた。

「大変だったね。ま、まずは食べなさいよ」

「すいません……ありがとうございます、いただきます」

ちょうど朝から何も食べていなかったので、そのカツ丼は本当に嬉しかった。

だが「食べなさい」といったわりに、小菅は次から次へと質問を浴びせてくる。お陰でちっともカツ丼を口に運べない。

「火事ってなに、全焼しちゃったの？」

「いえ、程度でいったら半焼なんでしょうけど、火元が俺の部屋の真上だったんで。たぶん、家財道具も何も水浸しだと思います」

「そのわりには、ちゃんとした恰好してるじゃない」

下はパジャマ代わりのジャージだが。

「まあ……バッグと上着だけは、とっさに持って出られたんで」

「財布とか通帳とかは」

「通帳はないですけど、カードがあるんで。財布は持ち出せたんで」

「住むとこ、どうするの」

だから——。

「……まさに、それをご相談に伺ったんですが」

小菅は「んん」と、肯定とも否定ともとれない半端な角度で首を傾《かし》げた。

「住まいか……それが何より、難しいんだよね」

そんなことは分かってる、分かってるからわざわざ相談にきたんだろうが、と喰って掛かりたい気持ちをぐっと抑える。

「そこをなんとか。事情を酌《く》んでくれる不動産屋さんとか、ご紹介いただけませんか」

「そうだよね。問題はそこだよね……執行猶予中だもんねぇ」

執行猶予中だからこそ、保護司のあんたに相談にきてるんじゃないか、じゃなかったらあんたみたいな焼けひょっとこの顔なんざ拝みにくるか――というのも、思っただけで呑み込んだ。

だが小菅は、ぺろりと小皿の沢庵《たくあん》を一枚口に入れたところで、何やら思い出したように視線を上げた。

「あ、そうだ。スギイさんに訊いてあげようか」

そのスギイさんが何者かは知らないが、

「すみません、お手数をお掛けします。ぜひ、よろしくお願いします」

貴生は慌てて丼《どんぶり》と箸《はし》を置き、額が膝につくまで深く頭を下げた。

足元、古い市松模様《いちまつもよう》の床板が、今日はなんだかとても愛おしく思えた。

　小菅は所用のため同行できないが、隣駅の近くで不動産屋を営んでいる杉井という男に電話を入れ、事情を話してくれた。店の名前は「水門通り不動産」。携帯地図を見ながら辺りを探して歩くと、まもなく、色褪《いろあ》せた黄色いテントに同じ文字を見つけた。店構えは正直、頼りないほどに小さい。

賃貸物件のチラシを隙間なく貼りつけたガラス戸を開け、

「ごめんください」

中を覗くと正面にカウンターがあり、そこに、なかなか個性的な出で立ちの老人が座っていた。白髪の長髪に濃いめのサングラス、白いジャケットに黒いシャツ、そして赤いネクタイ。ひと言でいったら「白い落武者」だ。まあ、それでもサングラスだけは納得がいく。出入り口が真西に向いているのだろう、店内にはやたらと強烈な西日が射《さ》し込んできている。

「……はい、いらっしゃい」

第一声は、聞いているこっちが胸苦しくなるほどの嗄《しゃが》れ声。それと、妙にタバコ臭い。

「あの、保護司の、小菅さんに、ご紹介いただきまして……」

「吉村さんね。伺ってます。私が、杉井です。どうぞ、そこ閉めて、入って……座って」

「はい、失礼します」

勧められるまま、貴生は男、杉井の向かいに腰を下ろした。

「よろしくお願いします」

できるだけ丁寧に頭を下げて、上げて、数秒待ってみたが、特に向こうから何かいってくる気配はなかった。杉井は腕を組んでこっちを見ているだけ。いや、実際はサングラスが濃過ぎて、目を開けているのかどうかも分からない。

「えっと、あの……小菅さんから……」

事情はお聞きだと思いますが、と続けることもできないほど、杉井の沈黙が重たい。やがて、杉井は無言のまま内ポケットに手を入れ、タバコの包みを取り出して一本銜《くわ》えた。ちらりと覗いた前歯は錆《さ》びたように茶色い。

カウンターの端にあった卓上ライターで火を点《つ》け、大きくふた口、ゆっくりと吐き出して、ようやく口を開く。

「……何やったの」

ザリザリと、聞く者の鼓膜を削る低い声。

「あ、はい……覚醒剤、です」

「執行猶予、何年」

「三年、です」

「今は」

「……は？」

「どんだけ経《た》ったの」

「まだ、三ヶ月です……っていうか、釈放されて一週間です」

こぉーっ、とまたひと口、低く吐き出す。相手に煙を浴びせないように、などという配慮は一切なし。換気扇も回していないため、店内はあっという間に霧の中。西日の強さも手伝って、視界は濃い乳白色に閉ざされていく。

「シャブで執行猶予、か……」

杉井が、ふいに天井を仰ぎ見る。その姿勢のまま、またしばらく停止。

貴生は首筋辺りが、次第にチリチリとささくれ立っていくのを感じた。

覚せい剤取締法違反で執行猶予って、そんなに重罪なのかよ――。

貴生は今年の一月、つまり三ヶ月前まで、旅行代理店で営業マンをやっていた。営業といっても支店の窓口勤務だから、攻めというよりは受けの仕事だった。店を訪れた客の話を聞き、それに合うプランを提案し、契約を取る。大雑把《おおざっぱ》にいうとそういう仕事だった。やり甲斐なんてものは感じていなかった。ただ好きでもない代わりに嫌いでもなかった。このご時世、大した学歴もない自分のような男を雇ってくれ、毎月給料をくれる会社にはそれなりに感謝していた。しかも、営業成績は「中」の――いや、厳しくいえば「下」の方だった。だから耐えていた。口ばかりの上司に「契約件数少な過ぎ、単価安過ぎ、オプション取れなさ過ぎ」となじられようと、小突かれようと、歯を喰いしばって我慢していた。

しかし、我慢の限界というのは、やはりある。

「そもそもお前、目つきが悪いんだよ。女の子たちに陰でなんていわれてるか、お前知ってるか？『柳』だぞ。柳の下の幽霊が恨めしそうにこっち見てるって、そういう意味だぞ。変態かお前は。変質者かよ、まったく」

同じ支店で同期の渡辺律子《わたなべりつこ》が、あの、いつも明るく可愛いりっちゃんが、その上司と不倫していると知った直後だったこともあり、ダメージはかつてないほどに大きかった。一方、今どきの女の子が「柳の下の幽霊」なんていうか？　という疑問はあったものの、そんな反論にも意味は見出せず、貴生はそのままカバンだけを持って店を飛び出した。三十にもなって情けない限りだが、泣きながら走っていると涙が後ろの方に尾を引いてこぼれていった。

その夜は、東京に出てきている地元の友達数人と連絡をとり、居酒屋、キャバクラ、個室カラオケとハシゴして騒ぎまくった。いつの間にか知らない奴らも合流していて、そのうちの一人に「ムシャクシャしたときはこれが一番だって」と注射器を渡された。酔いも回っており、冷静に考えることができなくなっていた。いや、考えたくなかっただけかもしれない。

細い針が、肘《ひじ》の内側の皮膚にズブズブと埋まっていく。自分で打ったのか、その誰かに手を添えられてだったかは記憶にない。ただ瞬く間に、体中に淀《よど》んでいたものが消え去り、濁《にご》っていた意識が透き通っていったのは——。

「……一軒、あるけどね」

杉井のふいなひと言で、貴生は我に返った。

「え、あ、ありますか」

「ただ、シャブで執行猶予ってのがな……」

シャブっていったって、使ったのはたった一回だし、実際、執行猶予になってるわけだから、そんなに問題視しなくてもいいんじゃないか、とは思うものの、それがあくまでも前科者の言い分であることは、貴生自身よく理解していた。

「そこをなんとか、よろしくお願いします。自分、ちゃんとやり直したいんです。仕事も見つけて、きちんと暮らしたいんです。でもそのためには、まず住所が決まらないと……」

するといきなり、杉井が拳《こぶし》をカウンターに落とした。

「そんなこたァ、こっちだって分かってんだッ」

声を荒らげた勢いでサングラスがずり落ち、初めて杉井と目が合った。自分でいうのもなんだが、貴生のそれが小鳥のように可愛く思えるほど、杉井の目つきは険しかった。この落武者、おそらく、只者《ただもの》ではない。

「……ニイちゃん、甘ったれんじゃねえよ。世間様は、今のあんたが思うよりずっと、前科者には厳しいんだ。人生やり直してえってだけなら、そらぁ堅気《かたぎ》だって一緒だぜ。だがそれだって、並大抵の辛抱じゃ叶《かな》わねえ。あんたみてえな半端者が、やり直してえなんて軽々しくいうんもんじゃねえ。今回は小菅さんの紹介だから、それなりのところを紹介してやる。だがな、ここで駄目ならあんた、他にいくとこなんかねえぜ。そこんとこ、よくよく肝《きも》に銘《めい》じなよ」

煙たい西日の店内。杉井が摘《つま》んでいるタバコの先からは、まだゆらゆらと紫煙《しえん》が立ち上っている。近所の子供だろう。外から聞こえた「バイバイ、またね」の無邪気な声が、貴生には無性に羨《うらや》ましく感じられた。

杉井が案内してくれた物件は、

「はあ……こういう感じ、ですか」

同じ大田区内の南六郷《みなみろくごう》にある、やや風変わりな建物だった。

家屋、というよりはビルだろうか。いわゆる屋根のような傾斜はなく、ほぼ正方形に近い形をしている。正面から見える窓の数でいえば二階建てなのだろう。ただそうなると、やけに一階の天井が高いことになる。隣のビルと比べてみればよく分かる。二階の窓が、隣の三階のちょっと下辺りにあるのだ。入り口も特徴的だ。一階部分の壁面は縦に三等分されており、左右がクリーム色、真ん中がオレンジ色に塗り分けられている。入り口は、そのオレンジの部分にある。小窓付きの、レトロな木枠のドアには、グリーンのペンキで「Plage」と書いてある。プラゲ？　いや、プレイグか。佇《たたず》まいはアパートというより、むしろお洒落なカフェだ。

杉井がドアを引き開けると、軽やかにカウベルが鳴り響く。

「邪魔するよ」

そうひと声掛けると、

「いらっしゃいませ……ああ、杉井さん。早かったですね」

低めだがよく通る、女の声がどこからか応えた。

中は、案の定カフェになっていた。思った通り天井が高く、大きなシーリングファンが二つも回っている。窓が何ヶ所かあるので、全体に雰囲気は明るい。右側には高めのロングカウンター、左手には丸テーブルが三ヶ所、一番奥には低いソファテーブルの席が一ヶ所ある。妙にガランとして見えるのは、店の広さに対して席数が少ないせいだろう。どことなく、映画に出てくるアメリカのドライブインに似ている。床が板張りだからか。客が一人もいないのは、この時間が準備中だからか。

応えた女はカウンターの中にいた。大きな黒目が印象的な、小柄な女性だった。年は、たぶん貴生より少し上くらい。三十代前半か半ばといったところ。美人かブスかといったら美人の類《たぐい》だが、それよりも「なんか怖い」というのが貴生の第一印象だった。何が怖いのかは、自分でもよく分からない。いや、「怖い」より「強い《こわ》」かもしれない。なんとなく厳しそうな、杉井ではないが甘えを許さないような、そんな「強さ」を感じる。

杉井がカウンターの方に進んでいったので、貴生もついていった。

「ジュンコさん、急で悪いんだが、この彼……どうにかならんか」

「ああ、はい」

ジュンコと呼ばれた彼女が、黄色いタオルで手を拭《ふ》きながらこっちにくる。カウンター越し、瞬《まばた》きもせずに貴生を直視する。

「覚醒剤で執行猶予ですって？」

こういうことを、ダイレクトに口に出す人なのか。案の定というか、なんというか。

「あ、はい……すみません」

「別に、私に謝ってもしょうがないでしょ」

貴生の返答も待たず、ジュンコは杉井に視線を移した。

「他所《よそ》は、駄目なんですか」

「こういうのに、いまだ世間は厳しいからな。回るだけ無駄だろう。小菅さんからの紹介なんだ。なんとか、融通《ゆうずう》してくれんか。まだ、ひと部屋空いてるんだろう」

前後の事情も、各人の力関係も貴生には分からないが、小菅が意外なほど影響力を持つ人物であることには驚きを覚えた。

ジュンコが、渋々といった表情で頷《うなず》く。

「執行猶予中、ですもんね……ま、仕方ないか」

大きな黒目が、また貴生のところに戻ってきた。

「うちの事情は聞いてる？」

貴生が「いえ」というのと、杉井が「いや」といったのがほぼ同時だった。

ジュンコが「そう」とまた頷く。

「うち、アパートっていうよりはシェアハウスに近いんだけど、それは大丈夫？」

そんなこと、いま初めて聞いた。杉井は道中、ここについてはひと言も説明してくれなかった。

「……シェアハウス、といいますと、アパートと、何が違うんでしょうか」

「バス、トイレは共同。他所のシェアハウスがどうかは知らないけど、ここは希望があれば食事も出します。私が用意します。それから、各部屋にはドアがありません」

あまりにも当然のようにいうので、うっかり聞き流しそうになった。

「えっ……ドア、ないんですか？」

「そう、ドアはないです。でも、一応カーテンは掛けられるので、プライバシーは問題ありません」

いやいや、カーテン一枚で保てるプライバシーなんて、あってないようなもんだろう――。

そんな貴生の疑念を見透かしたように、ジュンコが眉《まゆ》をひそめる。

「もちろん、お気に召さなければ他を探していただいてけっこうですけど、とりあえず、見るだけでも見ていったら？　見るだけならタダだから」

そういってエプロンを外し、ジュンコはさっさとカウンターの向こうを歩いていく。

「ああ……はい」

慌てて貴生が追いかけると、あとから杉井もついてきた。店は開けっ放しでいいのか、とも思ったが、そんなのは余計なお世話か。

どこから二階にいくのかと思ったら、店の奥からだった。薄い織物の暖簾《のれん》があり、それをくぐって進むと左手に階段がある。ステップは、学校やオフィスビルにありがちな、リノリウム貼りになっている。

それを上りきったところが、

「ここで靴脱いで」

いきなり玄関のタタキのようになっており、左手には、これまた学校のように木製の下足箱が設けられていた。下半分が下足用なのか、サンダルやスニーカー、革靴などが点々と入れられている。上にはスリッパが何足か。そこからジュンコが三足取り出す。

「あの、変なこと訊くようだけど……あなたのそのジャージは、ファッション？」

「いえ、火事で焼け出されて、そのまま……」

「あら、それはお気の毒。これどうぞ」

「すみません。お借りします」

用意されたスリッパに履き替え、ブルーの絨毯《じゅうたん》が敷かれた床に上がる。そこから右手に廊下が延びており、確かに、その左右に七、八部屋、カーテンの掛かった出入り口が並んでいる。突き当たりに窓があるため、雰囲気はここも明るい。

「……ま、こんな感じ。今はみんな出払ってるかな。入ってもらうとしたら、あなたはここ」

ジュンコはちょっと進んで、右手の二つ目、カーテンも引かれていない出入り口を示した。

「どう？」

「……はあ、なるほど」

間取りとしては、六畳よりちょっと広いくらいだろうか。正面に腰高の窓があり、左手には作りつけのベッド、右手には木製の棚が設置されている。でも、それだけ。洗面台もクローゼットもない。

「あの……ここで、お家賃は」

「基本は五万。食事に関しては要相談」

安いのか高いのか、今一つ判断がしづらかった。バス、トイレが共同でこの間取りなら、五万は割高だ。でもこれに三食付くなら、むしろ安いのではないか。仮に二食なら、どうだろう。朝だけだったとしたら——。

そんなことを考えていると、ふいにひらりと、一つ向こうの出入り口でカーテンが揺れた。

そこから出てきたのは、まず、ノースリーブの肩だった。

細く、白い腕。続いて、大きくウェーブした栗色の長い髪。その長い髪でも隠し果《おお》せないほど、大きく背中の開いたワンピース。出たところで軽やかにターンすると、生地の薄い裾が浮き上がり、腰から下のシルエットが、向こうの窓から射し込む明かりに透けて映った。

夏の、貴婦人——。まだ四月で春だけど、でも、彼女の纏《まと》っている空気は、間違いなく夏だった。

「ああ、シオリさん。いたの」

そのジュンコのひと声で、彼女がこっちを振り返る。

「あら……新入りさん？」

さらりと乾いた、高い声だった。そのまま風に運ばれるように、素足の彼女が、ワルツのステップで近づいてくる。

貴生は、なぜか固まってしまった。挨拶《あいさつ》も、会釈《えしやく》程度のお辞儀すらもできなかった。せまい廊下を進んできた彼女は、貴生の肩に軽く触れ、耳元に口を寄せてきた。古い映画を観《み》ているようだった。でも続く場面が思い出せない。次に彼女は何をするのか。どんな台詞《せりふ》を聞かせてくれるのか——。

「可愛い新入りさんね……」

吐息が甘く、バラのように香る。

「いいこと、教えてあげる……ここって、夜這《よば》いし放題なのよ」

「ちょっと、シオリさんッ」

そんなジュンコの声など、貴生の耳にはまるで入らなかった。

もう、ここしかないと思った。

壁紙の白が、バラ色に染まって見えた。

2．記者の眼差

窓ガラスを伝い落ちる滴から、目が離せない。

青い闇《やみ》と街の明かりを捻《ね》じ曲げ、見慣れた風景を斑《まだら》に滲《にじ》ませ、透き通った蛇はうねり続ける。

どこまで落ちていくのだろう。

どこまでいくつもりなのだろう。

分からない。分かりたくもない。

「ねえ……お腹、空かない？」

白いシーツと女の背中にも、似たような斑模様が映っている。この手にも、縮れ毛の這い回る胸、腹にも。

「ねえってば。なんか食べにいこうよ」

遠くの雲が一瞬だけ白《しら》んで見え、忘れた頃に雷鳴が轟《とどろ》く。

少しだけ窓を開けた。濃い水の匂い。

「ちょっと……寒い」

雨交じりの風がシミだらけのカーテンを弄《もてあそ》ぶ。埃臭《ほこり》さが、あとから追いかけてくる。

タバコを探したが、手の届く範囲にはなかった。

「閉めてよ」

もう一度雷鳴を聞きたかった。あの無慈悲《むじひ》な稲光を見たかった。とうに見飽きた東京の夜景が、裏の裏まで知り尽くした都会の眺めが、ほんの一瞬でも違って見えることに露悪《ろあくてき》的な興味を覚えた。

「んもう、閉めてってば」

一層強く吹き込み、女が体を起こした。色を失《な》くした乳房が垂れ下がっている。すぐに、楕円形《だえんけい》をした尻も視界に入ってくる。

とっさに窓の縁を摑むと、何を勘違いしたのか、どうして、と女が甘え声で訊いてきた。強《し》いて理由を挙げるとすれば、待っているのだ。雨垂れになど邪魔されたくない。お前にも、させない。

するとき、きた。

「キャッ……」

新しい稲光。ほぼ同時に轟く雷鳴。

近い、と思ったのはあながち間違いではなかったようだ。

街ごと揺さぶった野太い雷鳴は、この一帯から、一瞬にして明かりという明かりのすべてを奪い去った。

「やだ、なに……停電？」

悪くない眺めだ。社会などという綺麗事《きれいごと》は、たった一太刀《ひとたち》の落雷でいとも容易《たやす》く断ち切られてしまう幻想だった。抜け殻となった文明は、もはや人力では弔《とむら》うことすら不可能な怪物の亡骸《なきがら》だ。信じる自由はあろう。その怠惰《たいだ》に顎の下まで浸かりきって死んでいくのもいいだろう。その方が幸せだというのなら、一理頷けるものはある。だが、現実は違う。この現実は社会とも、文明とも相容れない。

現実とは、光と同等の闇であり、死に取り囲まれた偶然の生であり、残酷なまでに一方的な時間の流れだ。

「ねえ、何か食べにいこうよ。あたし、ラーメンがいいな。あの、駅前の、なんていったっけ……ほら、見て。駅の方は電気点いてるよ。停電になってない」

　確かに。駅の方はいつも通り、七色に脂ぎって見える。


　私がその男から連絡を受けたのは、去年の初め頃のことだ。

『新聞、読みましたか』

　新聞といってもいろいろある。メジャー三紙以外にもスポーツ紙、タブロイド紙、地方紙だって新聞には違いない。

「なんのことだよ」

『先輩が昔から追っかけてた、あの事件ですよ』

　ハッとし、携帯電話を取り落としそうになった。

　迂闊《うかつ》だった。むろん、ずっと気にはしていたが、ここ数日は確かにチェックを怠っていた。

「何か、動きがあったのか」

『あれ、本当に知らないんだ。意外だな……この俺が、わざわざ傍聴にいったっていうのに』

　そう遠くない日に控訴審が始まるだろうことは知っていたが——いや、これはもう油断というより他にない。一審で有罪判決が出たことで、緊張の糸が切れていたのかもしれない。あるいは、心の底ではもう忘れたいと思っていたのか。しかし、なんにせよ大失態だ。専属記者時代だったらデスクに怒鳴られ、顔がベタベタになるまで唾を吐きつけられてもまだ済まない。それくらいの大チョンボだ。

「それちょっと、話、聞かせてくれないか」

『いいですよ。いいですけど……』

「分かってるよ。酒でも女でも、なんでも奢《おご》るから」

『へへ……すんませんね』

その日のうちに、西麻布の個室居酒屋で落ち合った。

電話の相手、宇津井は専属記者時代の後輩だ。その後はそれぞれフリーになり、ときおりこんなふうに情報交換をする間柄だった。政治も刑事事件も扱うところが二人の共通点だが、当然のことながら情報網は各々別々。細かくいったら得意な取材方法も少し違っていた。私の方が、どちらかといえば裏社会における人脈が広く、何かしらのバーターを使って情報を取ることを得意としていた。一方、宇津井は粘り強く足で稼ぐ取材に秀でていた。張り込みや直当たりを厭《いと》わない、正面突破に強い正統派の記者だ。

ネタを握っている人間の強みか。宇津井は待ち合わせから三十分ほど遅れて部屋に入ってきた。

「へへ……すんませんね、お待たせしちゃって」

「いいよ。こっちが呼び出したんだから」

すでに私の手元にあるお湯割りのグラスは空になっていた。灰皿も、三本ほど吸ってだいぶ灰だらけになっている。

宇津井は脱いだコートとマフラーを丸めて傍らに置き、向かいの席に腰を下ろした。ヒーター式の掘り炬燵《ごたつ》になっているので、足を下ろせばそれなりに温かい。

「なに飲む」

「先輩のそれ、なんですか」

「俺のは、焼酎のお湯割りだ」

「あ、いいですね。寒かったからな、俺もそれにします」

具体的な話は、煮込みやホッケといった居酒屋料理をいくつか頼んでから始めた。

宇津井はネタを出す側に回ったことがよほど嬉しかったらしく、終始、片頬を吊り上げる奇妙な笑みを浮かべていた。

「しかし、先輩がこのネタをスルーしてたとはね……ちょっと、驚きました」

「別件で飛び回ってたんだ。焼きが回ったみたいにいうな」

そんなのは言い訳にもならないが、まんざら嘘でもなかった。ここしばらくは仙台に詰めており、しかも現地でインフルエンザに罹《かか》ったことも手伝い、東京で起こった小さな事件の控訴審にまでは、正直チェックが行き届かなかった。

「いいから、勿体《もったい》ぶらないで早く話せよ」

宇津井は肩をすくめておどけてみせた。

「へいへい……いやね、今回は野郎、無罪になるかもしれないんですよ」

驚き、などという言葉では表わしきれないほどの衝撃を受けた。

あの男が、控訴審で、無罪——。

まさに落雷だった。脳天に直撃を喰らい、尾骶骨《びていこつ》まで一刀両断された。体が真っ二つに裂け、右左に倒れていくのを感じた。

「なんで……だって、一審じゃ」

「そう、アリバイが認められず、十二年の実刑判決でした。でもね、なんと今回、あの女が証言を

「野郎にはアリバイがあったってことです。そもそも、あの男には不可能な犯罪だったんですよ」

間接照明に照らされた室内が、にわかに明度を失っていく——。

「なんだそりゃ……」

翻《ひるがえ》したんですよ」


有罪か無罪か分からなくなったのだから、ここでは便宜上《べんぎじょう》、被告人男性の名前は「A」としておこう。被害男性は「B」。裁判におけるキーパーソン、Aのアリバイを握る女は「C子」としておく。関係者はさほど多くないので、これで説明は充分可能だろう。

事件は今から七年前の東京都武蔵野市、及びその近辺で起こった。

AとBは、中学校まで一緒だった幼馴染《おさななじ》み。事件当時は共に三十六歳。地元の神奈川県鎌倉市を離れ、数年前に東京で再会した二人は、頻繁というほどではないにしろ、たまに連絡をとり合って酒を酌み交わす程度の仲ではあったという。

まだ梅雨の明けきらない、七月三日の夜。二人は五日市街道沿いにある小さな居酒屋のテーブル席にいた。Aは「Bに呼び出された」と警察で供述しているが、携帯電話の通話履歴から、前日に電話をかけたのはAだったことが分かっている。店に先に入ったのはB。これは居酒屋店主の証言による。

あとから入ってきたAは、Bと同じく生ビールを注文。しばらくは枝豆や揚げ物などを摘みながら、ごく普通に会話をしていたという。だが二、三十分すると、急にAが声を荒らげた。最初に何をいったかまでは明らかになっていないが、怒り出したのがAであることは間違いないらしい。

このとき、店内には他に三組の客がいた。若いカップルとスーツ姿の三人連れ、それと常連客である地元の年配男性が二人。このうちカップルとスーツ姿の三人は、警察が捜査を進めても特定できなかった。よって店内での出来事に関しては、地元の年配男性二人と店主を含む店員三人の証言、それとAの供述をまとめたもの、ということになる。

Aが怒り出したからといって、Bが大人しくいわれるがままだったかというと、そうではない。Bも負けじと言い返し、それによってさらにAが激昂《げっこう》し、殴り合いにこそならなかったものの、互いに相手の衣服を摑む程度の諍《いさか》いはあったとされている。だがそれもほんのいっときのことで、店員や他の客が止めに入るまでもなく事態は収束した。二人は少し周りを気にするように頭を下げ、再び席に着いたという。

これについて、客の二人は「恩とか義理とか、そういう話だった」と証言し、店員らは「金銭トラブルのように聞こえた」と語っている。Aの供述は「金を貸してくれといわれたが、それ以前に貸した金の返済がまだだったので、そのときは断った。そうしたら言い合いになってしまった」というもの。いずれにせよ大きな齟齬《そご》はない。裁判でも「原因は金銭トラブルのもつれ」とされた。

AとBは一時間ほどして会計をし、一緒に店を出ている。時刻は夜の七時半。その後の二人の足取りは明らかになっていない。

だが翌日、Bはその居酒屋から五キロほど離れた公園で、死体となって発見される。死亡時刻は前日の午後九時から午前零時頃。発見場所となった公園は、武蔵野市と隣接する小金井市の都立小金井公園。八十ヘクタールの広大な敷地を有し、その大部分が自然緑地となっている同地は、夜ともなれば極めて人目につきにくい場所だ。大の男二人が争っても気づく人はいなかったと思われる。Bはその広い公園のほぼド真ん中で、首を絞められて殺されていた。

警察がAの存在にたどり着くまでにさほどの時間はかからなかった。携帯電話の通話履歴にその名があったのだから当然だ。しかも調べを進めていくと、少し離れた場所ではあるが、直前に二人で酒を飲み、口論の末、摑み合いまで演じていたことが判明する。捜査関係者は早々に、犯人はAで間違いなしと見たに違いない。

ところが、Aはその夜の八時過ぎには自宅アパートにいたと証言する人物が現われた。前述のC子、当時のAの交際相手だ。Aとの関係性から、決して鵜呑《うの》みにできる証言ではないはずだが、詳細を調べた結果、警察はこれを信用した。二人はその後もAの自宅で過ごしたと認められた。

当時、Aの自宅は上石神井にあった。居酒屋からは三キロほど。方角でいえば小金井公園とは反対方向になる。仮にAが居酒屋を出て真《ま》っ直《す》ぐ帰宅したとして、徒歩なら八時前後には自宅に帰り着く。そこから小金井公園へは、電車を使えば三十分ほどで移動可能だ。動線だけをいえば犯行は決して不可能ではないが、やや説得力に欠け、不自然な点もいくつかあった。警察はここで、いったんAを容疑者リストから外した。

捜査はその後も難航し、三年の月日が流れた。だが、誰もが迷宮入りを覚悟したその頃になって、驚くべき証言が上がってきた。

先のC子が証言を翻したのだ。

三年前のあの夜、Aは夜中までアパートには帰ってこなかった。一緒にいたというのは、あとからAに頼まれてついた嘘だった。当時のAは金に困っており、貸した金を返せとBに迫っていた。AがBに貸していたのは総額で三十万ほど。普段から、今度会ったらぶん殴ってでも奪い返してやると漏らしていた——大雑把にいうと、C子のした新証言はそういう内容だった。

これによって警察は、再びA逮捕に向けて動き出した。アリバイさえ崩れれば、Bの衣服に残っていた指紋や、居酒屋での証言が活《い》きてくる。他に物証もいくつかある。

まもなくAは逮捕され、Bの所持品に財布がなかったことから、強盗殺人罪で送致された。Aは犯行を全面的に否認したが、検察は証拠は充分として起訴に踏み切った。Aは半年後、懲役十二年の実刑判決を受けたが――。


控訴審では無罪になるかも、と語った宇津井は、さらに得意げに続けた。

「あの女、事件から三年経ってアリバイ証言を引っくり返したでしょう。俺、そもそもあれが臭いと思ってたんですよね」

宇津井の読みはこうだった。

AとC子は、事件当時は確かに恋人関係にあった。だがその二年後に破局。Aと別れたことでC子の生活は荒れ、よからぬ噂もいろいろあったという。

「噂ってなんだよ」

「それはまあ……いろいろ、ですよ」

「勿体ぶるなって」

「いや、別に勿体ぶってるんじゃなくて、そこはまだ俺自身、小耳にはさんだ程度なんで、全然詰めてないんですよ。……まあ、先輩が興味あるんだったら、もうちょっと詳しく訊いておきますよ。それとも、先輩が直接訊きます？」

Aの犯行ではないと思われた事件が、元恋人の証言撤回で一転、逮捕。そして実刑判決。その証言が再び撤回され、今度は無罪になる可能性が出てきたというのか。

「それ……うん。俺が直接調べたい。関係者、紹介してもらえるか」

そう私がいうと、宇津井はニヤリとしながら「高くつきますよ」と返してきた。

致し方ない。

この事件を追いかけるのは、私の宿命のようなものだ。

3．貴生の新居

シオリと呼ばれた女性が立ち去ると、ジュンコがさらに詳しい説明を始めた。

「ここがお風呂とランドリー。洗濯は月水金が男性の日、火木土が女性、日曜日は早い者勝ちです。どうしてもできなければ、誰かに頼んでもいいです。お風呂掃除は当番制。これは火木土が男性、月水金が女性。……あ、でもあなたが入ると、男性が四人で女性が三人になるから、私が当番から抜けて、あなたが女性チームでもいいかな……ま、それはいいか……こっちがトイレと洗面所。ここの住人は起きる時間がバラバラなので、朝混み合うことはほとんどないです」

階段口の向かい、廊下の一番手前にあるふた部屋が共同バスとトイレ、というわけだ。さすがに、この二ヶ所にはちゃんとドアがある。

くるりとジュンコが振り返る。

「何か質問はあります？」

「ええと……他にも何か、当番とかあるんですか」

「いえ、特にはないです。ゴミ出しは私が代表してやりますし、共有スペースの掃除も、食事も私の担当ですし……あとの細かいことは住人同士で、適当に融通しながらやってもらってます。そういった意味では、早くみんなと仲良くなった方が得だとは思います」

そこで、しばらく黙っていた杉井が口をはさんできた。

「どうすんの、あんた。ここにするの、しないの」

そういえば、入居の決断は心の中でしただけで、口には出していなかったかもしれない。

「あ、すみません。ここに決めます。よろしくお願いします」

「それを早くいいなさいよ……ジュンコさん、契約書と住民台帳、早く作っちゃって」

「はい」

三人で連れ立ち、再び一階に下りる。すると、下りきったところの向かいの壁に、ネームプレートらしきものを貼りつけた、大きめのホワイトボードを見つけた。

「これが住人のみなさん、ですか」

朝田潤子《じゅんこ》、小池美羽、矢部紫織。さっきの貴婦人は「矢部」というのか。「紫織《しおり》」という漢字は珍しいが、彼女のイメージには合っている。あとは男性で、中原通彦、加藤友樹、野口彰。分かりやすく女は赤、男には青のプレートが使われている。

先にいこうとしていた彼女——朝田潤子が振り返る。

「そう。今は、私を入れて六人です」

「でも……オーナーさん？」

やんわりと手を向けると、潤子は頷いた。

「カフェもハウスも所有者は私ですけど、住人としては対等ということです。他には何か」

「ええと……このホワイトボードは、なんのためにあるんですか」

「当番とか、連絡事項を書くのに使ってたんだけど、なんか最近は、あんまり使ってないです。書かなくても、なんとなく済んじゃってるっていうか」

「なるほど」

潤子はそこから厨房に入り、貴生は杉井と、暖簾をくぐってカフェのフロアに出た。

するとと男が一人、カウンター席に座っているのが見えた。

厨房からカウンターに抜けてきた潤子もそれに気づく。

「あらトモキさん、帰ってたの」

「んん……ただいま」

これが加藤友樹《ともき》、か。ワサワサと伸ばした髪にヒゲ面。青いチェックのネルシャツを着ているせいか、なんとなくカウボーイっぽい雰囲気がある。年齢は、よく分からない。四十代だろうか。

潤子が貴生を手で示す。

「友樹さん、こちら、新しく入ることになった……」

「初めまして、吉村《よしむら》です」

いわれた友樹が、こくんと短く頭を下げる。

「加藤《かとう》です……じゃ、俺の隣だ」

「あ、そうなんですか。よろしくお願いします」

友樹はスツールから下り、店の奥の方に歩いていった。

「吉村くん、コーヒー飲むだろ」

「すみません、ありがとうございます。いただきます」

「杉井さんは」

「ああ、もらうよ」

友樹はカウンターに腹這いになり、向こう側に手を伸ばして、カチャカチャとカップを用意し始めた。コーヒーマシンはカウンターの端。慣れた手つきでデキャンターを抜き取り、カップに注ぎ分けていく。住人はドリンクがタダなのだろうか。潤子はまったく気にする様子もない。

友樹が、トレイも使わずにカップを運んでくる。

「……はい。砂糖はそこらの使って」

「ありがとうございます、いただきます」

カップを二つ置くと、友樹はもといた席には戻らず、奥の壁際にあるソファテーブルの方に向かった。

そこの壁に掛かっている、一本のギターを手に取る。黄色と黒のグラデーションが美しい、ちょっとレトロなデザインのエレキギターだ。実際の値段は分からないが、少なくとも安物には見えなかった。ジャズやブルースといった、渋いジャンルの人が好みそうなモデルだ。

潤子がカウンターの向こうから、何やら差し出してきた。

「じゃあ、これに記入してください。書きたくないことは、書かなくてもいいから」

「……はあ」

A４判の用紙二枚。記入事項は名前や生年月日、本籍など、基本的なことばかりだった。

貴生がそれを書いている間、友樹はソファ席でずっとギターを弾いていた。最初はブルースだったと思う。チャッ、とコードを鳴らし、タラララ、とソロを弾く。またコードを鳴らして、それに合わせてソロを弾く。かなりの腕前に聴こえた。貴生もギターをかじったことがあるので、ちょっとは分かる。ほとんどアドリブなのだろうが、ミスタッチがまるでない。伸びやかな甘いトーンで、次々と小洒落たフレーズを紡《つむ》いでいく。夕暮に差し掛かった店内に、テキサス辺りの乾いた空気が充ちてくるようだった。まあ、本当のテキサスがどんなところかは、貴生は知らないのだが。

一応、書類は書き終わった。

「……潤子さん、これで、いいですか」

「どれどれ」

名前で呼ぶのはまだ早かったか、とも思ったが、潤子は気にしてなさそうだった。大きな黒目が、貴生が書いた下手糞《へたくそ》な文字の上を行ったり来たりしている。

「……ということは、今は、無職？」

そこが、一番触れられたくないところだ。

「ええ、まあ……でも、貯金がまだ少しあるんで、家賃はしばらく大丈夫です。仕事も、すぐに見つけます」

「いや、そういうことじゃなくて、暇だったらお店、手伝ってもらおうかなと思って」

潤子が、おどけたように目をパチクリさせる。この人のことを、初めて、ちょっと可愛いと思った。

「ああ、なるほど……はい、職探しの合間だったら、はい……お手伝い、させていただきます」

そう答えると、ニコリと頬を持ち上げる。

「ありがと。ここんとこ、みんな忙しいのか、あんまり手伝ってくれなくなってたから、ちょうどよかった」

上手《うま》く話がまとまったところで、杉井がスツールから下りた。

「そんじゃ、私はこれで失礼するよ。コーヒー、ご馳走さん」

慌てて貴生もスツールから下り、頭を下げた。

「本当に、ありがとうございました。助かりました」

「礼なら小菅さんにいいな。私は商売でやってるだけだ」

じゃあな、といって貴生の背中を叩き、杉井は出口に向かった。潤子の「ありがとうございました」の声にも、肩越しに手を振っただけ。カウベルの音が、やけに寂しげにあとを引く。

ふいに潤子が、パン、と一つ手を叩いた。

「いけない。私、買い物いってこなくちゃ……」

そういって、さっさと奥に入っていく。潤子が買い物にいくということは、留守番は自分がしなければならないということか。いや、まだ友樹がいる。流れるような演奏があまりに自然だったので、すっかり有線でも聴いている気分になっていたが、違う。このギターは友樹の生演奏なのだった。

貴生も、ソファテーブルの方にいってみた。

邪魔をしないよう、斜め向かいに腰を下ろす。白い合皮のソファは、座ると思ったより深く沈んだ。スプリングが多少ヘタっているのかもしれない。ただこの店は壁も白いので、インテリアとしてはよく馴染んでいる。

「……ギター、お上手ですね」

いま弾いているのは、たぶんジャズのスタンダードナンバーだ。題名は知らないが、メロディには聴き覚えがある。

「友樹さんは、バンドとかやってるんですか」

ゆるく一往復、友樹がかぶりを振る。

「……全然。やってないよ」

「でも、凄い上手いじゃないですか」

「それは……どうかな」

潤子が暖簾をくぐって出てきた。

「なんかリクエストしてみれば？　なんでも弾いてくれるわよ」

それは、ますます凄い。

友樹が、苦笑いでかぶりを振る。

「なんでも、は言い過ぎだろ」

ほう。友樹は潤子に対して、そういう口の利き方をするのか。

「だって、ビートルズだってサザンだって、いえばなんでも弾いてくれるじゃない」

「じゃあ、あれ演《や》ろうか。『飾りじゃないのよ涙は』」

「よしてよ、こんな明るいうちから……じゃ、いってきます」

大きめの買い物袋を肩に掛け、潤子は店を出ていった。

カウベルの音がやむと、友樹はまた別の曲を弾き始めた。今度のは貴生も知っていた。

「それって、フィル・コリンズの『Against All Odds』ですよね。確か、映画の主題歌かなんかで」

「へえ……若いのに、よく知ってるな」

「なんて映画でしたっけ」

「『カリブの熱い夜』……だったかな」

ゆったりとしたテンポの、ソウルフルなバラードだ。原曲はフィル・コリンズの情熱的なボーカルが印象的だったが、友樹はメロディもギターで弾いている。それもあってか、原曲よりはややメランコリックに聴こえる。

「……ま、俺は観てないけどね」

友樹は喋《しゃべ》っている間も手を止めない。まるでオルゴールを眺めるような目で、自動的に弦を弾《はじ》く自分の指先を見つめている。

「そのギター、なんていうんですか」

「ギブソン、ES-335」

確かに、ヘッドには「Gibson」と書いてある。

「友樹さんの、ですか」

「まさか。ここのだよ」

「じゃあ、潤子さんの」

「さあ、どうだろうね。昔の住人が、忘れていったのかも……」

貴生はふと、ここに入ってきたときのことを思い出した。

「そういえば、このお店の『プレイグ』って、どういう意味ですか」

友樹が「は？」と小首を傾げる。

「いや、ドアに『プレイグ』って、書いてあるじゃないですか」

「ああ、『プラージュ』な。フランス語だよ」

クソ。今、搔《か》かなくていい余計な恥を搔いた気がする。

「Against All Odds」は、そろそろエンディングに差し掛かろうとしていた。

「意味は……潤子さんにでも訊いてみな」

その後も、友樹の演奏はしばらく続いた。

終わったのは、辺りが暗くなり、友樹が照明を点けに席を立ったからだった。

買い物から帰ってきた潤子が三十分ほど何やら用意し、六時半頃になって店を開けた。開けたというか、入り口の照明を点けて、手作り風の小さなプレートを「CLOSED」から「OPEN」に引っくり返した。

「あの、新入りの自分が、こんなことをいうのは差し出がましいかもしれませんが……この看板、もうちょっと大きい方がよくないですか。さっき入ってきたとき、クローズだなんて全然気づきませんでしたよ」

「んん、それはねぇ……あんまり関係ないんだ」

潤子がそういった意味は、まもなく理解できた。

店を開けても、客が全然入ってこない。

「いつも、こんな感じなんですか」

「んー、この時間帯は、まあそうかな」

貴生はエプロンを借り、それなりにウェイターらしくフロアに立っているのだが、さすがに二時間半、一人も客が入ってこないと不安になってくる。

「友樹さん、どこいっちゃったんですか」

「知らない。部屋にいるんじゃないの」

だが九時を過ぎた頃、

「いらっしゃ……あ」

「あーら新入りさァん、もう潤子さんにこき使われてんのぉ？」

紫織が帰ってきた辺りから状況が一変した。

「こんばんはぁ」

数分遅れて、五人ほど男性客がぞろぞろと入ってきた。貴生の「いらっしゃいませ」はまったく耳に入っていないらしく、

「おっ、紫織ちゃん、帰ってるじゃん」

そのまま紫織のいるカウンター席に直行する。

紫織も「ハァイ」と上機嫌に手を振る。

「ヒロシくん、髪切った？」

「うん、切った切った。紫織ちゃんが短い方が似合うっていったから、バッサリ切った」

「あたし、そんなこといったっけ」

「いったよォ。なあシュウジ、紫織ちゃん、この前いってたよな、短い方がいいって」

「さあ、どうでしたっけね」

五人とも常連客のようだが、とても真っ当な勤め人には見えなかった。どことなくチンピラ臭いというか、元ヤン的な粗暴さを窺《うかが》わせる風貌《ふうぼう》だ。シュウジと呼ばれた彼と、その後ろにいる一人に至っては、入ってきたときから銜えタバコだ。

スツールを引きずって間を詰めたヒロシが、紫織の左横に座る。

「潤子さん、俺、コロナね」

「はい」

「あいつらにも同じの。あ、一つはコーラだ」

「はい」

他の四人は丸テーブルの方に移動していった。

潤子がコロナの栓を抜き、カットしたライムを飲み口に挿《さ》している間にも、カウベルは鳴った。

「……うぃーす」

「いらっしゃいませ」

今度はすらりと背の高い、黒いトレンチコートを着た男だ。貴生を見るなり、何やら魂胆《こんたん》ありげに下唇を舐《な》める。

「おやおや、新入りさんかな？」

「はい、今日からです……あの、一名様ですか」

「おう、そうだよ。お一人様だよ」

そんなやり取りをしていたら、後ろからポンと肩を叩かれた。紫織だった。

「違う違う、その人客じゃない。ここの住人」

「え、あ、そうだったんですか」

改めて頭を下げると、いきなり彼に肩を抱かれた。

「……なあ、新入りさん。あんた、ヴィンテージのジーンズとか、興味ない？　いい出物《でもの》があるんだよ」

紫織が「よしなさいよ」と彼の腕を解《ほど》こうとする。

「こんなとこに入ってくる子に、ヴィンテージジーンズ買う余裕なんてあるわけないでしょ」

若干失礼な言い方にも聞こえたが、事実なのだから致し方ない。

貴生は今一度、彼に頭を下げてみせた。

「はい……残念ですが、そういうことです」

彼は「そりゃそうだ」と漏らして貴生の肩を放し、紫織の右隣の席に座った。

「潤子さん、俺、ジントニックね」

コロナを四本と、コーラを注《つ》いだグラスをカウンターに並べていた潤子がキッと睨《にら》む。

「そんな簡単なもん、自分で勝手にやって」

それを聞いたヒロシが、紫織の向こうからからかい顔を覗かせる。

「そうだぁ、住人は、自分のことは自分でやれぇ」

「うるせぇチビ。オメェみてえなガキはヤクルトでも飲んでろ」

「あんだとコラァ」

腰を浮かせた二人を、紫織が「こらこら」と抑える。

「ヒロシくんも……みっちゃんもいい加減にしてよ。毎度毎度、同じような漫才ばっかり繰り返さないで」

みっちゃん、みっちゃん——男性住人で該当する名前といったら、「中原通彦《みちひこ》」くらいだ。年の頃は友樹と変わらなく見えるが、落ち着き具合というか、人間の「質」のようなものには大きな隔たりがありそうだ。

潤子が、コツコツと拳でカウンターを叩く。

「貴生くん、これ、早く持ってって」

「あ、はい」

コロナとコーラを丸テーブルの方に運んでいくと、食べ物の注文を立て続けに受けた。山盛りナポリタン、若鶏の胸肉一枚唐揚げ、フィッシュ&チップス、温泉卵載せシーザーサラダ——。

「あれ、サラダと、なんでしたっけ」

「カリカリベーコンと三種のチーズピザだよ。しっかりしてくれよ、新入り」

先のシュウジにからかわれながらも、なんとか注文を取り終えた。だがそれを潤子に伝える間もなく、次の客が入ってくる。

「こんばんは」

「あ、ちょっと……い、いらっしゃいませ」

今度は太鼓っ腹を突き出した年配男性三人組。かと思ったら、そのすぐあとに二十歳そこそこの女性が四人。数分後には貴生と同年代のサラリーマン風五人組。まさに、瞬く間にフロアのテーブルは埋まってしまった。あとはカウンター席がぽつぽつ空いているだけ。

「貴生くん、サラダと唐揚げ、左テーブル」

「はいッ」

「貴生くん、生ビール」

「はいッ」

「貴生くん、真ん中のお客さま、オーダーお訊きして」

「はひっ」

しかも、一度入ってきた客はなかなか出ていかない。

そうこうしているうちに、

「あれぇ？　今日はトモさんいないのぉ？」

二十代の女性グループが友樹を呼んできてくれと騒ぎ始め、ちょうどそこに帰ってきた男、消去法でいけば野口彰か――彼が友樹を呼びに上がったのはいいが、

「……なんだ、またお前たちか」

店に下りてきた友樹は若干ご機嫌斜め。だが、その理由もすぐに分かった。

「トモさんトモさん、ここ、ここ座って」

友樹は彼女らのソファ席に、半ば強引に引きずり込まれ、無理やりギターを持たされた。しかも、小型ではあるがちゃんとアンプが用意され、音出しの準備は万端整っている。

「トモさん、あれやって、ミスチルのアレ」

「アレじゃ分かんないよ」

「この前あたしが好きだっていった、アレだよ」

「この前っていつだよ」

「やぁーん、今日のトモさん、なんか意地悪ぅ」

こんなところで生演奏を始めたら年配客が嫌がるだろうと思いきや、実際はそうでもなく、

「友樹くん、あれできるか、『青葉城恋唄』」

「ええ、できますよ」

「よぉし、それいこう」

彼らも友樹の演奏をバックに唄ったり、友樹の歌とギターに合わせて誰かが踊り出したり、店内はちょっとしたお祭り騒ぎになった。その間もドリンク、フードのオーダーは続き、二、三人は新しく客も入り、店内は完全に満席状態。ようやく客が帰り始めたのは十二時半頃、店を閉めたのはその二時間後。最後まで残っていたのは、最初にきたグループのヒロシとシュウジの二人だった。

「ヒロシさん、ヒロシさんってば……もう、また潰《つぶ》れちゃったよ。いい年して、ほんと勘弁してくんねえかな」

どうやら毎度のことらしく、カウンターに突っ伏したヒロシを介抱するシュウジはほとんど泣き顔。一方、わりと仲良さそうに見えた紫織は一切彼にかまわず、ソファ席に移動してワインを飲んでいる。隣には、プラグを抜いたギターを静かに弾いている友樹がいる。

「……ここ、片づけちゃって大丈夫ですか」

貴生が訊くと、栗色の髪を揺らし、紫織が「うん」と頷く。

「新入りさん、初日からこれじゃ、疲れたでしょう」

自分はここにバイトにきてるわけじゃない、あんたらと同じ住人だ、とは思ったが、前屈《まえかが》みになった紫織の胸元、大きく開いたそこに覗く白い谷間に目を奪われ、いいたいこともいえなくなった。

「ええ、まあ……でも、大丈夫です」

皿は皿、グラスはグラスで、まとめてトレイに載せる。

「でも、我慢してね。ここって、夜はたいていこんな感じだから」

夜はたいてい、って——。

「えっ、ここって、毎晩こうなんですか」

「んー、必ずしも毎晩ではないけど、でも……週三、週四？　まあ、三日くらい続くこともあれば、一日二日暇なときもあるし」

　嘘だろう。毎晩店を手伝うかどうかを別にしても、下がこの騒ぎでは、上だってとても寝られる状態ではなくなるだろう。そもそも各部屋にはドアがないのだ。

　紫織が黒いボトルを手に取り、グラスに向けて傾ける。

「ねえ、新入りさん」

「はい……あの、吉村です」

「うん、知ってる。吉村貴生くんね……貴生くん、住人には、全員会えた？」

　なぜだろう。隣で友樹がニヤリと頬を持ち上げる。

「えっと……友樹さんを呼びにいったのが、野口《のぐち》さんですよね。あとは、中原《なかはら》さんか……だったら、男の方はお会いしてますね。女性は、潤子さんと、紫織さんの他に……」

「あと、美羽《みわ》ちゃんね」

　そう、小池美羽がどの人だったかは、よく分からなかった。

「美羽さんは、店にいましたか」

「客の中に、ってこと？」

「はい」

「んーん、今日はいなかった。ひょっとして、まだ戻ってないのかな」

　横で友樹が「まだ戻ってないよ」と呟《つぶや》く。

「そっか。じゃあ、美羽ちゃんとは会ってないんだね」

「そう、みたいですね」

紫織が、ぬっとテーブルに身を乗り出し、貴生に顔を近づけてくる。胸元とか、スカートの裾とか、そういうところにはあまり気を配らない人なのだろうか。

「貴生くん……楽しみだね」

甘い匂いの吐息、はらりと肩から落ちる髪、耳をくすぐる囁き声。友樹が目の前にいなかったら、もうちょっと何か期待してしまいそうな近さだ。

「な……何が、ですか」

「美羽ちゃん、会うの、楽しみだね」

「あ、ええ……まあ」

「それと、アレ」

無意識のうちに、唾を、飲み込んでいた。

「あ……アレ、って……なん、ですか」

「アレっていったら、決まってるでしょ……よ、ば、い」

ブッ、と友樹が吹き出し、ギターごと腹を抱えて笑い始める。

自分でいったくせに、紫織もソファに仰《の》け反《ぞ》って声をあげる。

なんなんだ、こいつら――。

「貴生くーん、洗い物、全部こっち持ってきちゃってぇ」

まともなのは潤子だけか、と一瞬思ったが、よく考えたら彼女も相当変わっている。自分はアルバイト店員ではないのだ。いくら住人だからって、普通ここまでこき使うか。

「はい、いま持っていきます……」

明かりを落とした店内に、女が二人、男が四人。うち一人は泥酔状態で意識不明。

潤子が流す水の音と、友樹が弾くギターの音。知っている曲なのか適当なのか、横から紫織が合わせるハミングの歌。

その夜、結局、小池美羽は帰ってこなかった。

4．美羽の居所

長い黒髪が顔に掛かる。熱っぽい唇が、耳元から首筋へと伝い下りていく。唾液の軌跡を、ねっとりと引きずりながら。

唾液が乾くと、そこだけ少し肌が冷たくなる。「気化熱」というやつだ。これを習ったのは中学だったか、それとも小学校だったか。

「……可愛い」

興奮を押し隠した、甘いかすれ声。ありがとう、と返すのも変に思い、美羽は黙って、されるがままにしていた。代わりに、ゆるく息を吐いておく。

ライトグリーンのラグトップはすでに脱がされ、ブラ付きのタンクトップも、もう胸のすぐ下まで捲《まく》り上げられている。

「……美羽」

濡れた唇は今、腹の辺りをさ迷っている。焦《じ》らしているつもりなのだろう。指先はカップの下にもぐり込んでいるのに、なかなか乳首には触らない。この人はいつもそうだ。

反対の手はフレアスカートの中。腿《もも》の上を行ったり来たりしている。ショーツに触れるか触れないかのところまできたら、膝の方に戻っていく。腿の内側に指先を這わせながら這い上がってきて、また、ショーツに軽く触れたら下りていく。それを何度も繰り返す。たぶん、早く触って、みたいにいってほしいのだと思う。

「麻美さん……早く、触って」

短い笑いと同時に、彼女の指先が乳首に達する。むろん、触られれば美羽も感じる。痒《かゆ》さとくすぐったさに、痺《しび》れが混じったような刺激が、腹の底までジンと伝わる。でも、それだけだ。ぶたれれば痛い。それと大きくは違わない。

相手が触るよう求めてきたら、触ってやる。舐めてといわれれば舐めもする。それは好きでも、嫌いでもない。相手が高ぶっていくのも見ていれば分かる。でもそれも、高ぶってきているなと、事実として受け入れるだけだ。良いも悪いもない。

「美羽も……舐めて」

強いて好みをいうとすれば、女の方が体が綺麗な人が多い、ということだろう。清潔、と言い替えてもいい。男にも清潔な人はいるけれど、それでも体毛は処理していない場合がほとんどだ。特に年配の男は。体毛を舐めれば、当たり前だがザラザラとした舌触りがする。剃《そ》ってあればチクチクする。でも女は、股間以外はたいていサラサラ、ツルツルしている。ボディケアに対する意識が高い分だけ、やはり女の方が不快感は少ない。

その代わり、女の体は汗以外に、溶けた化粧の味がする。ファンデーションは脂っぽかったり、粉っぽかったりする。香水を舐めれば舌先が痺れる。男はよく、女の首筋に鼻を寄せては「いい匂い」などという。でもそれは、たぶん勘違いだ。そのほとんどは化粧とシャンプーの残り香、じゃなかったら香水だ。そうでなければ柔軟剤の移り香だ。肌の匂いに決定的な男女差はない。女でもクサい人はクサい。

この人もそうだ。汗を掻くと、ちょっと臭《にお》う。

「麻美さん……気持ちいい？」

「うん、気持ちいいよ、美羽……」

あと、女同士の性行為は、やたらと長い。

シャワーを浴びて出てくると、ローテーブルの上に一万円札が五枚置かれていた。重しに灰皿が載せてある。それを手に取り、ちょこんとお辞儀をする。

「……ありがと」

自分でいっておいて疑問に思う。

ありがとうって、なんだ。

「有り難い」とは「有ることが難い」という意味だろうか。だとしたら変だ。裸になって、体を好きに触らせて、入れたいといえば入れさせてやって、終わったら金をもらう。そんなの、よく「有る」ことだと思う。決して「難く」はない。

麻美は微笑を浮かべ、美羽をじっと見ている。この女は、大型の猫科動物に似ている。髪の色からしたら、黒豹《くろひょう》といったところか。

「どういたしまして……おいで、美羽」

求められれば、そのようにする。添い寝をすると、麻美は毛繕《けづくろ》いでもするように、美羽の髪を飽きもせず撫で続ける。

「美羽って、ほんと可愛い」

ときおりおでこにキスをする。大好きよ。そんな言葉も口にする。同じことをいってほしいのだろうから、美羽もそのように返す。なんなら自分から、乳房くらいは揉んでやる。麻美のそれは細身のわりに大振りで、張りがある。どうすればどう感じるのか、同じ女なのだからよく知っている。知っていることをそのままやれば、知っている通りの結果になる。

「美羽、駄目よ……また、その気になっちゃう」

駄目だといわれてすぐにやめると、それはそれで反感を買う。もう少ししつこく弄《いじ》って、もう一回やめるよういわれたら、後退《あとずさ》るように手を引っ込めればいい。それくらいがちょうどいい。

「んもう……意地悪な子」

麻美が体をよじる。これくらいが頃合いだ。

十五分から三十分、名残を惜しむ時間をやり過ごしたら、そろそろ空腹を訴える。喉が渇いたからビールを飲みたい、でもいい。二十歳になって、堂々と酒を要求できるようになったのはいいことだ。

「麻美さん、喉渇いた。ビール飲みいこ」

「うん、そうね……そうしようか」

髪型を整え、化粧をやり直し、二人で部屋を出た。

その夜にいったのは六本木のバーだった。薄暗くて、口ヒゲ店長の目がちょっと嫌らしくて、もっと嫌らしい目をした男たちが忙《せわ》しなく出入りする店だ。

夜は、塊《かたま》りだ。

黒くて、密度の高い、大きな大きな羊羹《ようかん》。

でも、味は苦い。

麻美の部屋に戻ったのは朝方。彼女は少し寝て、十時には仕事に出るという。自分はもう少し寝ていたかったが、仕方ない。大人しく彼女の帰りを部屋で待っているほど一途《いちず》ではないので、美羽も一緒に部屋を出ることにした。

　麻美とは電車の方向が違うので、麻布十番の駅で別れた。

美羽はそこから松井伸介《まついしんすけ》の家に向かった。電車を三本乗り継いで小一時間ほど。昼前には着いた。

「……こんにちは。美羽です」

　鍵が開いていたので、勝手に入って声を掛けると、正面、廊下の奥、左側にある和室の襖《ふすま》が開き、伸介が顔を覗かせた。

「おお、美羽ちゃん、いらっしゃい。ちょうどよかった。今から蕎麦《そば》を茹《ゆ》でようかと思ってたところだ」

「あほんと。じゃあ、あたしやる」

　廊下に上がると、伸介も和室から出てきた。座って何かしていたのだろう。あいたた、と膝と腰を庇《かば》うような仕草をする。

　廊下の先は、そのまま台所に繋《つな》がっている。

「お蕎麦、どこ？」

「冷蔵庫。透明なタッパーに入ってる」

　ミルク色のドアを開けてみると、タッパーはすぐに見つかった。

「ああ、生麺なんだ。茹で方って乾麺と一緒？」

「さあ、どうだろうな。なんとなく旨《うま》そうだから買ってきたんだが、そういえば茹で方までは聞いてこなかった」

流しで簡単に手を洗い、いつものエプロンを腰に巻く。二人分なので、鍋はさほど深いものでなくていいだろう。

タッパーの蓋を開け、湿ったキッチンペーパーを剝《は》がし、蜷局《とぐろ》を巻いた生の蕎麦を持ち上げてみる。丁寧に扱わないと、容易に千切《ちぎ》れ落ちてしまいそうだ。

「……お蕎麦、だけ？」

「だけ、とは」

「天麩羅《てんぷら》とかないの？　油揚げとか」

「大根ならある」

「大根の天麩羅？」

「いや、大根を、おろす」

「ああ、おろし蕎麦ね。冷たいやつね。分かった……じゃ、大根は伸介さんやって」

湯は間もなく沸いた。

泡立つ水面に生麵を泳がせる。やはり、乾麵と違って頃合いが難しそうだ。

「……ねえ、何分やればいい？」

「さて、何分くらいかな。一本、味見してみたら」

それもそうかと思い、一本だけ箸ですくって口に入れてみた。

「……なんか、もういいような気がする」

「じゃあ、もういいだろう」

美羽は火を止め、鍋を持ち上げて湯を捨てようとしたが、伸介に「いやいや」と止められた。

「蕎麦湯は全部捨てないよ。あとで飲むんだから」

「あそっか。じゃあ、何に入れとこうか」

「そうだな……ああ、これでいいだろ」

仲介が食器入れから取り出したのは、普段あまり使ってなさそうなティーポットだった。それに入るだけ湯を注ぎ、残りはシンクに流した。

「あとは水で、ぬめりを取る」

「はい」

蕎麦が冷えた頃には、仲介も大根をすり終えていた。

仲介が用意した笊《ざる》に半分ずつ取り分け、猪口《ちょこ》に蕎麦汁《つゆ》を作った。大根おろしは面倒なので器には出さず、そのまま猪口に入れてしまった。

「相変わらず雑だね」

「食べたら一緒だよ」

できたものは隣の和室に運ぶ。さっきまで仲介がいた部屋の、隣だ。二人で食事をするときはいつもこっちだ。

「あと、ワサビが要るな」

「もう出してあるよ」

すべて揃ったら向かい合わせに座り、手を合わせ、一緒に「いただきます」をする。美羽が食べ物に手を合わせるようになったのは、仲介と出会ってからだ。それまでは碌《ろく》に「いただきます」もいわなかった。

豪快にひと口すすり上げた伸介が、唸《うな》るように漏らす。

「んん……旨い」

美羽も倣《なら》って、勢いよくすすった。

「……うん、旨い」

「あんたは美味《おい》しいといいなさい。女の子なんだから」

伸介には言葉遣いもしょっちゅう直される。今まで気にもしていなかった言い回しを「女の子らしくない」とか「乱暴だ」とかいわれる。いわれれば、一応は直す。少なくとも伸介の前では。

見ると、伸介はワサビを汁には溶かず、蕎麦に直接和えるように混ぜ込んでいる。

「ワサビ、溶かさないんだ」

「ああ。蕎麦に少しずつ載せる方が、香りを楽しめる。あんたもやってごらん」

「うん」

なるほど、やってみると美味しかった。調子に乗ってつけ過ぎると、あとで泣きを見ることになりそうだが。

この和室は縁側に面しており、伸介はいつも、襖も窓も開け放している。埃が入るので掃除は面倒になるが、閉めきったままでは健康に悪いという。人は風と共に生きるものだ、ともいった。気の流れがどうこうともいっていた。どれも美羽には馴染みのない考え方だが、そういうものかと、いつも聞くだけは聞いている。

縁側の向こうは小さな庭になっている。松の木が二本と、他にもいろいろ植わっている。花もときどき咲いている。特に関心はないので、花の種類は訊いていない。

「……ねえ、伸介さん。まだあたしと、姦《や》りたくならない？」

千切れて短くなった一本まで丁寧に摘み上げ、伸介は猪口の汁に落とした。

「またその話か。八十近い年寄りに、何をいうんだい。……ならないよ。前にもいったろう」

「でも、人間に最後まで残るのは性欲だっていうよ」

「そんなのは人それぞれだろう。死ぬ間際まで金儲《かねもう》けを考えてる人間もいれば、こんなことをいっちゃアレだが……世の中には秘密を守るために自ら死を選ぶ人間だって、保険金目当てで自殺する人間だっている。決して、性欲だけが特別な関心事じゃないさ」

喩《たと》え話のネタは多少違うが、伸介の答えはいつもこんな感じだった。

ただ、何度聞いても美羽には納得がいかない。

「実は、もう勃《た》たないとか？」

「そうだねぇ。朝はすっかり、しょんぼりが当たり前になっちまった……って、何をいわせるんだよ」

伸介が、ティーポットの蕎麦湯を猪口に注ぐ。

美羽の笊には、まだふた口分くらい蕎麦が残っている。

「でもあたし、前に伸介さんくらいの男の人と、姦ったことあるよ」

伸介が眉をひそめる。

「そんなことをね、自慢げにいうもんじゃないよ」

「なんで自慢しちゃ駄目なの？」

「それ以前に、それって自慢なのかい」

「別に、自慢じゃないけど……年寄りだからあたしに興味ないっていうのは、違うと思った。なんか説得力ない」

　伸介は、苦笑いしながら蕎麦湯をすすった。

「そいつぁ手厳しい……しかし、だとしたらね、じゃあその男は、美羽ちゃんのことを好きだったのかい？　その男と寝て、あんたはお金をもらったんじゃないのかい？」

「うん、もらったよ。いくらだったかは忘れたけど」

「私はそんなことを、あんたにはしたくない。私はもっと、あんたのことを大切に思って接してるつもりだ。たとえ、そういうことをいたさなくてもね」

　こういう話も決して初めてではない。

「……っていうか、大切って何よ。お金って大切でしょ？　その大切なお金をくれたってことは、あたしのことを大切に思ってたっていえない？」

　猪口を置き、伸介がかぶりを振る。

「……いえないね。なけなしの金ならともかく、そういう男が払うのは、たいていなくなってもかまわない、さして大切ではない金さ」

「分かんないよ。少ない年金を遣り繰りして、ようやくあたしに渡したのかもよ。あたしのことが好きだから」

「そういう可能性も、ゼロではないんだろうが……少なくとも私は、そういう男を尊敬はできないし、友達にもなれないね。同年配だったらなおさらだ。むろん私自身は、そんなふうにはなりたくない」

　まだまだ。美羽にはまるで納得がいかない。

「そんなふうってなに。なんで年寄りが若い娘と姦っちゃ駄目なの」

食べ終わったので、一応「ごちそうさま」と手を合わせておく。

仲介が、美羽の猪口に蕎麦湯を注ぐ。

「年寄りだから悪いんじゃない。お金であんたを自由にするってのがよろしくない、といってるのさ。それは金の力で、あんたから自由を奪うってことだからね」

「別に、なんも奪われてなんかないよ。あたし、今でも自由だし」

「気づいてないだけさ。あんたはまず、それで何を失ったかってことに、気づくことから始めなきゃならない。その男はあんたのことなんか好きじゃなかった。大切になんて思ってなかった。あんたを少しの間、自分の思い通りにしたかっただけさ」

「好きだから自由にしたいんじゃないの？」

「姿形がね、気に入ってたのはそうだろう。若い肌といったら嫌らしくなるが、そういうものも好きだったろう。でも別に、あんたという人間にはなんの思い入れもない。私には、そんなふうにしか思えないね」

微塵《みじん》も傷ついてなどいなかったが、ちょっと仲介を睨んでみた。

「……なんの思い入れもないなんて、ひどい」

「そうかい？　そういう男に思い入れを求める方が、私はどうかしてると思うよ。欲望というのは、相手から何かを奪いたい気持ちさ。奪い取って、自分の自由にすることで満足しようとする。でも、人の思いというのはそういうものではない。人を思うということは、むしろ相手に与えるということさ。……まあ、それをいったら、私があんたに何を与えたんだって話になるだろうけれども。でも、そういう気持ちはある。私は、あんたから何かを奪うより、何かを与えたいと思ってる。そこはね、まるで違うものだよ」

分からない。分からないから、また訊きたくなる。伸介の話を聞いて、分かりたいと思う。だとすると、これも一つの欲望なのだろうか。

自分は伸介から、何か奪い取ろうとしているのだろうか。

蕎麦湯を入れた汁は色が薄まって、味もまろやかで飲みやすくなっていた。これは、伸介が自分に与えたものだ。この蕎麦と蕎麦湯に、伸介はどんな思いを込めたというのだろう。

美味しい。それだけでは、いけないのだろうか。


掃除を手伝って、洗濯物を畳んで、団子《だんご》があるというので緑茶を淹《い》れて、それも食べ終わったので帰ることにした。

「じゃ伸介さん、またくるね」

「うん、ありがとう。待ってるよ」

伸介はいつも、美羽が一つ先の角を曲がるまで玄関先に立ち、見送る。美羽は曲がるときに振り返り、手を振る。そうしてごらんと、伸介に教わったからだ。今日もそうした。それが二人の決まりだった。

帰りはいつも歩きだ。途中に寄るところもある。コンビニ、レンタルビデオ、百円ショップ、本屋。あと、明るいうちなら公園。

ちょうど、その公園の前で彰《あきら》と出くわした。

「ああ、美羽ちゃん」

彰は四十代半ばの、猿みたいに両耳の大きな、細身の男だ。同じハウスに住んでいるのだから、懐の方は高が知れている。どんな仕事をしているのかは知らない。興味もない。ひょっとしたら、仕事などしていないのかもしれない。

「彰さん、どうしたの」

「んん、散歩」

「どこに？」

「うそ。タバコを買いに出てきただけ」

いいながら、ポケットから赤いマルボロの箱を出してみせる。

ちょうどよかった。

「ねえ、一本めぐんで」

「いいよ」

美羽が公園に足を向けると、彰も隣に並んだ。入って右手が喫煙スペースになっている。ベンチと、筒を斜めに切り落としたような吸殻入れも設置してある。

彰は封を切り、一本飛び出させた箱を美羽に向けた。

「……ありがと」

直接銜えると、すぐに火があてがわれる。

ひと口目。甘みと苦みが溶け込んだ、重たい煙。吐き出したそれも、麻美が吸っている銘柄より格段に濃い。

「美羽ちゃんって、二十歳になったんだっけ」

「うん、とっくになってるよ」

「そっか……」

酒もタバコもセックスも、自由自在だ。

彰も一本銜え、抱え込むようにして火を点ける。深く吸い込み、しばらく肺に溜め、やがて諦《あきら》めたように吐き出す。そして思い出したように、美羽の方を向く。

「……ああ、あれか。今、伸介さんとこの帰りか」

「うん、そう」

「偉いね」

さて。あんなことの何が偉いのだろう。あれが偉いのだとしたら、一体何が偉くないのだろう。

もうひと口吸って、また彰がこっちを向く。

「美羽ちゃん、新しい人が入ったの、知ってる？」

「なに、ハウスに？」

「うん。三十歳くらいの男」

「へえ、知らなかった。どんな人？」

「いや、俺もまだ、あんまり喋ってないから知らないけど」

「頭よさそう？」

「いや、そうでもねえかな」

「……へえ」

周りでは、まだ小学生くらいの子供たちが遊んでいる。木でできた、滑り台付きの家みたいな遊具を使って、追いかけっこのような、たぶん自分たちで考えた遊びをしている。「お前もう死んでるだろ」と大声でいう辺りが、なんとも子供らしい。人間は元来、残酷な生き物だということだ。

四口ほど吸って、美羽は吸殻入れに落とした。

「……あたし、やっぱ帰るのやめよっかな」

「なんで。帰んないで、どこいくの」

「分かんない」

でもたぶん、どこかの、塊りの中だ。

出口のない、暗くて冷たい、苦い羊羹みたいな場所だ。

5. 貴生の朝食

背中と首の痛みで、貴生は目を覚ました。

視界にあるのは蒼白《あおじろ》い壁。不思議なことに見覚えがない。寝返りを打とうとしたが、全身に何かがまとわりついて上手くできない。耳元でする、ガサゴソというナイロンっぽい衣擦《きぬず》れがやけにやかましい。そうなってみて、ああそうか、自分は寝袋の中にいるのだと思い出し、急に意識と記憶が繋がりを持ち始める。

昨夜《ゆうべ》、といっても零時を過ぎていたので今日未明ということだが、カフェの片づけが終わった時点で潤子に訊かれた。

「貴生くん、そういえばお布団とかは？」

アパートを焼け出されて着の身着のまま、バッグ一つでここまできたのだ。そんなものはあるはずがない。

「いえ、ないです。できれば、何か貸していただけると……」

「うん、寝袋があるから、あとで出してあげる」

貴生はまったくアウトドア派ではないので、寝袋で寝た経験はない。しかし、たとえ寝袋でもないよりはマシなはずだ。

「ああ、はい……ありがとうございます」

それから風呂に入り、掃除は女性陣がするというので、そのまま部屋に戻った。

何もかもが剝《む》き出しの、殺風景な部屋だった。夜になって、蛍光灯の明かりで照らしてみると余計にそう思う。左手にあるのは、小上がりというか、ただの木製の台というか、マットレスも何もない作りつけのベッド。右手には同じ材質の木材で作られた四段の棚。床は、廊下より少し薄いブルーのカーペット敷きになっている。

昼間に見たときは気づかなかったが、貴生はこれとよく似た部屋を見たことがある。刑務所だ。でもそれは、たぶん日本のものではない。海外の刑務所はこんな感じになっています、とニュースか何かで紹介していたのを見たのだと思う。ちなみに拘置所で貴生が入っていたのは雑居房だったので、そこことはまったく似ていない。

「あーあ……疲れた」

ファスナーを開き、下着姿のまま寝袋に入ってみた。蓑虫《みのむし》になったようにも、死体袋の死体になったようにも思えた。そうしてみてから照明を消さなければ眠れないことに気づき、いったん寝袋から抜け出した。

出入り口脇のスイッチを押し、明かりが消えると、空洞を抱えた寝袋は巨大なセミの抜け殻のように見えた。

あそこから抜け出た奴は、あと一週間で死ぬのか——。

不吉過ぎる想像に身震いし、頭を振って追い払い、再び寝袋に収まった。

真っ暗な室内から見る廊下は、電球色の明かりに照らされ、ほんの少し優しげに見えた。早いうちに、カーテンを買ってこなければと思う。

夢は、たぶん見なかったと思う。ミンミンとけたたましく鳴きながら大空に飛び立つ夢でも見たら、ちょっと危ないかもしれない。相当参っている証拠だろう。

朝。カーテンより歯ブラシの方が先だな、などと思いつつ階段を下りた。もう、二階で靴を履いた時点で気づいてはいたが、下からなんともいい匂いが漂ってくる。朝食バイキングをやっている、ホテルのレストランのそれに似ている。コーヒー、焼き立てのパン、ベーコンかハム、あと卵とか。そんなこんなが入り混じった匂いだ。

「おはようございます」

厨房を覗くと、昨日とは違う空色のエプロンを着けた潤子が、アイランド式の調理台に向かっていた。

「あら、おはよう。もっとゆっくり寝てればよかったのに。別に仕事があるわけじゃないんでしょう?」

そういうことを、気安く口に出さないでほしい。

「ええ、まあ……でも、いろいろ、やんなきゃいけないこともあるんで」

「そうね。ちょうどよかったわ。これ、カウンターに運んでくれる?」

俺がやんなきゃいけないことって、そういうことじゃないんだけどな、と思いつつ厨房に足を踏み入れた。

「……はい」

調理台には五枚の皿が並んでいた。イメージ通り、厚切りのベーコンとスクランブルエッグが載っており、赤と黄色のパプリカが鮮やかなサラダも盛りつけられている。

突如、腹の底が抜けた。便所の水を流したような音が、貴生の胃の辺りで鳴り響いた。思わず潤子の方を見ると、彼女は苦笑いを浮かべていた。

「……心配しないで。貴生くんの分もあるから」

「ああ、すみません……ありがとうございます」

左右に一枚ずつ皿を持ち、貴生は厨房からカウンター内側に出た。そこにはすでに紫織と通彦がおり、二人ともコーヒーを飲んでいた。

ＢＧＭには小さくボサノバが流れている。

「おう、新入りくん。案外早起きだね」

そうはいってももう九時近い。

「おはようございます」

くすっ、と笑みを漏らし、紫織がカップをソーサーに戻す。

「……おはよ。朝からお手伝いなんて、偉いわねぇ、ボク」

胸元の大きく開いた黒いタンクトップ。この人は、いつもこういう露出多めのコーディネイトなのだろうか。

よく見れば友樹もいた。お気に入りなのか、やはり奥のソファテーブル席にいる。新聞を広げ、前屈みになって読み耽《ふけ》っている。さすがに朝っぱらからギターは弾いていない。

友樹、通彦、紫織に潤子、そして自分。

「あれ、野口さんは？」

そう貴生が訊くと、細長い籐《とう》のカゴからフォークを取り出した紫織が答えた。

「彰さんなら、もう出かけたよ。あの人、朝早いから」

「そうなんですか。お仕事、何してらっしゃるんですか」

「さあ、知らなぁーい」

隣で通彦が頷いている。

「あの人、真面目だからな」

まあ、この二人と比べたら、たいていの人間は真面目な部類に入るだろう。

残り三枚をカウンターに運ぶと、いつのまにか一枚少なくなっていた。見ると、それは友樹のテーブルに移動していた。

「……友樹さんは、あっちで食べるんですか」

紫織が頷く。

「そうね、大体彼は、いつもあそこ」

潤子が、ロールパンの入ったカゴを持って出てきた。

「さ、食べよう食べよう。今週はゴミ出し場の掃除当番だから、お腹空いちゃった」

通彦と紫織が「いただきまーす」と、子供のような声でいう。友樹も、低く合わせていったように聞こえた。

潤子がカゴを差し出すと、通彦は二つ、紫織は一つ、ロールパンを取った。友樹にも持っていくと、彼も二つ取った。

潤子がこっちに戻ってくる。

「ほら、貴生くんも食べて」

「はい……いただきます」

潤子と紫織の間に座り、貴生も二つロールパンをもらった。フォークとナイフを取り、まずはベーコンからいただく。

カリッと焼いた厚切りのそれは見た目にもインパクトがあるが、口に入れた途端、じわりと旨みが染み出てきてとにかく美味だった。

「……潤子さん。このベーコン、凄く美味しいです」

「そう、よかった。それ、ここで燻製《くんせい》したの」

「自家製、ってことですか」

「うん。でも、燻製ってけっこう簡単なのよ。あと卵とか、サーモン、チーズ、チキンもやるかな」

すると、紫織が意味ありげに肩を寄せてくる。

「……けっこう、失敗もしてるけどね。しょっぱーいスモークサーモンとか、黒焦げでカチカチのスモークチーズとか……毒見させられるのは、たいてい住人だから」

ちらりと左隣を見ると、潤子は惚《とぼ》けたふうに天井を見上げていた。

「そういうことという人には、もうレモンケーキ作ってあげなーい」

「あん、潤子さん……うそうそ。潤子ちゃんの作るものはなんでも美味しいっ。もうほんと、あたしがお嫁さんにしたいくらい」

それはあながちお世辞でもなかった。スクランブルエッグもサラダも、ちょっと他とは違った味つけで旨かった。これを毎日食べられて五万円なら、ここは相当お得な物件かもしれない。

席を立った通彦が、貴生の後ろを通り掛かる。

「新入りくん、コーヒーいるか」

「あ、すみません……いや、自分でやります」

「いいよ。それとも、ヤクルトの方がいいか」

「ヤクルトも、あるんですか」

「ねえよ。一々真《いちいち》に受けんなって」

通彦は自分のお代わり分と、潤子と貴生にもコーヒーを持ってきてくれた。強いていうとすれば、コーヒーの味は普通だ。たぶん、ごく一般的な業務用のコーヒー豆を使っているのだろう。

そういえば——。

「……結局、小池《こいけ》さんって、昨夜はお帰りにならなかったんですか」

紫織が、クッ、と喉を詰まらせたように笑う。

「お帰りに、ならなかったって……貴生くん、あれだよ。美羽ちゃんって、君よりずーっと年下の女の子だよ」

「そうなんですか。知りませんでした。おいくつなんですか」

「二十歳、だっけ?」

紫織が覗くように見ると、潤子がロールパンを千切りながら頷いてみせる。

「……もうすぐ二十一、かな」

するとまた、紫織がニヤリとしながら肩を寄せてくる。

「可愛い子よォ。スタイルもいいし、おっぱいも……」

「紫織さん」

潤子が少し語尾を尖《とが》らせると、紫織は「いけね」と舌を出し、貴生から距離をとった。

半分くらい食べたところで、貴生は思い出した。

「……あの、この近くに、紳士服のお店ってありますかね」

一番に反応したのは通彦だった。

「お、新入りくん、好みのブランドはなんだい。アルマーニ？　バーバリー？　それとも、ドルチェ&ガッバーナ辺りがお好き？」

即座に紫織が肘でつつく。

「よしなさいってば……貴生くん、気をつけなよ。この人が扱う服なんて、絶対に買っちゃ駄目だからね。パチもんだか盗品だか分かったもんじゃないんだから」

ガタリと通彦がスツールを鳴らす。

「紫織ちゃん、そりゃねえよ。俺は盗品なんて扱わねえし、パチもんでもねえって。俺が扱ってる品は全部、正真正銘の、正規品」

「嘘だぁ。本物のバーキンが二十万で買えるわけないでしょ」

「だから、あれはバーキンじゃなくて、あくまでも『バーキン風』。そういったでしょう」

「いってない。あたしが気づいて、偽物だっていったから言い直したんじゃない」

「あれ、そうだっけ」

潤子が笑いながら割り込んでくる。

「貴生くんがいってるのは、あれでしょ。アオキとかそういう、スーツの量販店みたいなお店でしょ」

やはり、ここで一番まともなのは潤子か。

「そうですそうです。そういう店、近くにありますか」

「うん、駅の方にいけば何軒かあるよ。買うの？」

「はい。スーツも何も、全部焼けちゃったんで」

えっ、と紫織がこっちを向く。

「焼けちゃったって、なに」

「ああ、俺が住んでたアパート、火事になっちゃったんで。それで、こちらにお世話になることに……」

最悪だなぁ、と通彦がからかい声でいう。

「家財道具、一切合財《いっさいがっさい》焼けちまったのか」

「いや、全焼ではないんでしょうけど、どうせ消火活動でドロドロの水浸しなんで」

じゃあさ、とまた紫織が肩を寄せてくる。

「お布団とか、枕もないの？」

「ですね。そういうのも、買いにいかないとないです。もちろん、車なんかないんで、できれば持って運べるくらいの距離で、安いところをご紹介いただけると助かります」

そりゃ大変だぁ、と通彦。ほんとね、といったのは紫織。だが、それに続く言葉は一切出てこない。

結局、具体的に店を紹介してくれたのも潤子だけだった。

コーヒーを飲みながら、生活用品はどこが安いとか、寝具はどこのお店なら配達してくれるとか。途中からメモ紙を持ってきて、店名や簡単な地図も書き留めてくれた。

真面目な話で退屈したのか、ひらりとスツールから下りた紫織が、店のドアを開けにいく。

カウベルが鳴り、「外の音」が聞こえてくる。

ひんやりとした空気も、足元にすべり込んでくる。

それと、街の匂い。人や車、アスファルトやコンクリートといったものが吐き出す、活気のようなもの。

街はもう動き始めている。近くに建築現場でもあるのか、鉄や木を切ったり叩いたりする甲高い音が聞こえてくる。

いい天気だな、と通彦が呟いた。

それについては、誰も何も応えなかった。

店の前を、白いワゴン車が通り過ぎる。次に通ったのは青いトラックだった。あと、カートを押しながら、ゆっくりと歩く老婆。自転車を漕ぐ主婦らしき中年女性。スーツ姿の、男の二人連れ。

店の奥で、ポロンとギターが鳴った。

潤子が「テイク・ファイブ」をリクエストする。

友樹はそれを、黙って弾き始めた。

いつのまにか、天井のシーリングファンが回り始めていた。

昼頃には買い物も大体済んだ。

スーツや家財道具を両手いっぱいに抱えて「プラージュ」のドアを入ると、中はランチの客で満席状態だった。ただ、この時間だけは近所のおばさんが二人きてくれるということで、貴生は手伝わなけるらしい。奥さんが店を手伝っている……と思いきや、子供がいるらしいのでそうでもないらしい。若くてもよさそうだった。

エプロンをした二人に頭を下げながら通り抜け、奥の暖簾をくぐる。厨房を覗き、潤子にひと声掛ける。

「ただいま、帰りました」

「ああ、貴生くん、お帰り。いいのあった？」

「ええ、大体揃いました。ありがとうございました」

すぐ二階の自室に上がり、買ってきた下着や靴下を棚に入れていると、彰が覗きにきた。

「……おう、ずいぶん買い込んできたな」

昨夜は分からなかったが、改めて見ると彰は意外と華奢《きゃしゃ》で、小柄な男だった。髪は短く刈り込んでおり、少しヒゲを生やしている。両耳が大きいので猿っぽい印象を受けるが、愛嬌のある顔かというと、そうでもない。それにしては目つきが鋭い。

「どうも。野口さん、ですよね……ご挨拶が遅れました。吉村です」

その場で頭を下げると、彰は「いやいや」と、扇《あお》ぐように手を振った。

「彰でいいよ。なに、火事で焼け出されたんだって？」

「そうなんです……なので、いろいろ揃えなきゃいけないものが多くて」

「そっか。ま、なんか困ったことがあったら相談してよ。こういうとこは、助け合いだから」

「はい、ありがとうございます」

じゃ、と手を上げ、彰は去っていった。

通彦たちが「真面目」といっていたのも頷ける。ここの男性陣の中では一番まともそうだと、貴生も思った。階段を下りていったから、またどこかに出かけたのかもしれない。けっこう忙しい人のようだ。

一時を過ぎた頃に下りてみると、コーヒーを飲んでいる客が二人残っているだけで、ランチタイムはもう終了といった感じだった。カウンター前にいるおばさん二人もエプロンを外し、帰り支度をしている。

その一人が、カウンター越しに厨房を覗く。

「じゃあ潤ちゃん、あたしたち帰るわねェ」

「はぁーい、お疲れさまでした。ありがとうございました」

エプロンで手を拭きながら、潤子が出てくる。二人は貴生にもちょこんと頭を下げ、店を出ていった。まもなく残っていた客も席を立ち、会計をして出ていった。

「ありがとうございました」

レジの引き出しを閉めた潤子が、こっちを振り返る。

「貴生くん、お昼ご飯は？」

「まだ、食べてないです」

「ランチの余りでよかったらあるけど」

「ほんとですか、嬉しいです。いただきます」

潤子は「余り」といったが、どうしてどうして。立派なランチだった。チーズとトマトソースを絡めた白身魚のソテーに、温野菜。それにカップのオニオンスープとライス、飲み物がついて、なんと値段は六百八十円となっている。

「……潤子さん、これ、ほんと美味しいです」

「よかった。今日初めて出したんだけど、じゃあ、次からローテーションに入れようかな」

潤子もまだだったらしく、自分の分も持ってきて貴生の隣で食べ始めた。最初は「強《こわ》い」と感じた顔だが、見慣れるとなかなか、個性的でいいように思えてくる。いや、むしろ「強い」と感じたのは低めの声に対してだったのかもしれない。それも、今となってはさほど気にならない。むしろクールで魅力的にすら聞こえる。

ふと、他の男性住人は潤子のことをどう思っているのか気になった。逆に、潤子は誰か気にしていたりするのだろうか。まあ、思うだけで訊けはしないが。

「……さっき、彰さんに会いましたけど、また出かけたんですね」

「うん、あの人はそうね。しょっちゅう、帰ってきちゃあ出ていき、って感じ」

「お仕事、何してる方なんですか」

するとと潤子は、コクッ、と首を傾げてみせた。

「……そりゃ、私は知ってるけど、知りたければ本人に訊いてごらんなさい。ここの人たちって、あんまり他人のことは詮索《せんさく》しないっていうか、自然とそういう感じになってるから。私からそれをいう、っていうのもね。ちょっと……違うかな」

そうだったのか。そんなふうには、貴生はまるで感じなかったが。

「でも、みなさん仲良さそうじゃないですか。一緒に食べたり、飲んだり。夜は唄ったり」

「うん、仲は良いわよ。でもそれと、プライベートは別」

仕事はプライベートじゃないだろう、とは思ったが、それ以上は貴生も続けなかった。

まもなく二人とも食べ終わり、潤子は夜の仕込みだろうか、また厨房に戻っていった。貴生は、なんとなく友樹の指定席、奥のソファ席に移動し、壁に掛けてある ES-335 を見上げていた。

誰も入ってこないカフェ。開け放したドアから、ときおり春風だけが迷い込んでくる。音もなく回るシーリングファン。BGMも今は消されている。

仕事、探さなきゃな――。

また一台、白いワゴン車が店の前を通った。

6. 記者の追跡

宇津井に先を越された迂闊さはあったものの、以後は私も可能な限り裁判を傍聴し、情報収集に努めた。

二審における争点は、C子の証言の真偽にほぼ絞られていた。

七年前の事件当夜「Aはアパートに帰ってこなかった。金を返さないBを恨んでいた」という一審での証言を翻し、「よくよく当時のことを思い返してみると、あの夜Aはアパートに帰ってきていた。帰ってこなかったのは別の日だった」と、C子はまるで逆の証言に転じていた。

むろん、法廷で虚偽の証言をすれば偽証罪に問われる。一審での証言が嘘だったとなれば、C子はお咎《とが》めなしでは済まされない。それを押してでも証言を翻した動機とはなんなのか。

さらに、これについて真っ向から争おうとしない検察の姿勢も妙だった。C子の証言を否定できなければ、Aにはアリバイがあることになってしまう。そうなればAは無罪、検察の負けは確定的になる。なのに、なぜ。

裁判を傍聴する過程で、私はふた通りの仮説を立てるようになった。それらは「ある種の『司法取引』がこの裁判の舞台裏で交わされたのではないか」という共通した疑惑を孕《はら》んでいる。

その一つは、こうだ。

そもそもC子は、警察での事情聴取で「Aは事件当夜アパートにいた」と供述していた。だからこそAは三年もの間逮捕されなかったのだし、警察もAを除外しての捜査を継続していたのだ。ところがC子は一審で「Aはアパートにいなかった」と、以前の供述を撤回した。まずここが臭い。

仮に、C子が何か軽微な罪を犯し、それが警察の知るところとなった、としよう。警察には数多くのセクションがあるので、B殺人事件を捜査している殺人犯捜査係の人間が、C子のそれについて直接知ることは、通常はない。仮の仮で、C子が万引きをしたのだとしたら、それは窃盗罪。所轄署の盗犯係が扱うべき事案だ。あるいは、麻薬や覚醒剤だったら組織犯罪対策課の銃器薬物対策係。捜査本部が立つような大事件ならいざ知らず、所轄署レベルで処理されてしまうような小さな事案は、警視庁本部捜査員の耳になどまず入らない。殺人事件捜査で都内を飛び回っている捜査一課関係者となればなおさらだ。

しかし、すべての警察官は公務員だ。どんなセクションにいようと、一定期間を経れば必ず異動になる。それは本部捜査員であろうと所轄署員であろうと変わらない。B殺人事件を捜査していた人間がC子の事件を扱う署に異動することもあれば、その逆もまたあり得る。三年という期間があれば、そういった人事異動によって情報交換がなされる可能性も増す。

そこに、司法取引のチャンスはある。

日本の法律では禁止されている司法取引だが、だからといって一切なされていないかというと、そうではない。立証はされなかったものの、埼玉で起こった愛犬家殺人事件ではその行為が疑われた。また銃器薬物対策係の警察官が暴力団員に、所有者不明にすることを条件に拳銃を提出させることがある。いわゆる「首なし拳銃」だが、これも一種の司法取引といえる。暴力団員は拳銃を提出する代わりに何かしら他の罪を見逃してもらい、警察官は拳銃を押収することで自身の成績を上げることができる。そういう取引だ。

C子の場合、自らが犯した罪を見逃してもらう代わりに、Aのアリバイを否定するよう警察官に求められたのではないか。単純にいうと、私の立てた仮説の一つはそういうことだ。これによってAは逮捕され、一審では十二年の実刑判決を受けることとなった。

ではさらに三年が経って、なぜ二審でその証言が再び覆されることになったのか。それ自体は簡単な話だ。弁護側が警察及び検察側の裏取引に気づき、それに関する何かしらの証拠を摑んだからだ。被告であるAは当然、C子の「事件当夜、Aは帰ってこなかった」という証言には納得していなかっただろうし、弁護士にもその旨は伝えたはずだ。弁護士が熱心な性格であれば、そのAの訴えを信じてC子について調べもしただろう。その結果、C子が軽微な罪を犯していた事実に行き当たり、しかし不問とされている不可思議な現状を知るに至った——。

C子と警察及び検察の裏取引を察知した弁護士は、次にどういう行動に出ただろう。先の愛犬家殺人事件ではないが、法廷でそれについて争うのは、実はかなりリスクが高い。偽証罪は立証が非常に難しいケースなのだ。また、弁護士がその時点で立証すべきはC子の偽証ではない。あくまでもAのアリバイだ。乱暴にいえば、C子が「事件当夜、Aは帰ってきていた」と先の証言を翻してさえくれれば、C子の犯した小さな罪も、警察及び検察との裏取引もどうでもよかったはずだ。

そこで弁護士からC子、あるいは検察側に、さらなる裏取引が持ち掛けられたのではないか。C子が犯した罪も、警察及び検察が仕掛けた裏取引も、すべて知らなかったことにする。だから、Aのアリバイだけは当初の供述通り認めてくれ。むろん、なぜ証言が一転二転したのかという理由については深く掘り下げない。法廷では「単純な記憶違い」ということで進める。どうかこの方向で検察は負けを呑んでくれ。そうでないと、C子と警察の裏取引も、検察がそれを承知の上でAを起訴したことも、改めて法廷で争うことになる、と。これが一方のストーリーだ。

もう一つの仮説は、これを一手省いた形になる。展開が単純な分、実はこっちの方が成立しやすいようにも思う。流れはこうだ。

なんとしてもC子の証言を覆したいAと弁護士は、その方策について協議した。その中で、Aだけが知り得るC子の、なんらかの秘密が弁護士に明かされた。これも犯罪に近ければ近いほど効果がある。さすがに殺人はないだろうが、窃盗や違法薬物、密輸や詐欺、その辺りなら効果てきめんだ。

この情報を弁護士がC子にぶつける。C子は動揺し、私はどうしたらいいのですかと訊くだろう。当然弁護士は、一審とは逆の証言をするようC子に求める。C子とて一度は証言台に立っているのだから、偽証罪についても知ってはいただろう。しかし相手は弁護士だ。そんなものはどうにでもなる、いざとなったら私が揉み消す。そんなふうにいわれ、C子は納得したのではないか。

ただし、この線だと警察と検察が黙っていまい。自分たちが抱き込んだ証人が弁護側に寝返るのだ。翻った証言の信憑性《しんぴょうせい》を徹底的に突いてくるのが普通だろう。だとすると、やはり最初のストーリーの方が成立はしやすいか。それとも、あまり穿《ほじく》り返したくない他の事情が警察と検察にはあるのか。

なんにせよ、この件は追及せねばなるまい。

予想通りといっていいだろう。二審でAは無罪判決を勝ち取り、検察はあっさりと上告を断念。晴れてAは自由の身となった。日本の刑事訴訟法には「一事不再理」の原則があるので、これでAは二度とB殺人事件においては罪を問われないことになる。一度は有罪判決を受け、十二年もの実刑を言い渡された男が、なんの咎めもなく野に放たれるのだ。こののちAが別の事件を起こし、それでもし死者が出るようなことになったら——そういうことを、裁判所は一切考えもしないのだろうか。検察も、せめて最高裁まで争うくらいの姿勢は示してほしかった。まったく、日本の司法なんぞ碌なものではないとつくづく思う。

むろん、私は釈放されたAを追った。Aは東京拘置所近くの小菅駅から東武スカイツリーラインに乗り、秋葉原でJRに乗り換え、新宿で降りた。しかし、実に情けない話だが、私はここでAを見失ってしまった。Aがマスコミや、その他の機関の尾行を警戒していたとは考えづらい。おそらく釈放後のAを追っていた人間は私以外にいない。つまり私の単純なミス、ということになるのだろう。フリーの立場はこういうときにつらい。せめて相棒が一人いたらと口惜しく思うが、いくら悔やんでみたところで始まらない。

仕方なく、私はAの知り合いのところを回り、彼が立ち寄っていないかを調べ始めた。だが、それもまるで上手くいかなかった。Aは知り合いに迷惑を掛けたくないから接触しないのか、私のように追ってくる人間をかわしたいから足の付くような場所に立ち寄らないのか。それは分からないが、とにかく私は、Aの足取りを追う術《すべ》を完全に失ってしまった。

一方、Aが無罪判決を受けたことにより、警察は警察でB殺人事件の捜査を再開せざるを得なくなった。私はそちらの動向も追うつもりだった。Aを容疑者リストから除外した場合、ではどんな人物ならBを殺害する可能性があったのか。むしろ個人的な関心はこの点にあった。

数日後、私は宇津井に仲介してもらい、密《ひそ》かに捜査関係者との接触を試みた。一時期はB殺人事件の捜査に参加し、しかしAの逮捕を受けて捜査本部が縮小された際に、もとの所轄署に戻ったという刑事だ。現在はそこからも異動になり、別の所轄署に勤務しているという。

待ち合わせは新大久保の居酒屋でだった。

中ジョッキのビールで乾杯をし、単刀直入に疑問をぶつけると、彼は渋い顔で話し始めた。

「……正直、奴以外には考えられないよ。そりゃ、他にも何人か臭いのはいたけどね、そいつらでいけるんだったら、最初の三年の間にいってるから。それを、あんな女の証言なんかに振り回されてさ……情けないったらありゃしないよ。一応、捜査も再開するみたいだけど、なんにも出ないでしょ。やるべきことは、俺たちがすべてやったんだから。その結果があの実刑判決だったんだから。あれじゃないの、継続捜査に充てられた連中だって、そんなにやる気ないんじゃないの？　もう、形だけだよ」

なるほど。警察的には、やはり犯人はAであったと、その考えにブレはないわけか。面白い。

C子の証言についても訊いてみた。そこに司法取引じみた行為はなかったのだろうか。

「それはないね。絶対にない。だって、こっちには物証があったんだから。必要ないよ。もうね、今の時代、衣類からだって指紋はちゃんと採れるんだから。襟のところから奴の指紋がバッチリ出てるし、首を絞めた手の跡だってね、ぴったり一致してるんだから」

それだけでは弱かった、だからこそC子の証言が重要だったのではないのか。

「あんた、どっちの味方なの。あんた、奴の目見たことある？　嫌な目してるぜ、あいつ。あんなのはね、必ず他にも何かやらかすよ。俺はね、もうそういう立場じゃないけど、これから調べる連中はさ、新しいマル被なんて捜してないで、奴の行確《こうかく》に徹した方がいいよ。またやるから。奴は、必ず。それで今度こそ、確実にムショにぶち込んでやりゃいいんだ……俺は、そう思うね」

「マル被」は「被疑者」、「行確」は「行動確認」を意味する警察用語だ。

私はダメモトで、Aの居場所を調べることはできないかと訊いてみた。

「なに、あんたも奴を追うつもりなの？……うん、まあ、すぐには難しいけどね。俺にも立場ってものがあるから。滅多やたらに、本部のデータなんて検索できないからさ。そういうの、全部残っちゃうから……でも、他に方法がないわけじゃないから、上手く情報仕入れられたら、教えてもいいよ。……その代わり、内緒だぜ。今日、こういうふうに会ってるのだって、本当はマズいんだから」

こういう警察官を手懐《てなず》けておくのも、ジャーナリストの重要な仕事の一つだ。人は誰しも自己顕示欲というものを持っている。それは警察官とて例外ではない。相手の持っていない情報を与え、感謝されたい。凄い仕事をしているんですねと感心されたい。ほんの少額の現金が同じ役割を果たす場合もある。そもそも人間にとって秘密とは、明かすためにあるものだ。

最後に、彼はこんなことをいった。

「まあ、あの女も碌なもんじゃないよ。ほとんど売春婦みたいなもんでしょう。ひょっとしたら、弁護士にでも誑《たら》し込まれたのかもな。ほら、ちょっといい男だったじゃない、あの弁護士」

そうすると、第二のストーリーの方が成立しやすいことになるか。


困ったことに、裁判が終わった途端、私はC子の所在も確認できなくなっていた。

それまでは大泉学園駅近くのスナックでホステスをし、西武池袋線に乗って二つ先、ひばりヶ丘駅近くのアパートで一人暮らしをしていたのだが、ちょっと目を離した隙にアパートを引き払われてしまい、慌てて店にいってみたがそこも辞めたあとだった。ママも引っ越し先は知らないという。宇津井にも訊いてみたが、今それどころではないと逆ギレされてしまった。

そのままひと月、ふた月と、Aに関する情報を得られないまま、徒《いたずら》に時間だけが過ぎていった。

だが、その情報は突然もたらされた。

『奴の居場所、分かったよ』

あのときの刑事だった。私は彼のいう住所を書き留め、礼をいった。何かお返しにできることはないかと訊くと、今はないが、いずれ何か頼むかもしれないといわれた。

Aの潜伏場所は、東京都大田区南六郷にある、いわゆるシェアハウスだという。「プラージュ」というカフェの二階なのだが、そのシェアハウス自体には名前がないらしい。あるいはシェアハウスの名前も「プラージュ」なのかもしれない、と彼はいった。

早速現地にいってみた。

京急本線を雑色駅で降り、あとは徒歩だ。都内の私鉄沿線にありがちな小さな商店街を抜け、さらに五分ほど歩いた辺り。もうちょっといけば多摩川河川敷といった立地。団地のような高層住宅と、二階家が混在する住宅地にそれはあった。

前面がクリームとオレンジ色に塗り分けられた奇妙な建物。その中央に、カフェ「プラージュ」の出入り口はあった。周囲をぐるりと回ってみたが、真裏に非常口的なドアはあるものの、普段の生活に使用できそうなのは、その正面の店舗出入り口だけのようだった。

私は向かいの集合住宅敷地内に設けられた緑地から、しばらく人の出入りを見張った。

午後三時。「プラージュ」のドア自体は開いているものの、客の出入りはまったくなかった。場所を変えて内部を覗いてみたが、どうにも客がいるようには見えない。客を装って入ってみるという手もないではなかったが、たった一人で入って店主に顔を覚えられるのは得策ではない。潜入はもう少し様子が分かってからの方がいいと判断した。

午後四時。ピンク色のリュックを背負った少女が一人、店に入っていった。たまたま通り掛かって、カフェがあったから入った、という様子ではなかった。もっと慣れた足取りのように見えた。少女は、すぐには出てこなかった。

午後四時半。トートバッグを肩から提げた女が出てきた。三十代くらいの、ショートカットの女だ。徒歩で右手に向かった女は、五時を過ぎた頃に戻ってきた。トートバッグは膨れ、それ以外にもスーパーのロゴが入ったレジ袋を二つ提げていた。徒歩で買い物に出たということは、彼女はカフェのスタッフか、あるいは彼女自身が経営者という可能性も考えられた。

午後六時。出入り口の左右にあるランプに明かりが灯《とも》った。店内も照明は白熱灯で統一してあるらしく、外から見ている分にはちょっとレトロで、洒落た雰囲気に見えた。

午後七時。男が一人入っていった。ちょうど車が通り掛かったところだったので、風貌までは細かくチェックできず、Aかどうかは分からなかった。

午後八時。男二人、女一人の三人連れが入っていった。入れ替わるように、夕方の少女が出ていった。リュックではなく、ポーチのようなものを肩から提げていた。カバンを変えたということは、彼女は住人なのかもしれない。

さらに三十分ほどすると、四人組の男性客、続いて二人組の女性客と、数分ごとに何人もの客が入っていった。夕方の様子が嘘のように、店内はあっという間に賑《にぎ》やかになった。

そうか、「プラージュ」とはこういう店なのか、と思った。ふらりと一人で入るというよりは、知人と何人かできて馬鹿騒ぎをする店。そうなると、夜は夜でまた一人では入りづらい。互いが顔見知りの常連客が多いのだとしたらなおさらだ。自分のような余所者《よそもの》がいきなり入っていったら、奇異な目で見られてしまうかもしれない。

最初の夜は、そこで監視を中断して引き揚げた。

何日か張り込んでみると、ランチ時は一人で入っていく客も少なくないことが分かった。まず私は、昼の様子から探ってみることにした。

十二時半。すでにテーブル席はすべて埋まっており、空いているのはカウンター席が三つほどになっていた。

「いらっしゃいませ」

エプロンをした中年女性二人が接客をしている。この二人は十一時過ぎにきて、ランチタイムだけ手伝って帰っていくことが分かっていた。

「一名様ですか」

「ええ」

「こちらにどうぞ」

カウンター中ほどの席を勧められ、そこに座った。外から見る印象より、かなり店内は広い造りになっていた。天井も高く、開放感がある。カントリー調のＢＧＭが流れており、それもあってか妙にアメリカナイズされた雰囲気を感じた。

ほとんどの客は日替わりランチを注文するようだった。私もそれを頼んでみた。

その日のメインは、ケチャップより濃い色のソースがかかったポークソテーだった。これが、やけに旨かった。決して濃い味ではないが、肉の旨みがしっかり活きていて満足感がある。値段も七百円以下と手頃だ。客筋はサラリーマンやOL、若いママ友グループが多いようだが、それも頷けた。ここなら週に二、三回きても飽きることはないかもしれない。

できた料理をカウンターまで運んでくるのが、毎日買い物に出ていくあの女だった。忙しいからだろう、このときは顔つきがえらく険しかったが、普段からそうでないことはここ何回かの張り込みで分かっていた。店の前で近所の住人と話すときなどは、もっと柔和な笑みを浮かべていた。

コーヒーを飲んでいると、奥で若い女の声がした。

「……ジュンコさん、いってきます」

「はぁい、いってらっしゃい」

直後、店の奥にある暖簾を分けて出てきたのが、あのピンクのリュックの少女だった。そのまま店の中央を通り抜け、手伝いの女性二人にも「いってきます」と声を掛けて出ていった。

この時点で私が出入りを確認していた住人は、リュックの少女とカフェの女、その二人だけだった。他にも目にはしていたのだろうが、特に夜、カフェが盛況な時間に出入りされると客との区別がまるでつかなかった。

その原因が、あれだ。カフェの奥にある暖簾。あそこから二階に上り下りをする、その構造自体が住人の出入りを分かりづらくしているのだった。

本当にAは、ここの二階に住んでいるのだろうか。

そしてAという男は、実際に人を殺すような人間なのだろうか。

はっきりいって、それが真実か否かは問題ではない。法的にも済んでしまった話なのだから、それを今さら引っくり返すことはできない。要は、記事として成立するかどうか。そういう問題だった。

真犯人はA。しかしまんまと司法は騙《だま》され、人殺しを野に放ってしまった。むしろ、そういう切り口が望ましい。

殺人犯は今も、何喰わぬ顔で、この東京の街に暮らしている――。

そう。このネタには、私の人生がかかっている。

なんとしても、モノにしなければならない。

7．貴生の就活

曲がりなりにも七年弱は業界にいたのだから、再就職するならやはり旅行関係の方が有利だろう、と貴生は思っていた。

ただし、エントリーシートをダウンロードしたところで、携帯電話しか持っていない貴生にはプリントアウトすることができない。インターネットカフェにでもいけばその手のサービスも受けられるのだろうが、昨今は身分証を一々提示して入会してからでないと利用できない。身分証の提示はともかく、プリンターを使うためだけに入会金を払うのは嫌だった。今はたった数百円であろうと、無駄な出費は控えたい。

そこで目をつけたのが、あれだ。「プラージュ」のレジ脇、一段低いところに置かれているノートパソコンと、その隣にあるプリンターだ。

貴生は、ランチあとの暇そうな時間を狙って潤子に声を掛けた。

「あの、すみません。ちょっと、お願いがあるんですけど」

集計作業だろうか、潤子はカウンターにノートと電卓を並べて、何やら難しい顔をしていた。

「……うん、なに？」

「えっと、あのパソコンって、ちょっとお借りしてもいいですかね」

すっ、と潤子がレジの方に視線を移す。

「取り外して持っていく、ってこと？」

「いや、ちょっと、あそこで使わせてもらえたら、ってことです」

「別にいいけど、なに」

「就活の、エントリーシートを、プリントアウトしたいんですけど」

「ああ、なるほどね。いいわよ」

ありがとうございます、と頭を下げ、貴生はいったん厨房に回った。カウンター内側を通り、突き当たりにあるレジまで進む。

ノートパソコンは電源が入れっ放しになっており、開いただけでトップ画面が表示された。ブラウザを立ち上げ、目的の会社のサイトにアクセスする。携帯で何度か見ていたので、エントリーシートのダウンロード方法はもう分かっていた。

「潤子さん、このプリンターに入ってる紙って、A４ですか」

「うん、そう。それじゃ駄目？」

「いえ、大丈夫です」

念のため一枚余分にプリントアウトし、パソコンを閉じる。記入は自室に戻ってしてもよかったのだが、せっかく立派なカウンターがあるのだから、ここで書かせてもらうことにした。

二つ離れたスツールにいる潤子が、ふいにこっちを向いた。

「じゃあ、写真とか撮ってくるんだ」

「そうですね。それも、あとでいってこないと……」

氏名、住所、連絡先――。略歴に進んだ辺りで、また潤子が声を掛けてくる。

「覚醒剤使用で逮捕、現在は執行猶予中、とかも書くの？」

「書きませんよ、そんなこと……一発で落とされちゃいますよ」

パソコン上で入力して、それをプリントアウトした方が綺麗だったかな、とも思ったが、まあいいだろう。

「よし、できた、と……」

見せてごらん、みたいにいわれるかと思ったが、潤子も自分の仕事に集中し始めたらしく、それ以上かまわれることはなかった。

野良猫が一匹、入り口からこっちを覗いていたが、貴生が一歩そっちに足を踏み出すと、ぴゅんと逃げていった。

勝ったな、と思った。


貴生が狙っているのは、むろん中途採用枠だ。電話でアポイントをとり、エントリーシートを持参して面接を受けにいった。その日のうちに合否は連絡するといわれたが、しかし、待てど暮らせど携帯は鳴らない。風呂にもトイレにも持っていき、一瞬たりとも携帯から目を離すことはなかったが、鳴らないものは鳴らない。

そんな、モヤモヤとした気分のまま迎えた夜。「プラージュ」は相変わらず盛況だったが、とても宴《うたげ》に加わる気になどなれず、自室のベッドでゴロゴロしていた、九時過ぎ。

「こんこん……こんばんは」

耳慣れない声がし、貴生はベッドから体を起こした。

近所のスーパーで買ってきた若草色のカーテン。その片端をめくって、こっちを覗き込んでいる人がいる。見覚えのない顔だったが、それが誰であるのかは瞬時に察しがついた。

美羽だ。彼女が、小池美羽に違いない。

「あ、ああ……どうも」

貴生は慌て正座に座り直した。

紫織が繰り返しいうだけはある。確かに美羽は可愛い顔をしていた。うさぎ顔というのだろうか、目がクリッとしていて、鼻と口が小さくて、頰は思わずつついてみたくなるほど、ぷっくりと丸い。

「入ってもいい？」

「あ、ええ……もちろん」

ざっくりとした紫のニットに、デニムのショートパンツというコーディネイト。丸顔で童顔のわりに、脚はすっきりと細く、長い。

そんな恰好だというのに、美羽はいきなり床に胡座《あぐら》を搔いた。

「小池です」

「どうも……吉村です」

美羽が部屋のあちこちを見回す。そのたびに、後ろで一つに括《くく》った髪がくるりと揺れる。

「あんま、もの、ないね」

「火事で、焼け出されてきたんで……荷物、ほとんど、持ち出せなかったんです」

ベッドの上から見下ろしているのもなんなので、貴生も床に下りて座った。

しかし、なんだろう。変に、息苦しい――。

この部屋で女性と二人きりというのはむろん初めてだが、でも、そういうのとはなんだか違う気がする。仮に潤子や紫織と同じ状況になったとしても、こういう息苦しさは感じないのではないか。

美羽はずっと、貴生の顔を見ている。

「……あたし、年下だよ」

それは、分かっている。

「うん……潤子さんから、聞きました」

「だから、敬語、使わなくていいよ」

そういわれてみて、貴生は急に分かったような気がした。

表情だ。この子は、極端に表情に乏しい。こんなに可愛い顔をしているのに、まるで目を開けて眠っているみたいに、感情が表に出てこない。初対面で緊張しているだけなのかもしれないが、そうだとしても、ちょっと変わっている。

「吉村さんは、何をしてる人？」

焦点は合っていても、実際その目に貴生は映っていないのではないか。そんなふうに疑いたくなる。

「今は……無職、だけど」

「そっか。じゃ、あたしと一緒だ」

それでいて、会話のテンポに違和感はない。

そうか、テレビ電話か――。

貴生自身は使ったことがないが、使っているのはそれこそテレビで見たことがある。あれで話している人が、ちょうどこんな表情をしていた。モニター越しに向かい合っているにも拘《かかわ》らず、自分が見られているという感覚が乏しい、だから変に無表情になる――あれに通ずるものがある。

貴生は、あえてその目をじっと見て訊いてみた。

「……じゃあ、バイトか何か」

「うん。そんな感じ」

「なんのバイト？」

「ざっくりいったら、サービス業」

やはり、ぴくりとも目を逸《そ》らさない。逆に貴生の方が気まずくなり、「ふうん」といいながら下を向いてしまった。

それにしても、ざっくりサービス業って——。

明言を避けたということは、風俗関係だろうか。紫織が美羽の胸の話をしかけ、潤子が窘《たしな》めたことがあったが、本当のところはどうなのだろう。脚は確かに綺麗だが、上半身はわりとゆったりしたニットなので、その辺に関しては想像するしかない。

依然、美羽は貴生の顔を見続けている。

「……下、いかないの？」

「うん、今日はちょっと、電話、待ってるから」

「カノジョ？」

「いや、仕事関係」

「カノジョはいる？」

なんだ、いきなり。

「いや……いない、よ」

「そう」

それだけで美羽は立ち上がり、「バイバイ」も「またね」もなく、貴生の部屋から出ていこうとする。ちらりと振り返ることすらしない。

若草色のカーテンが、ふわりと彼女の後ろ姿にかぶさる。スリッパは履いてこなかったのか、素足の小さな足音だけが、階段の方に遠ざかっていく。

何も、残っていなかった。彼女がここにいたという、実感みたいなもの、匂いとか、温度とか、声とか、そういったものが何も残ってない。特に声は、もうはっきりと思い出すこともできなくなっている。

でも、彼女はここにいた。その記憶まで消えてしまうわけではない。ましてや、それが貴生の印象に残らないかというと、そんなことはまったくない。

むしろ、強く残っていた。

ちょこんと胡座を掻いて座り、瞬きもせずに貴生を見つめ、訊きたいことだけ訊いて、挨拶もせずに出ていった少女。もうすぐ二十一だというから、少女という年ではないのだが、印象としてはそうだった。

小池、美羽——。

ふいに夜から抜け出て、また、夜に戻っていった少女。

貴生とて、最初の一社で上手くいくとは思っていなかった。駄目なら次にいくまでだ。落ち込んでいる暇などない。

片っ端からエントリーシートをダウンロード、記入し、郵送せよとなっていれば郵送する。面接に持参せよということであればそうする。

一次審査に通れば面接に呼ばれる。中途採用なので、募集人数も応募人数もさほど多くはない。そんな中で、七年近い経験がある自分は比較的有利だと思っていた。

しかし、

【誠に残念ですが、今回は吉村様のご希望に添うことができませんでした。】

それでも落ちるときは落ちる。そんなことが何回も続けば、落ち込むまいと無理やり上向かせていた気持ちにも、徐々にダメージが蓄積し、下を向かざるを得なくなってくる。このまま自分は職に就くことができず、貯金も底をつき、シェアハウスすらも追い出されてしまうのではないか。そんな最悪の連鎖も脳裏をよぎる。

だから、今日の面接は気合が入っていた。自分がいかにこの仕事に情熱を持っているか、経験豊富か、こんなプランのツアーを考えているがどうだろう、というところまでツッコミ気味に話してみた。やや暑苦しかったかもしれないが、他の連中よりはマシだと思った。貴生以外の応募者は、どいつもこいつもニート一歩手前みたいな冴《さ》えない男ばかり。あれらと比べたら自分はだいぶまともだし、スタイリッシュだし、エネルギッシュだし、即戦力になると判断されるだろうと思っていた。

だから、そこの本社ビルを出たところで、かつての上司と鉢合わせしたことには心底驚いた。

「……よう、吉村。なんだ、元気そうじゃないか」

貴生のことを「柳」呼ばわりし、なお同期の渡辺律子と不倫関係にあるという、あいつだ。

「あ、ど、どうも、ご無沙汰してます……佐口《さぐち》さん」

佐口正章《まさあき》。久しぶりに見ると、なるほど、渡辺律子と——というのにも頷けるものがあった。四十を過ぎているはずだが、スーツやネクタイの趣味が若く、実際スタイルがいい。紳士服のCMのよう、といったら褒め過ぎだろうが、でもそれに近いものはある。

佐口は「チッ」と舌を鳴らし、さも不快そうに貴生を見た。

「……お前、まさか俺とここで会ったのが、偶然だとか思ってんじゃねえだろうな」

「えっ、違うんですか」

前の会社の本社はこんなところにはないし、勤務していた支店もここからは遠い。佐口の担当する企業がこの近所にあり、たまたま挨拶周りにきた、ということならあるのかもしれないが、それだって貴生と出くわす確率は相当低いはずだ。

「偶然……では、ないんですか」

「お前は、相変わらず鈍いしダルいし暗いし気持ちワリいな。こんなところで偶然なんて、あるはずねえだろ」

「じゃあ……えっ、ど、どういう？」

また舌打ちをし、佐口は不快そうにかぶりを振った。そのまま隣のビルとの隙間、人が一人やっと通れるくらいの路地に連れ込まれた。

「……ここ、俺が昔いた会社」

佐口が指差したのは、なんと、貴生がいま面接を受けてきた会社の本社ビルだった。社名は「アップフロント・ツーリスト」という。

「え、佐口さんって、元、アップフロントでしたっけ」

「そうだよ。ここの常務取締役だった赤坂さんが独立、うちの会社を立ち上げるのに六人の社員を連れて出た。その中で一番若かったのが俺。ちょうど十年前の話だ。赤坂さんは別にここと喧嘩別れしたわけじゃない。今だって仲良くしてる人はいるし、それは俺だって同じだ。……もう、分かっただろう」

さすがに貴生にも、この話の先は読めた。

「……はい」

「エントリーシート見て、知ってる会社の元社員だってなったら、そりゃ問い合わせるぜ、普通。おたくを辞めた人間がこっちにES送ってきてるけど、どういう事情？　って。そりゃ、俺だって黙っててやりたかったさ。シャブでパクられたんでクビにしたんすよ、なんてさ、いいたかないよ。でも、いわざるを得ないだろう。あとでそれが発覚してみ。うちにいる頃に逮捕されてんだから、うちが知らないわけないんだから。知ってて相手方に黙ってたってなったら、こっちの関係までおかしくなっちまう。そこまでお前に、義理立てはできないからな。正直にいうしかなかったんだよ……在職中に、覚醒剤絡みで警察に逮捕されました、ってな。そういったら、その相手、面接こいっていっちゃったよ、明日、そいつきちゃうのかよって、むしろ怯《おび》えてた。そこはさすがにフォローしといたけどな。そんな、だからってズブズブのシャブ中じゃないと思うし、別に凶暴な奴でもないですよ、って」

それには、なんとなく頭を下げておく。

佐口は続けた。

「本当はよ、こっちとしちゃ、お前に損害賠償請求してえくらいなんだぜ」

そんな、なんで――。

「……おやおや、まるでピンとはきてねえみてえだな。だからお前は、鈍くてダルくて暗くて気持ちワリいってんだよ。……いいか。旅行会社の人間が、シャブでパクられたんだぞ。そうなったら警察は、当然いろいろ疑ってかかる。ひょっとして会社ぐるみの犯行なんじゃないか、他の社員もやってるんじゃないか、ツアーを利用して密輸を働いてるんじゃないか、バックに暴力団がいるんじゃないか、とかな。……正直、お前のことを社員全員で袋叩きにしてやりたかったよ。なんで俺たちまでこんな目に遭うんだ、って恨んだ。家宅捜索まではされなかったけどよ、うちの支店の人間は全員尿検査を受けたし、俺と山口と谷原と支店長は毛髪も提出したよ。誰からも、なんにも出なかったけどな。当たり前だけど」

そんなことがあったなんて、ちっとも知らなかった。たぶんすべて、貴生が留置場か、拘置所にいるときの出来事なのだろう。

「だからお前も、もうこの業界は諦めろよ。アップフロントだけじゃない。他からも問い合わせ受けた奴が、何人かいる。そのたびに、みんなすまなそうに電話の口を囲って、背中丸めて、実は……って話してる。もう、業界中に広まるのも時間の問題だろう。どこ受けたって採用なんかされるわけねえし、されたらされたであとで困るぜ。……よせよせ。もっとさ、知り合いなんて一人もいない、今までとまったく関係ない業界で、心機一転やり直せよ。その方がお前のためだし、こっちの業界のためでもあるんだよ」

全身を弄《なぶ》るビル風が、根こそぎ体温を奪い、貴生を凍えさせた。

即戦力なんてちゃんちゃら可笑《おか》しい。自分は旅行業界にとって、ただの疫病神《やくびょうがみ》だった。黙ってれば分からないだろうと安易に考えていたのは自分だけで、実際はもう、みんなが知っていた。そうと知っていて面接をした社員もいたのかもしれない。へえ、こいつがシャブで執行猶予中か、ずいぶん熱心に喋ってるけど、それもクスリで気分が昂《たか》ぶってるからじゃないの——そんなふうに見ていた人も、ひょっとしたらいたのかもしれない。

とんだ笑い者だ。きっとみんな、肚《はら》の中で貴生を笑いながら見ていたのだ。

聞いたことのないはずの笑い声が、耳の中で、頭の中で木霊《こだま》する。子供の虐《いじ》めと一緒だ。弱点を見つけると、そこを徹底的に突いてくる。

シャブ中、シャブ中——。

言い訳になど、誰も耳を傾けてはくれない。たった一回だけなんだ。その夜だけ、つらくて仕方なくて、ちょっと現実逃避したかっただけなんだ。そう叫んでも、木霊する声は増えていくばかりだ。大きくなっていく一方だ。

シャブ中、シャブ中——。

シャブ中、シャブ中——。

佐口とどうやって別れ、何に乗って帰ってきたのか、自分でもよく覚えていない。ただその夜、常連客のヒロシやシュウジ、通彦や彰と肩を組んで唄ったことは、ぼんやりとだが覚えている。

「……もう、飲ませない方がいいんじゃない？」

そういったのは、確か潤子だったと思う。鼓膜まで酔っぱらってしまったのか、聴こえる音のすべてが輪郭を失い、水袋にでも閉じ込められたように歪《ゆが》み、滲《にじ》み、揺れ続けていた。それでも、不思議と友樹のギターだけははっきりと聴こえた。B'zの「ウルトラ・ソウル」も、けっこう上手く唄えていたと思う。

「いいんだよ。こういうときは、とことん飲ませてやった方がいいんだって。あとの面倒は、俺たちが見るから」

　これは誰がいったのか、はっきりしない。通彦だったようにも、彰だったようにも思う。ヒロシでないのだけは間違いないが、ひょっとしたらシュウジという可能性もなくはない。

　ただ、気づいたときには二階の自室におり、ベッドに寝かされていた。額には濡れタオルが載せられていて、ベッドサイドには誰かがいた。部屋の照明は点いていなかった。窓から射し込んでくる街灯と月の明かりが、その誰かの輪郭を浮かび上がらせていた。

「……気がついた？」

　女の声だということしか、判《わか》らなかった。世界は相変わらずぶわぶわと歪んでいて、揺れていて、気持ちが悪かった。たぶん、返事も碌にできなかったと思う。

「替えようか」

　ふいに額が軽くなった。湿っていた肌が乾いて冷え、それも気持ちがよかった。キカネツ、という単語が浮かんだが、その理屈までは面倒で考えられなかった。

　さっきより冷たいタオルが、また額に載せられた。それはそれで気持ちがよかった。ついでのように何かが貴生の唇にかぶさり、その柔らかな感触が重なった部分を濡らした。吸い上げられるような感覚。注ぎ込まれる快感。混じり合う吐息。甘い唾。胸の上に感じた膨らみ。

　髪の束が、さらりと頬を撫で、唇にあった感触も遠ざかっていく。

　もっと、もっとそうして、いかないで——。

　でもそれは思っただけで、少しも声には出せなかった。

残ったのは、百円ショップで買ってきた、目覚まし時計の、秒針の音と、あとは——いや、それだけだった。

8．紫織の気持

その夜、貴生は最初から様子がおかしかったらしい。

紫織が帰ってきたのが八時半くらい。その時点ですでに、貴生は相当酔っぱらっていた。たぶん、ヒロシとシュウジが面白がって飲ませたのだと思う。髪をくしゃくしゃに乱して、ネクタイはどっかにやってしまって、ワイシャツのボタンはみぞおちの辺りまで外れていた。靴も片方しか履いていなかった。珍しいことに、今夜は美羽もその輪に加わり、ときおり手を叩いてはニヤニヤしていた。

ヒロシやシュウジが勧めれば、

「おう新人、もう一杯いけ」

「ふあい……ごっつぁんれぇす」

貴生は決して断らず、必ず一気に飲み干した。またそれを周りが盛んに囃《はや》し立てるものだから、貴生もさらに調子づく。

紫織がカウンター席につくと、心配そうに貴生を見守る潤子と目が合った。

貴生を目で示し、訊いてみる。

「彼、なんかあった」

潤子は曖昧《あいまい》に頷いてみせた。

「面接、上手くいかなかったみたい……でも、それだけじゃないんじゃないかな。面接で落とされたのなんて、別に今日が初めてじゃないんだから」

「でしょうね……ってことは、ようやく前科者に厳しい、世間の洗礼を受けた、ってところかな」

むろん紫織は、潤子以外には聞こえない声量で喋っている。

潤子は、それとなく店内を見回していた。各テーブルの皿やグラスの空き具合、常連客が他所の席に迷惑を掛けていないか、そんなことをチェックしているのだろう。

一巡して、紫織に目をくれる。

「……なんか飲む？」

「そうね。ピンク・ジン、もらおうかな」

「了解」

潤子がジンとビターズのボトルを揃え、ミキシンググラスを用意してる間にも、シュウジがオーダーをしに寄ってくる。仲良く肩を組んでいる相手は、ヨレヨレの貴生だ。

「潤子さん、あれ、あれ作ってよ、『ボイラー・メーカー』」

紫織は思わず、シュウジの肩を平手で叩いていた。

「ちょっと、あんたまさか、それを貴生くんに飲ませるつもりじゃないでしょうね」

ボイラー・メーカーとは、ビールにバーボン・ウイスキーを足したカクテルだ。そんなものを、この状態の貴生に飲ませたらどうなると思っているのだ。

案の定、シュウジは「そうっすよ」と悪《わる》びれもしない。

「バカ、そんなもん飲ませたらぶっ倒れちゃうでしょ」

潤子もカウンターの中で頷いている。

「さすがに、もう、飲ませない方がいいんじゃない？」

シュウジに肩を貸された状態の貴生が、カウンターをバシンと叩く。自分でも「ボイラー・メーカーください」といっているつもりなのだろうが、どう好意的に解釈しても、「おいらーわー、くらい」としか聞こえない。

紫織は貴生の、くしゃくしゃになった髪を撫でやった。

「何があったのか知らないけど、もうよしなよ、貴生くん。他のお客さんの、迷惑になるから……聞いてる？　貴生くん」

耳元に口を寄せ、そういえば、貴生も頷く。

紫織は続けた。

「今日はもう、これくらいにしておきなよ」

しかし、それにはかぶりを振る。

どうやら今日は、とことんまで飲まないと気が済まないらしい。

まもなく貴生は酔い潰れ、その辺りから客は帰り始め、少しずつ「プラージュ」は静かになっていった。

「じゃ、またねェ、紫織ちゃん、潤子さん」

「おやすみなっさーい」

勝手なもので、ヒロシもシュウジも貴生の介抱など一切せず、上機嫌で帰っていった。

結局、貴生を部屋に運んだのは通彦と彰。でも少し心配だったので、しばらくは紫織が様子を見ることにした。

部屋を出ていくとき、通彦が冗談めかしていった。

「紫織ちゃん、犯しちゃ駄目だよ」

「ばーか」

シッシッ、とやると、通彦は笑いながら下に戻っていった。

貴生はだいぶ苦しそうだった。仰向《あおむ》けだと、聞いてるだけでこっちの喉が痛くなるような鼾《いびき》を掻き、それが治まると、何十秒も無呼吸になる。貴生くん、と呼び掛けながら体勢を変えてやると、しばらくは呼吸も戻り、鼾も治まる。だが、また何分もしないうちにもとの状態になってしまう。寝返りを打って、また仰向けになるときが最悪だった。そのまま死ぬのではないかと思うくらい全力で鼾を掻き、まさに死んだように呼吸をしなくなる。

そんなところに、氷水を張った洗面器とタオルを持ってきたのが、美羽だった。

「……珍しいね。美羽ちゃんが最後までつき合うなんて」

美羽はこくりと一度だけ、小さく頷いた。

ベッドサイドに洗面器を置き、タオルを氷水に浸し、丁寧に絞る。美羽は最近、松井伸介という、店にもたまにくる老人の家で家政婦の真似事のようなことを始めた。それについて潤子から聞いたとき、紫織は、美羽にはいいリハビリになるだろうと思ったし、実際潤子もそのようにいっていた。

貴生の額の前髪をよけ、美羽が絞ったタオルを載せる。少し位置を直し、手を引っ込める。冷たくて気持ちがいいのか、貴生の鼾はぴたりと治まった。呼吸も、普通にしている。その様子を、美羽はじっと見つめている。窓から射し込む月明かりが、切り絵のようにくっきりと横顔を浮かび上がらせている。

なんの前触れもなく、美羽が口を開く。

「……この人、何やったの」

抑揚のない、独り言のような口調だ。

「覚醒剤使用で、執行猶予中だって」

「火事に遭ったって、いってたけど」

「そうみたいね」

ぐっと近づいて、貴生の寝顔を無遠慮に覗き込む。

「……この人、いい人？」

「さあ。どうだろう」

「紫織さんは、どう思う？」

「んん……悪い人じゃ、ないんだろうけど」

「じゃあ、いい人だ」

「分かんないよ。人間は二種類じゃないんだから」

するとと美羽は、音がするほど勢いよくかぶりを振った。

「……極悪人以外は、たいてい、いい人。だからこの人も、たぶんいい人。そんな気がする」

だらりとベッドから垂れ下がった貴生の手を、美羽が両手ですくい上げる。

「……あたし、馬鹿だから。一つひとつ、そうやって決めていかないと、わけ分かんなくなっちゃうから。……ねえ、どうして売春はいけないことなの？」

美羽はときどき、こういうことを訊く。ひと言ふた言では簡単に説明できない、多面的で、根深い問題について質問する。

「あたしも、よく分かんないけど……たぶん、ほとんどの売春婦は、税金を払わないからでしょ」

「……そっか」

美羽が、貴生の手をベッドに戻す。

「この人……このまま首絞めたら、死んじゃうよね」

「うん、死んじゃうだろうね」

「みんな、困るかな」

「困る、だろうね……美羽ちゃん、この人殺したいの？」

それには首を傾げる。

「……分かんない。この人を殺して、この人が抱えていた世界がなくなって、それによって、あたしの抱えてる世界も変わっちゃって、でもそれが、あたしにとって悪い世界とは限らないし、それが悪い世界だって決められていることに、なんでみんなが少しの疑問も持たないのか、そのことの方が、あたしには分からない。分からないけど、決められてることは間違いないみたいだから、それを今は、覚えるしかないって、思う。……あたしは全然、伸介さんとセックスしてもいいんだけど」

ふごっ、と貴生が啼《な》いた。

それを見た美羽が、片頬を持ち上げ、笑いの形を作る。

この子は馬鹿なんかじゃない。むしろ利口過ぎて、鋭過ぎるから、この矛盾した社会の構造が透けて見えてしまう。そういうことではないのか。

「……おいで」

紫織が抱き寄せると、美羽は少しも抵抗せず、するりと紫織の胸に納まった。母親に甘えるかのように、紫織の胸に顔を埋める。いつ噛《か》みつかれるか分からないけれど、紫織はそのままにしていた。

安物の目覚まし時計の音が、ひどく耳障りだった。

紫織は普段、隣町の弁当屋でアルバイトをしている。時間帯によってはレジ係になることもあるが、たいていは奥でおかずを作ったり、ご飯を炊いたりしている。大した稼ぎにはならないが、それでも家賃に少し上乗せして潤子に払うくらいのことはできる。

たまには知り合いに頼まれて、銀座のバーを手伝うこともある。「プラージュ」とは客層がまったく違うので、それはそれで面白い。

その店で紫織は「ハルカ」と呼ばれている。いま相手をしているのは、この近辺にビルをいくつも持っている「プチ不動産王」だ。チビでハゲのしょぼくれたオヤジだが、いつも金ピカのロレックスだけは欠かさず着けている。

「……ハルカちゃんは、お金持ちのイケメンと、貧乏のイケメン、どっつが好き？」

だいぶ酔っているので仕方ないのかもしれないが、質問の仕方がそもそも間違っている。ここは「お金持ちのブサイクと、貧乏のイケメン」と訊くべきだろう。まあ、答えるだけは答えておく。

「お金持ちのイケメンと貧乏のイケメンだったら、そりゃお金持ちのイケメンの方がいいですよ。決まってるじゃないですか」

「ん、あれ……いや、まつがった。ブサイクな金持ちと、貧乏なブサイクだ。どっつがいい」

どうも、半分だけ引っくり返す、というのが上手くできない人らしい。

「ええー、今度は両方ともブサイクなんですか？　あたし、そんなに面食いではないですけど、でも、選択肢がブサイクだけって……」

「じゃ、じゃあ、分かった、ブサイクな金持ちと、ブサイクな貧乏人だったら、どっつがいい」

「橋本さん、それじゃ、さっきと一緒ですから」

まあ、銀座といっても、客の大半はこんな感じだ。


終電で帰れる時間に店は上がったのだが、そんな頃になって、ちょうど電話がかかってきた。ディスプレイには【公衆電話】と出ている。つまり、相手は碌に携帯電話も所持できない身分。そんな知り合いは一人しかいない。

「もしもし」

『……もしもし、俺だ、紫織』

やはり克巳《かつみ》だ。冨樫《とがし》、克巳。

「なに、今どこ」

『お前はどこだ。東京か』

「うん、今は、銀座だけど」

『よかった……今から新宿、出てこれるか』

「まあ、新宿なら、出られるけど」

だが、それだと帰りはタクシーということになる。ある程度の出費は覚悟しなければならない。

『じゃあ、ゴールデン街に「ババンバー」って店がある。そこにいるから、すぐにきてくれ』

「うん、分かった」

『それと……いや、いいや。とにかく、急いできてくれ。頼むぞ』

すぐ銀座駅に向かって丸ノ内線に飛び乗った。新宿三丁目までは十五分くらい。そこからゴールデン街は、歩いて十分くらいだったろうか。

午前一時前には、ゴールデン街の入り口にたどり着いた。

街が出している案内板で「ババンバー」を探す。何しろ店の数が多いので苦労したが、「花園三番街」という通りにその名はあった。

小走りでその通りまでいき、中ほど左手、「エポ、この上」と書かれた階段の隣が「ババンバー」の入り口だった。

チョコレート色のペンキがだいぶ剝がれたドアを開ける。中は、カウンターに沿ってスツールが五つ並んでいるだけの、小さな小さな店だった。その、出入り口に一番近い席にいた男が立ち上がる。短く刈った金髪、夜だというのに真っ黒いサングラスを掛けてはいるが、紫織にはひと目で分かった。

克巳だった。直《じか》に会うのは三年ぶりだろうか。

「……カッちゃん」

「うるせえ」

紫織を店の外に押し出すと、そのまま腕を取って引っ張っていく。今の店の会計は済ませたのだろうか。

「い、痛いよ、カッちゃん」

「だったらさっさと歩けッ」

夜道でサングラスはやはり不便だったのか、克巳は途中で尻のポケットからキャップを取り出し、それを目深《まぶか》に被《かぶ》って代わりとした。

紫織はだいぶ歩かされたように感じたが、結局、克巳が「ここでいい」と足を止めたのは花園神社だった。たぶん、あの店から二百メートルも離れてはいまい。

社殿に上がる大きな階段、その陰に連れ込まれる。

「……紫織、とりあえず、いま持ってる金、全部よこせ」

そんなことだろうと思っていた。

「カッちゃん、もうよしなよ。逃げられるわけないよ。こんなボロボロになって逃げ続けて……そんなことして、一体なんになるっていうの。悪いことといわないからさ、警察いこうよ」

「うるせえッ」

押し殺した声で怒鳴り、紫織のショルダーバッグに手を掛ける。

「いいから、ありったけよこしゃいいんだよッ」

「やめてよ、壊れちゃう」

「うるせえバカッ、よこせっつってんだッ」

「全部持ってかれたら、あたしだって帰れなくなっちゃうよ」

「知るかそんなことッ」

ようやく財布を見つけ、圧《へ》し折るようにして目一杯開き、ありったけの札を抜き出す。

「……こ、こんだけかよ」

今日の午前中、たまたま潤子に家賃を払ってしまったので、今は二万円ちょっとしか持っていない。

「……しょうがないでしょ」

「じゃあ、ATMは。近くに、ATMないのか。そこで下ろしてこい」

「馬鹿いわないでよ。貯金なんてあるわけないでしょ」

「う、嘘つくなッ」

左頬で乾いた音が鳴り、衝撃で視界が揺れ、目の奥で火花が散り、思わずよろめいた。でも、グーで殴られなかっただけ、あの頃よりはマシだ。

「……嘘じゃないよ。カッちゃん、今あたしが何やって暮らしてるか、知ってんの」

「どうせソープかデリヘルだろ」

そう思われていることより、そんなふうにしか克巳が考えようとしないことが、むしろ悲しかった。

「違うよ……風俗なんて、やってない」

「そういえばお前、さっき、銀座とかいってたな」

「あのバーは、ときどき手伝いでいくだけ。月に一、二回、あるかないか」

「それでいくら稼げる」

「一回、七千円くらい」

克巳は野良犬のように鼻筋に皺《しわ》を寄せ、「チクショウ」と吐き捨てた。

「そんな端金《はしたがね》じゃ、どうにもなんねえだろうがッ」

紫織の財布を地面に叩きつける。スタンプカードや、サービスチケットの類が、砂の載った地面に散らばる。幸い、小銭入れのファスナーは閉まっていたため、そっちは無事だった。

紫織はその場にしゃがみ、一枚一枚拾い集め、砂を払った。

「……普段は、お弁当屋さんで、アルバイトしてる。トンカツとか、コロッケとか揚げたり、キャベツ刻んだり、ゆでタマゴの殻剝いたり、お釜一杯にご飯炊いて、お握り作ったりしてる」

克巳はそんな紫織に尻を向け、タバコを吸い始めた。

「そんなケチな仕事だから、それっぽっちしか稼げねえんだろが」

その「それっぽっち」を毟《むし》り取ろうとしているのは誰だ。

「カッちゃん、もう諦めなよ。世の中、そんな上手い話なんてあるわけないって。夢みたいなことばかりいってたって駄目なんだって」

また「うるせえ」と克巳は凄んだが、紫織はやめなかった。

「……あたしなんか、もともと学がないし、特技もない、おまけにもう、若くもないからさ、ほんと、働くっていったって、仕事は限られるよ。でもね、そんなあたしにも、頑張れっていってくれる人、いるの。一所懸命やれば、ちゃんと認めてくれる人、世の中にはいるんだって。少なくともあたしは、そういう人たちに助けられた。真面目にやろうって思えた」

財布についた砂も払って、カード類を収める。

「カッちゃん、よくいってたよね。俺は何にも縛られたくないんだ、って。でもさ、そんなの無理だって。あたしたちはこの国に生まれて、この国の法律に従って、縛られて、生きていかなきゃいけないんだって」

「俺は、望んでこんな国に生まれたわけじゃねえ」

そういうと思っていた。

「じゃあ出てけば？　出ていく自由はカッちゃんにもあるよ。アフリカでもフィリピンでも南極でも、好きなところにいって生きればいいじゃない。……あたしは、嫌だけどね。あたしは、この国で生きていく。ちゃんと働いて、税金納めて、社会に認められて、そうやって暮らすって決めたの。そりゃ、嫌なことだっていっぱいあるよ。男の多い職場だと、あたしみたいなのは……なんだろうね、すぐレイプされそうになるし。女の多い職場だと、荷物とか勝手に見られて、いつのまにか前科者だってバレてて、言い触らされたりする……それでもさ、いいこともあるんだよ。真面目にやるのなんて馬鹿らしいって、あたしだって思ってた。楽して稼ぎたいって、ずっと思ってた」

立ち上がり、克巳の顔を覗き見る。

「……でもお金ってさ、稼ぎ方で、全然違ってくるんだよ。盗んだ一万円と、お弁当作って稼いだ一万円とじゃ、全然中身が違うんだって。意味が違うの。カッちゃんだってやれば分かるよ。やればできる。今はそのチャンスを、自分で無駄にしてるだけなんだって。……ちゃんと、やればできるから。受け入れてくれる人はいるから。誰もいなかったら、あたしがそうするから。だから……カッちゃん、自首しなよ。このまま逃げ続けたって、苦しいだけだよ」

それでも克巳は、首を縦には振らなかった。

「……紫織。お前、変わったな」

そういって一万円札を一枚、投げ捨てるように、その場に放った。

慌ててしゃがみ、紫織はその一枚を拾った。

克巳が振り返ることは、なかった。両手をポケットに突っ込み、花園神社の鳥居を出ていく。

こんなに簡単な理屈がなぜ分からないのだろう、という思いと、無理もないという思いが混在している。紫織自身も、数年前までは分からなかった。「生かされている」という台詞は、善人ぶったクリスチャンか、似非《えせ》宗教家が信者を勧誘するときに使う方便だと思っていた。いや、それほどにも意識していなかったかもしれない。

でも、今は分かる。

自分は多くの人に支えられ、社会によって「生かされている」のだと感じる。

そしてそのことが、単純に嬉しいのだ。

9．貴生の挫折

あそこまで激しく酔い潰れると、さすがに翌日は一滴も飲みたくならなかった。

「水分だけは摂《と》った方がいいから。スポーツドリンク、ここに置いとくね」

潤子は何かと世話を焼いてくれた。男性陣も、部屋を覗いてはひと声ずつ掛けていった。「今夜も飲むんだろ？」と訊きにきたのは通彦。「ウコンでも買ってこようか」といってくれたのは彰。友樹は「洗濯物あるか」と入ってきて、そこらに散らかっているのを何着か持っていってくれた。

その日はずっと、自室でじっとしていた。

佐口の嘲笑が、まだ耳の中に響いている。

突然の逮捕で解雇されただけでなく、自分のせいで、前の会社は警察に事件への関与を疑われ、同じ支店の社員は尿検査まで受けさせられていた。その噂は、まもなく業界中に知れ渡るだろうという。そんなところに再びもぐり込もうとしていた自分が、何より恥ずかしかった。浅ましく、愚かしく、惨《みじ》めだった。

まったく別の業種を探す他ないのだろう。しかし今は、どんな仕事なら自分にできるか、まるで見当がつかない。コンピュータに詳しいわけではない。英語も得意ではないし、何かの専門知識があるわけでもない。普通自動車免許以外に持っている資格はなく、他人より秀でている特技もこれといってない。自慢できる趣味も、夢中になったものもない。腕力も体力も、どちらかといったらない方だ。よくよく自分を見つめてみると、ただそれとなく生きてきた――それ以外には、ほとんど何も見当たらなかった。

その夜はたまたま「プラージュ」も静かで、貴生が手伝いに下りることもなかった。何時頃だったか、通彦が何か食べるかと訊きにきてくれたが、食欲がないといって遠慮した。でもそのあとで、潤子がさっぱりとしたハム野菜サンドを作ってきてくれた。見た瞬間に腹の底が抜け、あっというまに平らげた。美味しかった。

「すみません……ご馳走さまでした」

食べる、という行為。食べるために働く、という営み。潤子は他人に、何かを食べさせることができる人だ。そればかりか、住むところまで提供している。

いま自分はそれに、甘えているだけの存在だ。

急に、彼女が大きく見えた。

「……潤子さん、俺」

「うん」

「職探し、あんま、上手くいってなくて」

「そう、みたいね」

「あの、それで……もちろん、引き続き、一所懸命、職は探しますけど、その……見つかるまで、もし、よかったら」

「バイトする？　『プラージュ』で」

風が、吹き抜けていった。

「……はい」

生まれたままの姿で、両手両足を広げて、草原に立たされている気分だった。貴生の駄目なところも、恥ずかしいところも、潤子はすべてお見通しのようだった。しかし、隠すことはしたくない。いや、してはいけない。自分はどうしようもなく、恥ずかしい存在なのだ。それを潤子に受け止めてもらうのではなく、自分自身で、受け入れなければならない。

心から、いわなければならない。

「……すみません。お願いします」

「何よ。私に謝ったってしょうがないじゃない」

これをいわれたのも、初めてではない気がする。

潤子はトレイを脇にはさみ、よっこらしょ、と立ち上がった。

「……ここが、貴生くんの足場になるんだったら、そうすればいい。ここを足掛かりにして、次のステップを踏み出せるんなら、そうしたらいい。……そうね。上手くいかないときは、むしろ立ち止まらない方がいいのかも。止まっちゃうと、次に動き出すのがつらくなっちゃうから。体だけでも動かしてれば、きっとなんか、いいアイデアも浮かぶよ……でも、忘れないで」

潤子の目が、あの「強さ」を帯びる。

「ずっとここにいることは、誰にも、できないんだからね。そのうち君は、ここを出ていかなきゃ、いけないいんだからね……おやすみ」

トレイにサンドイッチの皿を載せ、潤子は出ていった。

カーテンの揺れは、すぐに収まった。

貴生くん——。

ようやく佐口の嘲笑が鳴り止み、潤子の言葉が、それに取って代わろうとしていた。

そのうち君は、ここを出ていかなきゃ、いけない――。

ここにはまだ入ったばかり。正直、出ていくときのことなんて考えてもみなかった。いつかは自分もここを出ていく。いわれてみれば当たり前のことだが、今はどうにも、そのときの自分がイメージできない。

ここを足掛かりにして、か――。

その夜、貴生は夢を見た。激しい向かい風の中を、たった一人で歩いていく夢だ。砂粒が容赦なく肌を叩いた。頬や額に突き刺さるようだった。砂嵐だったのかもしれない。灰色の太陽は砂交じりの風に弄られ、明滅を繰り返していた。

どこまでいけばいいのか、分からなかった。

嵐がいつ止むのかも、分からなかった。

「プラージュ」に帰りたかった。誰かに助けを求めたかった。でも、名前が出てこなかった。頭の中が真っ白になって、誰を呼んだらいいのか分からなくなっていた。

ようやく一つ名前を思い出し、叫んだところで目が覚めた。

それが誰の名前だったのか。今は逆に、思い出すことができない。

潤子のいう通り、ぐうたら寝てばかりいても気持ちが腐るだけなので、もう昼間から目一杯働くことにした。

「いらっしゃいませ」

ランチタイムは、例のおばさん二人と接客をする。しかし実際にやってみると、よく今まで、これを女三人で捌《さば》いていたなと思う。貴生は、調理が間に合わなそうだったら厨房に入り、テーブルが片づいていなければ急いで下げ、レジ係がいなかったらそのフォローにも回った。

それとも、今日が特別に忙しいのだろうか。

「あの、ランチって、いつもこんな感じなんですか」

「そうよォ、毎日戦争よォ」

おばさんに、ついでのように尻を叩かれて一時過ぎまで、まさに息つく暇もなく働かされた。

「じゃあね、貴生くん、あたしらは帰るから」

「はい、お疲れさまでした。また明日、よろしくお願いします」

最後まで残っていたのはソファ席の客、お喋り好きなＯＬ三人組。

「ご馳走さま……」

彼女らが会計を終えて出ていくと、

「ありがとうございました」

今日のランチタイムは終了になった。

アイスコーヒーのグラスを持った潤子が奥から出てくる。

「……貴生くん、お疲れ」

「どうも、お疲れさまでした」

潤子のポロシャツ、その襟元と背中には少し汗が染みていた。日替わりメニューが揚げ物だったから、余計に汗を掻いたのだろう。

「貴生くん、ランチと一緒でいい？　それとも素麺《そうめん》か何かにする？」

「あ、俺は、どっちでも……潤子さん、素麺ですか」

「うん。なんかもう、さっぱりしたもんの方がよくなっちゃった」

貴生は逆に、客に出しているときからこれを食べるのだと楽しみにしていたので、日替わりメニューの「鶏の唐揚げ　甘酢餡《あん》かけ」をいただくことにした。

一応スタッフだという自覚はあるので、厨房にいって、自分の分は自分で持ってくる。

「余ってもなんだから、好きなだけ食べていいよ」

「すみません……じゃ、遠慮なく」

ほぼ二人前を皿に盛り、ライスと共にカウンターに並べ、

「いただきますッ」

本能の赴《おもむ》くままに貪《むさぼ》り食った。潤子は隣で素麺をすすりながら、貴生が食べるのを横目でチラチラ見ている。

「……男の人がガッツリ食べるのって、見てて気持ちがいいね」

そうですか、というのも、満足に言葉にならない。ちょっといっぺんに詰め込み過ぎたかもしれない。

潤子が続ける。

「お酒のツマミ作るのも、別に嫌いじゃないのよ。でも、そういうのって、みんなチビチビしか食べないじゃない。熱いうちが美味しいものも……そういうさ、揚げ物とかだって、冷えて残ってるの見ると、なんか悲しいもんね。どうせならさ、熱いうちに、パクパクッと食べてほしい。……だからか

な。私、ランチってけっこう好きなんだ。メチャクチャ忙しいけど」

確かに、夜のオーダーは少しずつ食べ残されていることが多い。どう考えても不味《まず》くて残されているのではないから、作る側からしてみたら、余計残念に思えるのだろう。

「プラージュ」は、昼と夜とではまるで違う顔を持っている。いや、それをいったら朝も別の顔をしている。

「あれ……そういえばこのお店って、昼が先なんですか、夜が先なんですか」

潤子が「ん？」と、両眉をいっぺんに持ち上げる。

「どういうこと？」

「飲み屋として始めたのか、食べられるカフェ、みたいなイメージで始めたのか、どっちが先かな、と思って」

それには、ああ、と浅く頷く。

「最初は夜。でも、食材の有効活用とか、いろいろ考えてランチもやることにしたの」

「いつ、始めたんですか」

「お店自体は、四年前かな」

「じゃあ、あとからシェアハウスを？」

それには「んーん」とかぶりを振る。

「シェアハウスと『プラージュ』は、同時に始めたの。もともと、そういうつもりだったから」

「へえ……じゃあ、それまでは潤子さん、何してたんですか。どっかのレストランとかで働いてたんですか」

「なに」

潤子がまた、ちょっと「強い」目で貴生を見る。

「今日はやけに、いろいろ訊くじゃない。私の過去を穿ったって、なんにも出てきやしないわよ」

「いや、別に……そういうつもりじゃ、ないんですが」

かといって、他に話題があるわけでもない。貴生はなんとなく、表の道に目をやった。

やけに脚の太い女子高生が二人、店の前を通り過ぎていく。二人とも、二本あるバッグの持ち手の片方だけを肩に掛けていた。見るたびに貴生は思う。あんな使い方をしていたら、縫い合わせ部分に負担が掛かってすぐに壊れてしまうのではないか。実際、バッグの中身を道にぶちまけている女子高生を見たことがある。あれはどこでだったか。前に住んでいたアパートの、最寄駅の前だったか——。

そんなことを考えていたら、

「……ただいま」

あの女子高生たちと同じ種族のものとは思えない、細くて長くて真っ直ぐな脚が二本、店に入ってきた。

「あら、美羽ちゃん。お帰り」

貴生も潤子に合わせ、「お帰りなさい」といってはみたが、胸の辺りには何やら、複雑に濁ったものが湧き上がってきていた。

「あー、疲れた」

担いでいたトートバッグを二つ先のスツールに下ろし、「よっこらしょ」と貴生の隣に座る。石鹸《せっけん》のような匂いが鼻先に漂い、胸の内の濁りが、さらに複雑に入り乱れた。

「美羽ちゃん、お昼ご飯は？」

「んん、いい。食べた……それよりさ、潤子さん。あたしもたまには、お店手伝おうかな」

潤子はニヤリとし、二度小さく頷いた。

「そうしてくれると助かるわ。美羽ちゃん、お客さんにも人気あるしね」

聞いているのかいないのか、美羽はカウンターに両肘をつき、つまらなそうに爪の先を弄っている。

ピンクとグリーン、一本ずつ互い違いに塗り分けられている。

美羽の横顔は、とても綺麗だった。

なぜだろう。ちょっと懐かしいような、そんな気がした。


いつも通りの夜だった。八時頃から九時にかけて店が混み始め、十時頃には満席になる。今夜もそんなパターンだと思っていた。

違いがあるとすれば、美羽だ。

美羽は自分の脚の細さをアピールするようなミニスカートを穿《は》き、客とテーブルの間を舞うように縫って歩く。そもそも貴生が彼女について知っていることなどほとんどないのだが、それでも別人のようだと思わずにはいられなかった。

弾けるような笑顔、というのは、ああいうのをいうのだろう。オーダーをとるとき、できた料理やドリンクを運んでいくとき、美羽は「かしこまりました」「お待たせしました」といったひと言に、必ず笑みを添える。それが、パッと辺りを明るく照らす。男性客の多くは、近くを通る美羽を必ず横目で追っている。無理もないのだが、でもそれを見ていると、貴生の胸の内には、また何やら複雑なものが湧き上がった。

あの無表情とのギャップは、なんなんだ——。

だがそんな美羽の笑顔が、突如翳《かげ》りを見せた。まだ十時になるかならないかという頃だった。最初は、久々の手伝いで張り切り過ぎたのかな、と思った。普段やっているサービス業がなんなのかは知らないが、それと「プラージュ」の接客はだいぶ勝手が違うのだろう。そんなふうに思っていた。

でも、美羽なりに努力はしている。努力というか、痩《や》せ我慢だ。客には見られないよう、潤子や貴生にだけ見える角度で眉をひそめる。出入り口に一番近いテーブル、着崩したスーツ姿の男性客二人から追加オーダーをとってきたときなどは、硬く歯を喰い縛ってもいた。

潤子もその苦しげな表情には気づいているはずなのに、決して休んでいいとはいわない。使うとなったら、とことん使い倒す。潤子には、そういうところがあるように思う。貴生なんかは、美羽はあくまでも「手伝い」なのだから、そこまで厳しくしなくてもいいだろうに、と思うのだが。

次に美羽がカウンターに戻ってきたタイミングで、貴生は声を掛けてみた。

「美羽ちゃん、大丈夫？　ちょっと、疲れてない？」

だが、それに対する美羽の反応は意外なものだった。

「……違うって」

苛立《いらだ》ちを含んだ、えらく尖った目で見られてしまった。

ちょうどそこに、紫織と通彦が一緒に帰ってきた。

「あれぇ、美羽ちゃーん、珍しいじゃなぁーい」

紫織が、小さな手持ちのバッグを、ふざけたようにくるりと振り回す。それに対しても、美羽は同じ尖った目を向けていた。いや、一層険しくなったようにすら見えた。

そのときだ。出入り口に一番近いテーブル、カウンターから見ると左側になるので、スタッフには「左テーブル」と呼ばれている席、そこにいた男性客二人が、こっちに近づいてきた。

なんだ——。

空気が、尋常ではなかった。明らかに、飲んで騒いで羽目を外そうという顔ではない。ある種の怒り、いや、剝き出しの敵意といった方がいいか。二人は速足で、紫織を左右から囲うような位置に立った。

「矢部、紫織さんですね」

男の上着の、腹の辺りで何かが光った。一瞬のことだったが、それでも貴生には分かった。つい数ヶ月前にも見たことがある。

警察手帳——。

急に表情を硬くした紫織が、二人の顔を交互に見る。

「……そうですけど、何か」

「トガシカツミが今どこにいるか、ご存じでしょう」

紫織は「ハァ？」と声を荒らげ、男に向き直った。

「知りませんよ、そんなこと」

異様な雰囲気を読み取ったか、客の何人かがこっちを見ている。

ふいにＢＧＭの音量が上がった。見ると、暖簾の近くに友樹が立っていた。オーディオの本体は暖簾を入ったところに設置してある。この騒ぎを周りに悟らせまいと、友樹が音を大きくしたのだろう。

もう一人の男も紫織に訊く。

「あなたは昨夜、銀座の店を出てから、直接ここには戻らず、別のどこかにいきましたね。そして二時過ぎ、タクシーでここに帰ってきている……トガシに、会いにいったんじゃないんですか」

紫織がちらりと辺りを見る。周りの客を、ではない。カウンターにいる潤子、その手前にいる美羽、すぐ近くにいる通彦。それぞれの顔を見てから、浅く頷く。

「……ええ、会うには会いました。けど、居場所なんて知りません」

「そんなはずないでしょう。トガシにはもう、あなたしか頼れる人間はいないんだ。特に、この東京にはね……あなた、トガシにいくら渡したの」

キッ、と紫織が右側にいる男を睨《ね》め上げる。

「渡した？　冗談じゃない。バッグ取り上げられて、勝手に財布開けられて、ごっそり札を抜かれたんですよ。……渡したなんて、人聞きの悪いこといわないで」

もう一人が、ぐっと紫織の顔を覗き込む。

「あなた、自分の立場分かってる？　そんなねぇ、手配犯の逃亡を手助けするような真似なんてしたら、今度こそムショ行きなんだよ。あんたはまだ、執行猶予中の身なんだから」

細く、冷たい針が、貴生の胸を正面から突き、真後ろに抜けていった。

紫織が、執行猶予中――？

その男は、紫織の肩を抱くような仕草をした。

「……署で、じっくり聞かせてくださいよ。任意のうちに喋ってくれたら、悪いようにはしないからさ」

そこに割り込んだのは、なんと、通彦だった。

「おい、ちょっと、いい加減にしろよ。彼女、いま知らないっていったじゃないか」

男の目が鈍く尖る。

「……なんだ、あんた」

通彦も負けじと胸を張る。

「俺は……ここの、同居人だよ」

「内縁関係ってことか」

「違うよ、ここの、シェアハウスの、住人ってことだよ」

「じゃあ関係ないだろ。下手に首突っ込まない方がいいぞ。あんただって、こんな女を庇って公務執行妨害で逮捕されてもつまらんだろう」

今にも殴り掛かりそうに、通彦が拳を固める。

「こ、こんな女って、し、失礼だろ紫織ちゃんにッ。紫織ちゃんは、お前らが思ってるような、そういうんじゃないんだって。もう、なんなんだよ、紫織ちゃんが何したってんだよ、アアッ？　っていうかよ、今、お前がいったこと俺、全部覚えてっからな。お前が公務執行妨害とかいうんだったら、お前のこと、名誉棄損で訴えてやるからな。アアッ、どうなんだよッ」

危険な状態だった。明らかに通彦の言動は度が過ぎていた。警察官に、そんなふうに感情でぶつかっていっては駄目だ。必ず手痛いしっぺ返しを喰うことになる。どうにかしなければ――。

だが実際に通彦を止めたのは、貴生でも友樹でも、ましてや潤子でもなかった。

紫織、本人だった。

「……みっちゃん、もういい。やめて」

そっと、その胸に手を当てる。固めた拳にも触れ、優しく解きほぐす。

「だってよ、紫織ちゃん」

「いいよ、しょうがない……あたしたちが前科者だってのは、事実なんだから。人生なんて、そんな簡単にリセットできるもんじゃない。過去は、いつまでだってついて回る。……罪を償うことはできても、過ちを犯した過去を消すことはできない。それは、しょうがない……だから、疑われるのもある程度は仕方ないと思う。それは、我慢するしかない。そんなのは別に、つらくもなんともない……ただ、あたしが悲しいのは、どんなに本当のことをいっても、声を嗄《か》らして訴えても、結局信じてもらえないこと。……それが、一番悲しい」

涙に逆らうように、紫織が上を向く。

「……あたし、窃盗で捕まったわけじゃないのに、職場で何かなくなると、必ず疑われるの。じゃあ、なくなった分だけタダ働きしますって、あたし、ずいぶんサービス残業した。なのに結局、わけ分かんない理由でクビになった。どうせ辞めさせられるんだったら、あんな残業なんてしなけりゃよかった」

紫織は、右の男に向き直った。

「刑事さん。あたし、なんでも正直に話します。警察までこいっていうんなら、一緒にいきます。でもそれは、今ここでいうのと同じことです。昨日の夜、トガシに呼び出されて会いました。新宿の花園神社でです。その前、トガシはゴールデン街の『ババンバー』という店にいました。でも、その前にどこにいたかは知らないし、花園神社からどこにいったのかも知りません。取られたお金は一万二、三千円です。本当は二万円ちょっとあったんですけど、全部持ってかれたらあたしが帰れなくなる、っていったら、一万円だけ、返しくれました……ほんと、それがすべてです」

聞き終わると、男は頷き、さっきまでとは少し違う調子で喋り始めた。

「……分かった。でも、今の話は調書にしたいし、トガシの今現在の人相着衣であるとか、そういうことも聞きたい。こっちとしては、なるべく早く、奴を捕まえてやりたいんだ。金もない、売るネタもないトガシは、いつおかしなことを考えないとも限らない。次に何かやってからじゃ遅いんだ……分かるよね。協力、してくれるよね」

紫織は頷き、結局、二人の刑事にはさまれる恰好で店から出ていった。変な雰囲気になったのはその後のほんの数分で、それも出入り口付近のみで、あとはいつもの「プラージュ」に、すぐに戻った。

ただ貴生自身は、さすがにいつも通りとはいかなかった。

紫織には前科があり、今も執行猶予中の身だった——。

見える風景が、完全に違ってしまっていた。

静かに回るシーリングファン。

ブルース調のＢＧＭと、客たちの話し声、笑い声。

もとの笑顔を取り戻した美羽。店内の様子を冷静に見ている潤子。カウンターで自棄酒《やけざけ》気味に飲み始めた通彦。二階に上がったのか姿の見えない友樹。まだ帰ってこない彰。

みんな知っていたのか。紫織が前科者だということも、執行猶予中だということも、全部知っていたのか。

知っていて、今まで——そういうことなのか。

10．記者の潜入

「プラージュ」の客は、やはり圧倒的に男性の方が多い。

ランチは働く男の胃袋を満たすだけのボリュームを常に備えているし、夜も、洒落た料理というよりは、ビールに合う濃い味つけのツマミをドンと出すスタイルのようだった。だからといって、女性が入りづらい雰囲気というわけではない。むしろ、女性だけでも気軽に入れるから、そういう女性客を――「目当て」とまでいったら偏見が過ぎるかもしれないが、実際それが、さらに男性客を呼び込む要素になっているとは思う。ひょっとすると、店主が朝田潤子という女性であることにも、同じ効果があるのかもしれない。

とにかく「プラージュ」には、男の出入りが常にある。

お陰で、Aがここに居住しているのかどうかを確かめるのには、予想外の時間を要した。そもそも、私には現在のAの風貌が分からなかった。髪型、ヒゲの有無、釈放時より太ったかもしれないし痩せたかもしれない。普段着る服の趣味も分からない。強いていえば、変えようがないのは身長くらいか。しかしそれも、踵《かかと》の高いブーツでも履かれてしまえば判断材料ではなくなる。そんな男が、その他大勢に混じって「プラージュ」に出入りするのだ。分かりづらいことこの上なかった。

しかし、なんとかAが居住していることは確認できた。出ていくときの恰好と、帰ってきたときのそれが同じことが三回もあれば充分だろう。Aは「プラージュ」の住人に違いない。私はそう確信するに至った。

一つ仮説として考えたのは、Aがここで C子と縒《よ》りを戻すのではないか、ということだ。「プラージュ」は女性でも入居できるようだから、その可能性も決してゼロではない。いや、むしろ二人の関係が戻っているから、だからこそ C子は Aが有利になるよう証言を翻した、とも考えられる。それによって無罪を勝ち取った Aは、娑婆《しゃば》で再び C子と関係を持つ——穿《うが》った見方だがあり得なくはない。A に対する無罪判決の妥当性や、C子の証言の信憑性はこの際どうでもいい。大切なのはストーリーだ。大衆が理解しやすい、感情移入が容易な、説得力のあるファンタジーだ。

ただ結果からいうと、この線はなかった。私が調べ始めた時点で「プラージュ」に住んでいた女性は、オーナーの朝田潤子を除けばあと二人。あのピンクのリュックの少女と、もう一人は、三十代半ばから後半の女性だった。これはさすがに、ひと目見ただけで分かった。少女はもとより、もう一人の女も C子ではあり得なかった。C子はもっと背が低いし、体型もぽっちゃりしていた。C子は「プラージュ」にはいない。そう結論づけざるを得なかった。

代わりに気になったのが、その三十代の女性住人の素性だった。なんとなく見覚えのある顔というか、ジャーナリストの鼻が何かを嗅《か》ぎ当てていた。

答えは意外と身近なところにあった。

取材ノートに残っていた、私自身の記述だ。

女の名前は「矢部紫織」。三年ほど前、コカインを大量に所持していた疑いで警視庁に逮捕された女だ。しかし使用を裏づける証拠までは出てこず、判決も執行猶予になっていた。

とはいえ、私が取材対象としたのはこの女ではなかった。もともとは音楽系芸能人が多く出入りする六本木のクラブについて調べており、そこに大量のコカインを持ち込んでいる男がいるとの情報を得て、潜入取材を試みたのだ。

男の名は「冨樫克巳」。

冨樫と紫織は幼馴染みで、十代半ばからは恋人同士だった。紫織は冨樫の子供を堕ろしたことがあるという噂も耳にした。どちらかというと惚れているのは紫織の方で、だからこそ冨樫は徹底的に紫織を利用した。金も貢がせたし、取引の手伝いもさせた。紫織の自宅をコカインの隠し場所にもした。いや、コカインの隠し場所に紫織を住まわせ、番をさせていたといった方が事実に近いかもしれない。最終的に紫織は捕まったが、冨樫は逃げた。私は途中でこの件から下りてしまったので、冨樫がその後どうなったのかは把握していないが、逮捕されたという話も聞かないので、おそらくまだ逃げ回っているのだろう。

なんにせよ、これは一つ大きな発見だった。


「プラージュ」近くのコンビニでお握りと缶コーヒーを買い、店の前で食べていると、まだ十代と思《おぼ》しき少年二人が目の前の歩道を通り過ぎていった。二人の、チラチラとこちらを窺うような視線を感じはしたものの、その時点では特に何もなかった。私は一服しながら缶コーヒーを飲み、二本目を吸い終えたところでコンビニ前を離れた。もう夜も遅かったので、その日は自宅に帰るつもりだった。

駅へと向かう道を歩き始め、二、三分した頃だろうか。背後から「いた」「あいつか」という声が聞こえた。その幼さから、コンビニ前で見かけた二人を連想した。

振り返ってみると、案の定だった。しかも女の子二人を加え、全部で四人になっている。私は駅方面に向き直ったが、背後から足音が迫ってくるのは感じていた。

幸か不幸か他に通行人はなく、近くの民家に明かりはなかった。

「おい、おっさん、ちょっと待てや」

小走りしてきた足音がすぐ後ろまでくると、いきなり右肩を摑まれた。私が足を止めると、四人はぞろぞろと私を取り囲んだ。

私は四つの顔を、ひと通り確かめた。

「……何か」

手を掛けてきた少年は、黒に金色のラインが入ったジャージを着ていた。

「何かじゃねえよ。なんのつもりだよ」

「君たちこそ、いきなりなんのつもりかな」

横にいた少女が「こいつだよ、間違いない」と私を睨みつけた。眉を限界まで細く整え、目を、殻を割ったウニのようにつけ睫毛《まつげ》で飾った今どきの少女だ。もう一人の娘も、恰好は似たり寄ったりだった。

大体の事情は呑み込めたが、私に引き下がる理由はなかった。

「……手を、放してもらおうか」

私が彼の手首を摑むと、加勢のつもりか、もう一人の少年も私の上着に手を掛けてきた。後ろ前にかぶった白いキャップ。眉は剃り落とされており、ほとんど毛穴しか残っていない。

「こっちが、なんのつもりだって訊いてんだよ」

「人にものを尋ねるときは、相手にも意味が通じるように話すもんだ」

「イキってんじゃねえぞオラッ」

黒ジャージの少年が握った拳をチラつかせる。女の子二人が妹なのか友達なのかは知らない。だが恰好をつけたいのなら、相手は選ぶべきだった。

「……どうした。殴るなら早くしろ。私の喧嘩は先手必勝より、正当防衛が信条なんでね。一発目は殴らせてやるよ」

「あんだとコラァ」

ようやく拳が飛んできた。私は、あえて顔面――正確には額を、相手に向けて突き出した。当たってもいいし、当たらなくてもいいと思っていた。

結果として、少年の拳は私の左こめかみをかすっただけ。むろん、私の全体重を乗せた頭突きはそんなことでは止まらない。そのまま、少年の右頬骨に激突した。

メキッ、と鳴ったが、大事には至るまい。

間髪《かんぱつ》を容《い》れずもう一方の少年の首に手を回す。後頭部にある白キャップのツバをしっかり摑み、そのまま真下に引き下げる。当然、少年は真後ろに体勢を崩す。右脚を上げてケンケンの恰好になる。

私はその右脚、膝の辺りを下からすくい上げ、余った右手で少年の首を摑んだ。相撲でいうところの「喉輪《のどわ》」の要領だ。

「……話があるなら、今からでも聞いてやるぞ。ただし、つまらん内容だったらこのまま頭を地面に叩きつける。君らが気をつけるべきはたった一つ。目上の人間に対して失礼にならないような、正しい言葉遣いだ」

少女二人が怯え顔で目を見合わせる。頭突きを喰らった少年は半ベソを掻いてその場にうずくまっている。

喋り始めたのは、「間違いない」といって私を睨みつけた少女だ。

「だ、だって……ウチんチのとこに、ずっといて、何日も、いるから、変質者だって……みんな、いうから」

張り込みを第三者に目撃されると、こういうトラブルはときおり起こる。「ウチんチ」というのは、おそらく「プラージュ」向かいの集合住宅のことで、彼女はそこの住人ということなのだろう。彼女の言葉遣いは――まあ、今回は大目に見てやろう。

「だったら、それは勘違いだ。私は変質者ではないし、君の家にも君自身にも興味はない。そして、中学生だか高校生だか知らないが、君らレベルの喧嘩につき合っているほど暇でもない。このまま君らが大人しく帰るというのなら、私も事を荒立てることは控えよう。とはいえ、君らの目につくところに長時間居座ったことは申し訳なく思っている。すまなかった。今後は気をつけるよ」

私は、右脚、喉輪の順番で手を放してやった。彼は一瞬よろけ、「チクショウ」と漏らしたが、少女の一人が「もういいよ」というと、それ以上反抗的な態度はとらなかった。うずくまっていた黒ジャージも、まもなく無言で立ち上がった。

「……痛かったか。悪かったな。これで氷でも買って冷やすといい」

ポケットから千円札を一枚出して渡してやると、黒ジャージは「すんません」と片手で受け取った。

たぶん、中学生だったのだろう。


どうやら集合住宅敷地内での張り込みも限界のようなので、次の手を打つことにした。具体的には、住人として「プラージュ」に潜入するということだ。

ところが「プラージュ」の空室状況は、知り合いの不動産関係者に訊いてもなかなか分からなかった。ある関係者は「もしかすると、だけど」と前置きし、こんなことを話してくれた。

「……ある種の、更生施設的な側面を持つ物件なのかもね。何人入れるんだか知らないけど、少なくとも一人は殺人で拘置所にいた人間で、一人はクスリで執行猶予中なんでしょ？　そういうのさ、いま一番足りてないじゃない。前科者じゃ、今どきは実の親だって保証人やりたがらないしね。保護司はみんな必死だよ。そういうの、分かった上で受け入れてくれる物件だったら、業者に情報なんて流さなくても、部屋は埋まっちゃうのかもよ。保護司同士とか、保護観察所の中でさ、あそこなら今、何部屋空いてるとか、もう一人くらいなんとかしてくれるとか、情報が出回っててさ……それだけで、けっこう埋まっちゃう可能性はあるよね」

私はなんとか、そこにもぐり込むことはできないかと頼んでみた。

「そりゃまた、マスコミとはいえ、物好きだね……うん、一応、探りは入れてあげてもいいよ」

そして二週間ほどした頃、その関係者から電話があった。

『やっぱり、そうみたいだね。そっち系の施設っていうか……公的なものじゃなくて、あくまでもボランティアみたいなものらしいけど。まあ、いったら保護司だってボランティアだけどね。……だから、あそこに入居したいんだったら、嘘でもいいから、何か前科があった方が通りやすいんじゃないかな。あんまさ、専門知識が要るような犯罪じゃ、かえって芝居が難しいだろうけど……でも交通事故とかなら、あんたでもアリなんじゃない？』

私はその案に乗り、ニセの前科を用意して「プラージュ」への潜入を試みた。先の不動産関係者に仲介してもらい、保護司の協力を取りつけるところまでは苦労した。だが直に訪ねると、オーナーの朝田潤子は根掘り葉掘り訊く性格ではないらしく、簡単に事情を説明しただけで「そうですか。分かりました」と、あっさり入居を認めてくれた。ランチタイムに三回ほど食べにきたことがあったので、顔を覚えられている可能性もあったが、実際にはそういったこともいわれなかった。

すでに張り込みで分かってはいたが、夜の「プラージュ」はパーティ状態になることが多い。私自身は、酒を飲んでする馬鹿騒ぎがあまり好きではなかったが、情報収集のためには参加した方がいいと判断した。

最初の夜に話をしたのは、林博《はやしひろし》という常連客だった。

「へえ、新入りさんか。仕事、何してんの?」

「今は……建築現場を、あちこちいってます」

「なに、大手の下請けとか?」

「いえ、大手では、ないです。知り合いの……まあ、町場《まちば》の現場監督みたいなもんですよ」

こっちが情報収集されてどうする、とも思ったが、初日から「つき合いの悪い男」という印象を持たれても損なので、しばらくは我慢した。

「あ、ほんとに。俺も現場系だからさ……つっても型枠大工だけど。じゃあさ、なんか現場とかあったら紹介するよ。俺、地元の業者には、たいてい顔利くから。なんでも相談してよ」

「ああ、はい、すみません……ありがとうございます」

林博には、常に三、四人の取り巻きがいた。聞けば仕事仲間だったり、地元中学の後輩だったりと関係は様々らしいが、たいていは元不良らしく、その手の話が始まると長いのには閉口した。

「こいつ、修二《しゅうじ》はさ、自転車のチェーン、あるでしょ。ガキの頃、あれをいっつも持ち歩いてたんだけどさ、ほとんど使ったことないもんだから」

菱田《ひしだ》修二。林よりもだいぶ若い、地元中学の後輩という男だ。

「博さん、その話、もういいって」

「よくねえよ。こいつさ、コウカの連中と十対十くらいで喧嘩になったとき、初めて使ったら、空振りして自分に返ってきちゃってさ。背中にビシーッて、ミミズ腫《ば》れ作っちゃって」

「博さん、そんときもういなかったでしょ」

「バーカ、ユミコが助けてくれって電話してきて、土手で半ベソ掻いてうずくまってんの迎えにいってやったの、俺じゃねえかよ」

「コウカ」も「ユミコ」も、説明がないので私にはまったく分からなかった。

「違いますよ。土手でうずくまってたのは、ニシコウの連中に待ち伏せされてやられたときっすよ。しかも電話したの、ユミコじゃなくて、うちの姉ちゃんです」

「あれ、そうだっけ……」

手が空けば、朝田潤子もその手の話に加わってきた。

「修二くん、あれがあるじゃない。川崎の」

「あ、あれねッ」

瞬時に博が両手を大きく振る。

「ちょっと潤子さん、それはナシだって」

どう見ても潤子の方が年下なのだが、博やその他の常連も潤子のことは「さん付け」で呼ぶのが普通なようだった。

そんなことにはかまわず、修二は得意気に続けた。

「あの頃、俺らは川崎の連中とずっと揉めてて。あるとき、戦争だっつって二十人くらいで攻めにいって。まあ、痛み分けっつーか、両方とも半分くらいはすぐに散って、どっか逃げちゃって、俺と何人かが残って、まあ、ボコってボコられて、だったんだけど。で、あんときは、ヤスオカさんと博さんが、車二台出して迎えにきてくれて……きてくれたのはいいんだけど、博さん、帰り、途中で腹痛《いて》えって、車停《と》めちゃって……」

何かと博が茶々《ちゃちゃ》を入れ、修二も笑いながらなので、なかなか話が進まない。

「だ……第一京浜の……路肩で……野グソし始めて」

「テメェ、それ以上いったら、マジでぶっ殺す」

「そこに……チャリ乗った、お巡りがきちゃって。キミキミ、何やってんだって、訊かれて……博さん、ケツ出したまんま、クソに決まってんだろって、怒鳴った瞬間、また腹に力入れたもんだから、ブビィイイーッて、ぶっこいちゃって……」

博も涙を流しながら笑い、もう勘弁してくれと修二にすがりつく。

それでも修二はやめない。

「そしたら今度、お巡りが車の方にきちゃって。中覗いて、君ら、何やったんだ、傷だらけじゃないか、ってなって……たぶん、喧嘩の件は通報も入ってるし、そこでバレたら、大事《おおごと》になるから……博さん、必死で俺らを庇おうと、してくれたのはいいんだけど……それが……お巡りさん、ティッシュ、そいつらはいいから、俺に、ティッシュって……パンツ膝まで下ろした状態で、チンコぷらぷらさして、でも、すっげえ、おっかねえ顔して、ティッシュ、ティッシュ貸してくれっつってんだろって、怒鳴って……そしたら、お巡りが、また博さんの方を向いて……君、それは、公然わいせつ罪だよって……結局、博さんだけ、逮捕されちゃって……」

いつのまにか他の仲間まで加わっており、カウンター周りは爆笑の渦。潤子は他の客に呼ばれて離れていったが、その後も博たちの、武勇伝というか暴露話というか、下らない昔話は続いた。

むろん私も合わせて笑ってはいたが、目の端では常に周囲の様子を窺っていた。Aはまだ帰ってこないのか。奴はこの場にいたら、同じように話に加わるのか。それとも二階に上がってしまい、一人で夜を過ごすのか。

十時過ぎになると、矢部紫織が帰ってきた。博は彼女がいたくお気に入りらしく、他の仲間を追い払って隣の席に座らせた。

「紫織ちゃん、彼、新入りさんだって」

「あ、そうなの……初めましてぇ。矢部紫織です」

私も自己紹介を返したが、それだけだった。以後、博には背中を向けられてしまい、私などいないも同然の扱いになったが、それはそれで好都合だった。

何組かの客が帰り、店が少し空《す》いた零時過ぎになって、リュックの少女が帰ってきた。とはいえ、この夜はリュックなど背負っていなかった。地味なトートバッグを肩に掛けていた。

彼女には潤子から紹介されたが、こちらはあからさまに興味のなさそうな反応だった。

「……小池、美羽です」

彼女はちょこんと頭を下げ、そのまま店の奥、紺色の暖簾をくぐって二階に上がっていった。

それを目で追いながら、潤子は少し気まずそうな笑みを浮かべた。

「あの子、気分屋さんだから。気にしないでくださいね」

「ええ……大丈夫です」

「何か、お代わり作りましょうか」

「じゃあ、焼酎の水割りを、お願いします」

「はい」

なんとも、妙な気分だった。

住人と客、客と店主。店の外と中、店と二階の居住空間。不安になるほど、ここには垣根というものがない。

なのに、それが不思議と心地好い。

取材のために、自分はここにいる。Aという男を知るために、身分を偽ってこの場にもぐり込んでいる。自分は暴く側の人間であり、他者はあくまでその対象に過ぎない。しかし、ふとした瞬間、そのことを忘れそうになる。

最初に、各居室にはドアがないと説明されたときも驚いたが、実際に部屋に入ってみると、それも悪くないように思えた。

暴くまでもなく、晒《さら》される。

隠さなければ、暴かれることもない、ということか。

この店の名前、「プラージュ」とは、フランス語で「海辺」という意味だ。

海と陸の境界。それは、常に揺らいでいる。

11. 貴生の疑念

本来は記念すべき朝なのかもしれない。

「プラージュ」の全住人が揃い、朝食の席についている。それは、貴生がここにきて初めてのことだった。

「貴生くん、ごはんよそって」

「はい」

潤子が、知り合いから銀ダラの西京漬けをもらったということで、今朝は和食になった。味噌汁《みそしる》は油揚げと大根。お新香《しんこ》はキュウリの浅漬け。生卵、納豆、明太子は希望者にだけ付ける。

近いところから一人ひとり、料理を載せたお盆を配っていく。

カウンターの、一番手前に座っているのは彰だ。

「はい、お待たせしました」

「ありがとう」

軽く頷きながら、彰は両手でお盆を受け取った。

隣は美羽。

「はい、どうぞ」

「……ども」

ちょこんと頭を下げ、口元に、形だけの笑みを浮かべる。変わった子だなと、つくづく思う。

次は、通彦。

「通彦さんは、生卵ありで」

「ん、あんがと」

その次が紫織だ。

「お待たせしました。どうぞ」

「はい、ありがとう」

昨夜、帰りが遅かったせいだろう。今朝は心なしか顔色が優れない。目も、まだちょっと眠そうだ。

友樹はフロアの奥、いつものソファ席にいる。

「友樹さんは、フルオプションで」

「おう、サンキュウ」

「俺と潤子さんも、こっちでいいですか」

「もちろん」

残り二人分もソファ席に運び、潤子が座ったら、

「お待たせしました。……さ、食べましょう」

全員で「いただきます」。後ろ姿だったが、美羽が意外なほど丁寧に手を合わせていたのが、貴生には印象的だった。

料理はいつも通り旨かった。銀ダラは、皮がほんのり焦げるくらいの焼き加減。箸でほぐすと、閉じ込められていた脂がじんわりと溢《あふ》れ出てくる。

最初にひと言発したのは、潤子だった。

「……ん、美味し」

うん、と友樹が頷く。

「これ、フジモトさん？」

「そう。前にいただいたとき、みんな美味しいっていってました、ありがとうございました、っていったの、覚えててくれたんでしょう。また送ってきたから、お裾分けって」

「お裾分けでこの量じゃ、自分とこで食べる分……なくなっちゃうだろう」

友樹が、ごそっと大きくご飯を頬張る。

それを見る潤子の目は、なんとも嬉しそうだ。

「うん。でもなんか、息子さんがいま京都だからって。頻繁に送ってきてくれるみたいよ。銀行関係、っていってたかな」

貴生はその「フジモトさん」を直接知らないので、あえて話には加わらなかった。

潤子は洋食が上手だが、和食もたいてい美味しく作る。味噌汁など、傍《はた》で見ていると無造作に作っているようにしか見えないのだが、聞けば、実は具に合わせて出汁《だし》の配分や味噌の量、火加減も変えているのだという。貴生は特に、潤子が作る油揚げの味噌汁が好きだった。優しい旨みが、ふわっと口の中に広がり、喉から胃袋にゆっくりと落ちていく。それでいて、しっかりとコクが残る。

「……んん、旨いなぁ」

そう呟いてから、貴生は思った。

何かこう、店内の空気に違和感がある。スースーするというか、ガランとしているというか。いつもなら朝はカウンター席に座るのに、今日はソファ席にしたからか。いや、そういうことではない。

だったらなんだろう。ＢＧＭがないからか？　それも違う。朝、オーディオを消しているのは特に珍しいことではない。

おそらく、理由はとても単純なことだった。

カウンター席の四人が、ほとんど喋っていない。とはいっても、彰と美羽はもともと口数の多い方ではないから、実際には通彦と紫織が黙っていることが原因なのだろう。

紫織に関しては無理もないと思う。昨夜は警察に呼ばれ、遅くまで事情聴取を受けていた。朝になってもその気分が抜けきれないのは、むしろ自然なことだといえる。警察での聴取――貴生の場合は完全に「取調べ」だったが、あれは本当に嫌なものだ。

前科何犯みたいな犯罪のプロならいざ知らず、たいていの人間は自分をさほどの悪人だとは思っていない。そのことを、警察官にも分かってほしいと思ってしまう。だから、仕事について訊かれれば、いかに自分が真面目に働いてきたか、一所懸命喋ってしまう。やってしまったことについても、証拠がある部分――貴生の場合は尿検査の結果を素直に認め、反省の色を示した方が結果的には得だろうと考えてしまう。実際、警察官の論法はそうだ。早く反省すれば、その分早く社会復帰できる。散々そうすり込まれ、思い込まされ、いつのまにか、洗いざらい喋らされてしまう。そして留置場に戻ってから、自己嫌悪に陥るのだ。高校時代のいざこざまで喋る必要はなかった。友達関係のあれやこれやは、知らないといった方がよかったのではないか――。

ただ、通彦まで黙り込んでしまう必要はないのではないか、と思う。いつもの通彦なら、むしろ率先して馬鹿話をし、紫織の機嫌をとりそうなものだ。

ふと、紫織が昨夜口走ったひと言が、脳裏に蘇《よみがえ》ってきた。

「いいよ、しょうがない……あたしたちが前科者だってのは、事実なんだから」

警察は紫織から、トガシという男の居場所を聞き出したいようだった。それは貴生も理解していたので、紫織のいった「あたしたち」というのは、紫織とトガシのことだと思っていた。

だが今朝の様子を見ていると、ひょっとすると違う意味だったのかも、と思えてくる。

あたしたちというのは、紫織と、通彦――。

そんなことを考えていたら、彰が席を立った。

「……ご馳走さま」

自分のお盆を厨房まで下げ、そのまま二階に上がっていく。今日も、誰よりも早く出かけるのだろう。次に食べ終わったのは美羽。やはり「ご馳走さま」と丁寧に手を合わせて、スツールから下りる。暖簾の手前で振り返り、「そういえば潤子さん、あれどうだった」と訊いたが、潤子が「んーん、まだ」と答えると、「あっそ」と奥に入っていった。

友樹は、ソファに置いた新聞をチラチラ見ながら、箸を運んでいる。

潤子が「お茶、淹れよっか」といって席を立った。

紫織と通彦も、まだ食べている。

言葉は交わさず、でも似たような動作で、キュウリの浅漬けを口に運ぶ。

潤子がスイッチを入れたのだろう。

シーリングファンが、音もなく回り始めた。

朝食の後片づけをし、少ししてから潤子の、ランチメニューの試作につき合った。

「……イワシ、ですか」

「うん。これを蒲焼きにするんだけど、丼にしちゃおうか、そのまま普通に、一品で出そうか、迷ってる」

なんにせよ、イワシの蒲焼きというのは、あまりテンションの上がるメニューではない――と思ったのを、潤子に見抜かれてしまった。

「なに。ちょっとがっかりしてる？」

「いえ、そんなことは……ないです」

「外はカリッと、中をふっくらな感じで焼いておくでしょ。で、オーダーが入ったら、照り焼き風のタレと絡めてお出しする……作り置きができるのもランチ向きだし、照り焼きってさ、ガッツリいける味つけの定番じゃない。私は、けっこういいと思うんだけどな」

「はい……そう、思います」

少し上目遣いで見ながら、潤子が片頬を歪めてみせる。

「今に見てなさいよ。すみませんでした、美味しいですっていわせてあげるから」

「いや、俺、ほんと……そんな」

まずは貴生が、イワシを三枚に下ろすことになった。これはここ数日、潤子に集中的に仕込まれたので、わりと自信がある。

「だいぶ、上手くなってきたじゃない」

「……はい、ありがとうございます」

三尾ほど下ろしたら、次はタレを作る。ここは潤子がやる。貴生はそばで見ているだけだ。

しかし、受け持ちの作業がなくなると、途端に思考がふわふわとさ迷い始める。行き先は、とても近い過去だ。

昨夜の、警察官にはさまれた恰好の、紫織。

彼女のいった「前科者」は、誰と誰を意味していたのか。

それと、自分がここに入居を許されたこととは、何か関係があるのか。

「……どうした？」

潤子にいわれ、はっと我に返った。

「あ、いえ……別に」

「貴生くん、なんか、朝からおかしいねぇ」

そうなのか。おかしいのは自分なのか。

「そうですか……俺は、別に」

「ああ、朝からじゃないか。昨夜からか」

本当に、この人は周りの人間の様子をよく見ている。

「……気づいてたん……ですか」

「そりゃね、気づくわよ。あんだけ顔を引き攣《つ》らせてりゃ」

潤子はタレを一滴、手の甲に落として味見した。

「醤油《しょうゆ》がもうちょい、かな……なに、刑事がきて、自分のときのことでも思い出した？」

傍らに置いたメモに、潤子は醤油を追加したことを記録する。もう一度味見をすると、満足がいったのだろう。タレを小さな鍋に移し、火に掛けた。

貴生が黙っていると、潤子は続けた。

「ちょっと、なんかいいなよ。私が虐めてるみたいじゃない」

「いえ、それは……ない、ですけど」

「私からは何もいえないけど、そんなに気になるんだったら、本人に訊いてみたら？　誰も、何も秘密になんてしてないし……貴生くんだってそうでしょ。自分から執行猶予中だとはいわないけど、面と向かって訊かれたら、相手によっては話すでしょう」

タレが煮詰まったら、火から下ろす。次は、イワシに小麦粉をまぶして、焼く。油の量と火加減を見るときの潤子の目は、特に真剣だ。

「……けっこうさ、話せる人間と話せない人間の、境界っていうかさ……そういうのを知るって、大事よ。みんなに知ってもらう必要はないけど、誰にも知られないようにしてたら、人間なんて、案外簡単にパンクしちゃうんだから」

焼き上がったら、さっき煮詰めたタレを軽く絡める。

「貴生くん、朝のでいいから、ご飯よそって」

「丼ですか」

「んー、ちっちゃなお茶碗でいい。ひと口ずつでいいから、二杯ね」

いわれた通り、少しずつご飯をよそった茶碗を二つ、潤子に差し出す。

「あとは、どうしようかな……山椒《さんしょう》か、ワサビか。万能ネギと、シソはマストなんだけどな……」

まもなく、別々のトッピングを施した「ミニ・イワシの蒲焼き丼」が完成した。

潤子はひと切れ、皿に残していたイワシを菜箸で半分に分けた。

「……貴生くんも食べてみ」

「はい、いただきます」

半切れ、口に放り込む——。

いきなり、ガツンときた。香り、コク、旨み、歯応え、舌触り。すべてが完璧だった。豚肉の生姜《しょうが》焼き、鶏の唐揚げ、ハンバーグ、そういったランチ向き肉料理と遜色《そんしょく》ないインパクトがあった。少し載せたワサビが、絶妙なアクセントになっている。

「……すみませんでした。想像以上に、美味しいです」

潤子は「えへん」と胸を張ってみせた。

「よろしい。じゃあそれを、上の誰かに、試食してもらってきてちょうだい」

誰か。彰と美羽は出かけたので、いるとしたら通彦、友樹、紫織の三人ということになる。


二階に上がってみると、いつのまに出かけたのか、友樹は部屋にいなかった。カーテンが開いており、貴生の部屋と大差ない、ほとんど物のない様子が丸見えになっている。

そうなると、自動的に紫織か通彦に食べてもらうしかなくなる。紫織の部屋は貴生の一つ先、通彦は貴生の向かい。少々迷ったが、ここは男同士。通彦に意見を聞くのがいいだろうと思った。

通彦の部屋の前に掛かっているのは、カーテンではなく暖簾だ。しかも大きな丸に「質」と入っている。どこかでもらってきたのだろうか。それともわざわざ作ったのだろうか。

その、暖簾の前で声を掛ける。

「すみませぇん。吉村です。ちょっといいですか」

「ん、ああ……いいよ」

左端を捲りながら中を覗く。通彦はベッドに横たわり、向かいの棚の上に置いたテレビを眺めていた。映っているのはモノクロの古い洋画だ。音は消してある。突き当たりにある窓は開いている。

「あの、ちょっと、ランチの試食なんですけど」

「試食っつーか、毒見だろ」

「いえ、そんなことは全然、大丈夫です。凄く美味しいのは、間違いないです」

ベッドの前に膝をつき、貴生がトレイを差し出すと、通彦は「どれどれ」と茶碗を手に取った。本当に、大人の男だったら大きめのひと口くらいしかよそっていないので、通彦も一杯をひと口で平らげた。

「……んん、んまい。山椒がいいね」

「こっちはワサビなんですけど、これも試してください」

「ちょっと、待ってな」

ベッドサイドに置いてあった、緑茶のペットボトルを手に取る。

ひと口飲んで、舌をリセットしたら、再度チャレンジだ。

「ワサビね……ンッ、うん、いいな。俺は、ワサビの方がいい気がするぞ」

「ですよね。俺も、蒲焼きにワサビって、合うなって思いました」

通彦がもうひと口、緑茶を飲む。こってりした味が誘ったのか、窓枠に載せてあったタバコのパッケージに手を伸ばす。今どき信じ難いことに、「プラージュ」は各部屋、喫煙自由ということになっている。

すり傷だらけの、完全に輝きの失せたジッポーで火を点ける。

通彦は、ひと口目を深く吸い込み、開けたままの窓に向けて吐き出した。

その煙にひと言、紛れ込ませるように呟く。

「……昨夜、なんか、悪かったね」

なぜ、通彦が謝るのだろう。

「いえ、自分は……別に」

「無理すんなよ。完全にビビッてたじゃねえか。紫織ちゃんが前科者っていった瞬間、顔、完全に固まってたじゃねえか」

そんなに自分は、誰にでも分かるほど表情を変えていたのだろうか。

「本当っすか……いや、そうっすか……」

「でも、紫織ちゃんくらいで驚いてちゃ駄目だぜ。俺なんて、人、殺しちゃってるんだからさ」

貴生は一瞬、その言葉の意味が、呑み込めなかった。

俺なんて、人、殺し――それは、何かの比喩なのか。それとも、まさか、そのままの意味なのか。

数秒置いて、通彦は貴生を指差した。

「そうそう、その顔。ビビリまくって固まった顔。昨夜、まさにそんな顔してたぜ」

そう、かもしれない。

でも今、問題は、そういうことではない――。

「え、あの……」

「ま、ここの連中は大なり小なり、みんな脛《すね》に傷持つ身だからさ。あれだろ？　貴生くんだって、何かしらしでかしたから、ここに入ってきたんだろ？」

みんな、というのは、つまり、全員、という意味なのか。

思わず頷くと、通彦はすかさず訊いてきた。

「何やったの」

「か……覚醒剤、です」

「所持？ 使用？ 両方？ じゃなかったら、売買目的？」

「……使用、です」

「初犯？」

「……はい」

「じゃ、執行猶予付いた？」

「……はい」

通彦が発した「殺しちゃった」のひと言に、完全に呑まれていた。このまま質問を続けられたら、過去のどんな恥でも秘密でも、洗いざらい喋ってしまいそうだ。

通彦は、殺人犯、なのか——。

見るからに人殺し、という雰囲気の男ではない。むしろ、明るい性格のお調子者のように、貴生は思っていた。目は、ちょっと眠たそうな垂れ目。鼻筋はわりと通っているが、アヒルっぽく突き出た上唇には、ちょっととぼけたような印象がある。体格も、決して厳《いか》つくはない。友樹などと比べたらスラリとしている方だろう。

その顔で、その体で、通彦は一体、どんな殺しをしたというのだろう。

どんな人の命を、いくつ、奪ったのだろう。

もうひと口深く吸い、通彦は長めに吐き出した。

「……完全に、見る目が変わったね」

「あ……いえ」

「だから、無理すんなって。そういうもんなんだって。人間てのは、社会ってのは、そういうもんなんだよ。でも、よく覚えとけよ。殺しとシャブを比べたら、そりゃ殺しの方が厳しい目で見られるけど、そんなのは程度問題であってさ。シャブで猶予中だって、バレたら相当な色眼鏡で見られるんだぜ」

窓辺に置いた灰皿に、先っぽの灰を落とす。

今日、この街は、やけに静かだ。

「人間……なんも知らねえで、終《しま》いまで無事に生きられりゃ、それに越したことないよ。……俺たちはさ、日本ってゲームをプレイしてる、選手みたいなもんだろ。貴生くんはシャブ、俺は殺し……ルールを破っちまって、反則を取られたってわけさ。貴生くんはイエローカード、俺は完全に、レッドカードだ。場合によっちゃあ、一発退場……死刑ってのもある。もう試合には出られない。いや、永久追放かな。二度と試合場には戻ってこられない」

ハハ、と通彦が乾いた笑いを添える。

「……でもさ、反則なんて、いつ誰がやるか分かんないし、さして悪気がなくても、うっかりやっちまうことだって、あるわけだろ。一発退場になっちまったら反省もクソもねえけど、でも俺たちみたいに、再出場が許されてさ、もういっぺん、やってみろって……そういう、なんつうんだろうな……

いっぺん試合から外された人間だからこそ、分かる部分って、あると思うんだよ。一回、社会の枠組から外れてみて、外から眺めてみたからこそ、客観的になれるっつーかさ。……ああ、社会って、こういうもんなのね、法律って、こういうことなのね、だから俺らは、こんなことになっちゃったのね……ってな具合にさ。俺、それは決して、悪い面ばかりじゃないと思うんだ」

下から「貴生くーん」と聞こえた。

潤子の声だった。

貴生は廊下の方を見ながら、通彦に訊いた。

「通彦さん、今日って、仕事ですか」

「いや。今日は休み」

「じゃあ、ランチ終わったら、少し、どっかで話せませんか……俺も、人生、ちょっと、よく分かんなくなってるとこ、あるんで」

通彦は「いいよ」と、事もなげにいった。

「ありがとうございます。……じゃあ、昼過ぎに」

貴生は、茶碗二つと箸を載せたトレイを持って立ち上がった。

片手で暖簾をよけ、廊下に出ると、ちょうど紫織も出てきたところだった。「なに、試食？」と訊かれたので、「はい、イワシの蒲焼き丼です」と答えた。

紫織は「いいな、いいな」と、唄うようにいいながら通り過ぎていった。白いブラウスに、下はカーキ色の、細身のカーゴパンツ。珍しく露出は少ないが、かえってスタイルの良さが際立つコーディネイトだった。

確かに。「前科者」というレッテルは、人を確実に、違ったものに見せる。

顔も体も、声も仕草も笑顔も涙も、何一つ変わらないのに、まるで根底から、人間が違ってしまったかのように見せる。

そうしているのは人間であり、されているのもまた、人間だ。

いや、人間の持つ、言葉だ。

12・通彦の傷痕

通彦はレジの前に座り、なんとなく、店内を眺めていた。

基本的には暇な店だ。一部には「ヴィンテージ」と呼ばれるような高級品も扱っているが、それ以外のほとんどは、単なる古着だ。

特別な関心があって始めた仕事ではない。昔からの友人に「仕事がないなら手伝わないか」と誘われ、以来、特に辞める理由もないので続けてきたに過ぎない。だから、いまだに商品の目利きはできない。

オーナー店長の友人はいう。

「お前がちゃんと勉強して、仕事を覚えてくれたら、こんなに心強いことはないんだけどな」

そういってもらえるのはありがたいが、無理だ。何年のどこそこの、素材はなんで、この部分の縫製はどーたらこーたら。そんなの覚えきれないし、何より自信がない。

そのものの価値を正しく査定して買い取り、適正な価格で売る。そういう自信が、通彦にはない。

この手の仕事には二段階の罠《わな》がある。一つ目は買い取るとき。三万円の価値があるものを一万円で買い、相場で売れば二万円の儲けが余分に出る。二つ目は売るとき。三万円の価値を五万円と言い張り、根拠ありげな理屈をつければまた二万円の儲けが生まれる。この、あやふやな「価値」というものを自在に操ることができれば、富は際限なく湧いてくるといっても過言ではない。

ただし、その逆もあり得る。

五千円の価値しかないものを誤って一万円で買い取り、欲を掻いて儲けを乗せたら誰も買ってくれない。そんな事態もまた、容易に起こり得る。

だから、目利きを覚えようとは思わない。客に、ナンチャラの何年物のデニムはありませんかと訊かれれば、在庫データを調べるくらいはする。データになければそれで終わりだし、あればバックヤードから探し出してくる。一人で店番をしているときは、バックヤードに入ることもできるだけしたくない。客を見たら万引き犯だと思え、などと教えられたわけではないが、客商売というのは基本的にそういうものだと思っている。

その点では、潤子のやり方には大いに疑問がある。店の出入り口は滅多に閉めず、各居室にはドアすら設けない。目隠しはカーテンのみ。人間は盗みをせず、食い逃げもせず、覗きもせず、強姦もしない。そんなふうに思っているのだとしたら、呆《あき》れた性善説の持ち主だとしか言いようがないが、しかし、そういうことではないように思う。日頃、潤子の言動から感じる彼女の考え方は充分に現実的、かつ合理的だ。なのになぜ、部屋にドアは要らない、という発想に行き着いたのか。まあ、機会があれば訊いてみたい事柄ではある。

先日、珍しく新入りの住人と話をした。吉村貴生。覚醒剤使用で執行猶予中だという、ひと言でいうと「運の悪い」タイプの男だ。シャブを打とうがスピード違反をしようが、捕まらない奴は捕まらない。捕まる奴は、下手な右折をしただけでキッチリ捕まる。それが現実であり、社会の限界というものだ。

人間の性質が平等でないのと同じように、それに備わる運もまた平等ではない。それらを平等に補正することは誰にもできない。同じように、法をいくら整備したところで世界から盗みはなくならないし、諍いは減らないし、戦争も止められない。たった一つ明るい材料があるとすれば、それは、人間はまだその努力をやめていない、という点だろうか。

通彦は、自分の身に起こったことはおおむね正直に話した。貴生は眉をひそめたまま、言葉を失っていた。運のない奴だと思っただろうか。それとも、度を越した馬鹿だと思っただろうか。どちらも正しいし、通彦はそのどちらでもかまわない。真実など、あってないようなものだし、それが正しく評価されること自体、奇跡に等しいことなのだから。

中学高校時代は、まあ、ワルだったと思う。特に高校は工業だったので男子が多く、しょっちゅう喧嘩だ戦争だと騒ぎ回っていた。だが騒動の中心にいたことは一度としてなく、常に立場は「外野」というか、その他大勢の一人だった。そのわりには七回も警察の厄介になった。たぶん、逃げるのが下手だったのだろう。状況が読めていなかった、といってもいい。

喧嘩というのは、始まりは派手で面白いが、その後は徐々によく分からなくなっていく。お揃いの特攻服を誂《あつら》えるような気合の入った連中ならいざ知らず、通彦が加わったような喧嘩は敵も味方も学ランか、休みの日なら普通に私服だった。一回始まってしまったら、もう、どっちがどっちだか分からなくなる。特に人数が多いと、渦中にいる人間には勝敗すら分からない。それが、喧嘩というものの実情だ。

映画のように、河川敷で延々殴り合い、みたいなことは一度もなかった。たいていは先輩から、何日何時に集まれといわれ、指定された公園や広場にいってみるともう始まっていたり、逆に誰もいないということもあった。最悪なのは、集合場所からの移動中に、警察に捕まるというパターンだ。

警察は、不良を二人見つければ五人、五人見つければ二十人、二十人見つけたら五十人集まってくる。とにかく人海戦術で取り囲んでくるので、早く逃げないと確実に捕まる。そこら辺、慣れている人間は察しがいい。警察の気配を感じたら、それとなく周りに「バラけろ」と指示して集団から離れる。だがそのメッセージが通彦たちに届く頃には、もう手遅れだった。二十人ほどいた仲間はすでに十人以下、しかし、向こうはどんどん増えて五十人近くになっている。逃げ場などあるはずがない。大人しく捕まり、事情聴取を受けることになる。

三回目、四回目になると、少年係の刑事も段々分かってくる。

「またお前か。どうせ、逃げ遅れただけなんじゃろう」

「……はい、すんません」

「今日は、どことやるつもりだったんじゃ」

「いや……よく、分かんないっす」

「場所は」

「いえ……配送センター裏に集合、としか、聞いてないんで」

「行き先も、喧嘩する相手も知らんでいったのか」

「……はい。先輩に、呼ばれただけなんで」

「自分でも、馬鹿らしいと思うじゃろう」

「……はい。すんません」

それでも、高校卒業後は真面目に働き始めた。電気工事の関係が長かったが、そこの社長にやけに気に入られ、専属の運転手をしていた時期もあった。

夜の遊びを覚えたのは、まさにその頃だ。酒、女、博打《ばくち》、ヤクザ。元来そういう世界が嫌いではなかったし、社長も通彦の、そういう「ヤンチャ」な部分を見抜いていたのだろう。あちこち連れ回し、ときには同じ席に座らせて酒を飲ませた。当時は、まだ飲酒運転に対する世間の目も今ほど厳しくはなく、運転に支障がなければ多少は飲んでいてもセーフな時代だった。

そのうち、通彦は自分で店をやってみたくなり、社長に相談した。社長はなかなか漢気《おとこぎ》のある人で、「お前のことは可愛い。手元に置いておきたいが、やりたいことがあるなら仕方ない」と、飲食店を十軒以上経営している青年実業家に通彦を紹介してくれた。年が近かったせいか、その実業家もまた通彦のことを気に入ってくれ、正社員として迎えてくれた。

いま思えば、この頃が通彦の、人生の絶頂期だったのかもしれない。

最初は、六本木に新規出店したカジュアルフレンチの店に、一スタッフとして参加した。半年後、そこのサブマネージャーに昇格。一年後には渋谷に出店した二号店のマネージャーを任された。

本当に楽しかった。振り返ると、あの時代はバブル崩壊で日本中が沈み込んでいたかのようにいわれるが、実際にはそうでもなかった。儲けている人間は確実にいたし、不景気をチャンスに変えるパワーや勢いも、あるところにはあった。通彦自身がそうだったわけではないが、でも、そういった層の近くにいるという実感はあった。

いくつかの店舗を経験し、自分なりの経営ノウハウも摑めてきていた。社長とは新しいスタイルのバーをやろうと話していた。イメージ的には、今でいう「ガールズバー」に近い。女の子が各テーブルにつくのではなく、バーテンダーとしてカウンターの中から接客をするスタイルだ。ルックスはもちろん、女の子にはバーテンダーとしての技術もしっかり習得してもらう。クールで、カジュアルではあるけれど、本格志向のバー。この計画は、実際に店舗の候補地を探すところまで進んでいた。

プライベートも充実していた。当時、通彦には坂口希実《さかぐちのぞみ》という恋人がいた。

出会ったのは、通彦が五番目に勤務した神楽坂のイタリアンレストランだった。彼女はホールリーダーをしていた。年は通彦の四つ下だったが、頭の回転が速く、非常に論理的にものを考える人だった。直感的な発想で仕事を進めようとする通彦に対し、希実は常に冷静にその是非を判断し、助言してくれた。

「マネージャー。女性限定メニューの、パスタのチョイス幅が広過ぎます。クリーム系、トマト系、ジェノベーゼ、ペペロンチーノ、ボンゴレビアンコの、五種類に絞りましょう」

「いや、それじゃ、いくらなんでも寂しいだろう。もうちょっと、お得感をだな……」

「いえ、大丈夫です。それ以外がよければグランドメニューから選んでもらって、その代わり追加料金をいただきます」

「うーん……それもなんか、サービス悪い感じしない？」

「逆です。お客さまが女性同士の場合、楽しみたいのは主に会話です。メニューはリーズナブルで、迷わずに済むよう、ある程度方向性が決まっているくらいの方が喜ばれます。逆にお客さまがカップルの場合、男性はチョイスの幅を気にしますが、そこで活きてくるのが追加料金のシステムです。五百円か七百円程度なら、当店のお客さまは気にせず、グランドメニューから選ばれるでしょう……その際に、『こっちからでもいい』という決断を、男性にさせてあげるところがミソです」

そのレディースコースの案に限らず、希実の判断は多くの場合的確で、結果は納得のいくものだった。

希実は決して美人ではなかった。背も高くなかったし、本人は首が短いことをひどく気にしていた。冬になってもハイネックは絶対に着なかった。十代の頃、母親に「あんたが着てると苦しそう」といわれたことから、いまだ苦手意識が拭《ぬぐ》えないのだといっていた。

だが、そんなことは関係なかった。

通彦は希実を愛した。

聡明で、笑顔の明るい希実が大好きだった。仕事熱心なところを尊敬していた。店舗経営のパートナーとして頼りにしていた。社長と話していた新しいバーの計画に、なんとか希実を起用できないか考えた。バーテンダーにするには背もルックスも不充分だったが、マネージャーということならむしろ適役ではないか。希実がバーテンダーの技術を習得してくれれば、彼女を女の子たちの講師役にすることもできる。社長も希実を気に入っていたし、通彦とつき合っていることを祝福してくれてもいた。

そのことを話すと、希実は不安げに眉をひそめた。

「そんな、マネージャーなんて……私には無理だよ」

「そんなことないって。希実ならできるって。特に今度のバーは、女の子オンリーでやるんだ。女性で、後ろでしっかり手綱を握れるスタッフが、どうしても必要なんだって」

一時期、デート中の話題はほとんどがそれだった。さすがに映画を観ている最中はしないが、観終わって席を立ち、出口に向かって歩き始めた瞬間から、もう始まっていた。映画の感想など、ひと言も交わさなかった。

「……三号店にさ、白石って子、いるだろ」

「ああ、目のクリッとした、美人さんね」

「俺、あの子は早めに確保しておこうと思うんだ」

「うん、彼女は頭もいいし、合ってると思う。そのためにも、きちんとギャラを提示できるようにしておかないとね。餌《えさ》がないんじゃ、いい人材は釣れないから」

「だな……あと、あの子、なんだっけ……最近、事務所に入った子」

「ん、最近って、橋本ちゃん？」

「そうそう、橋本ナナちゃん。あの子、仕込んだら化けると思う」

希実は、その案には難色を示した。

「……あの子、現場には出たがらないと思う」

通彦たちは当時、グループ全体の統括をする部署を「事務所」、各店舗のことは「現場」と呼んでいた。

「そうか？　あの子、美人だしさ、いいと思うけどな」

「だったら、桜井ちゃんの方がいいと思う。彼女の方が現場には向いてる。ひょっとしたら、私よりマネージャーとか合ってるかも」

二人の話題が尽きることはなかったが、しかしその日の、映画館から出る人の列は、信じられないほど動きが鈍かった。シネコンスタイルの映画館で、上映が終われば、観客は強制的にホールに出された。映画を観たのは五階だったが、通彦たちはエレベーターを使わず、階段で地上階まで下りようとしていた。ところが、階段に溜まった人がなかなか下に進んでいかない。

ただ、四階と三階の間の踊り場が見下ろせるところまでくると、その原因は理解できた。

スキンヘッドにタトゥ、鋲《びょう》付きのライダースジャケットを着た、非常に分かりやすい「パンク野郎」が、両脚を投げ出して踊り場に座り込んでいた。

前を通ろうとする客を睨みつけては、悪態をつく。

「見てんじゃネエぞ……オエ、なに勝手に跨《また》いでんだァ、ザッケんなウラァ」

彼の脚を跨がずに進めるスペースは、せいぜい一人分。この事態を後ろの人が察して、みんなが四階に引き上げてくれればそれでもいいのだが、どうもそこまで広くこの状況は周囲に伝わっていない。

いま通る順番に差し掛かった女の子三人組は、なかなかその一人分のスペースを通り抜けることができずにいる。

仕方ない、と通彦は思った。だが「ちょっと、すみません」と前の人に声を掛けた途端、希実に止められた。

「……よしてよ。余計なことしない方がいいよ」

「でも、あの子たち可哀相《かわいそう》だよ」

「だからって、通彦さんがいく必要ない」

「大丈夫だって……若い頃は、けっこうやったんだから」

通彦は、軽く拳を握ってみせた。希実は「やだ」と顔をしかめたが、しかしそれ以上止めもしなかった。

階段に詰まった人波を縫い、踊り場まで下りる。女の子三人組はなんとか通過したが、次の中学生か高校生のカップルでまた詰まっていた。

あえて間を置かず、通彦はいきなり声を掛けた。

「おい、ニイちゃん。こんなとこに座り込んじゃ駄目だよ。みんな通れなくて迷惑してるよ」

パンク野郎が「ア？」と顔を上げた。両眉を剃り落とし、唇には牙のようなピアス、トライバル系のタトゥは脳天から左頬骨の辺りにかけて入っていた。

「……なんが、迷惑だって？」

呂律《ろれつ》がだいぶ怪しい。何かクスリをやっているのかもしれない。

まあ、この程度のアウトローなら怖くもなんともない。

「みんな、通れないんだ。せめて、もうちょい脚を引っ込めようや」

パンク野郎は、また「ア？」と通彦を見、階段の上の方に視線を向け、もう一度通彦を見てから、ようやく左脚を引っ込めた。それでずいぶんと人の流れはよくなった。右脚は、まあ壁沿いだからそのままでもかまわない。

誰もが、少し下ったところで足を速め、その後は駆け足で下りていく。

何人かは通彦に会釈をし、三階へと下りていった。

希実もすぐ後ろまできていた。

「……いこ」

通彦の左肘に、腕を絡めてくる。

「ああ」

二人で踊り場を通過し、階段を下り始めた。

さすがにいい気分はしなかった。顔面にタトゥ、唇に牙ピアスを挿したパンク野郎が後ろにいるのだ。三階に下りて、振り返ってパンク野郎との距離を測るまでは安心できないと思っていた。

だが、それすらも甘かった。

背後で、キャッ、とか、アアーッ、という声があがり、振り返った瞬間、大きな黒い塊りが通彦の顔面を捉《とら》えていた。パンク野郎の、ラバーソールの分厚い靴底だった。

一瞬だけ、視界が極彩色の闇に閉ざされた。平衡感覚を失い、階段を踏み外し、残っていた四、五段を転げ落ちた。だがすぐに視界は戻った。

なんとも、懐かしい感覚だった——。

殴られても蹴られても、転んでも引き倒されても痛くない、あの興奮状態。アドレナリンが、ビューービューと音をたてて脳内に噴出するのが自覚できた。

そして、決定的な場面が視界に飛び込んできた。

パンク野郎が、希実のコートの襟を摑み、引っ張り上げ、その丸く柔らかな頬に、真っ直ぐ、拳を打ち込んだのだ。

希実——。

もう、周りの音は一切聞こえなくなっていた。

ただパンク野郎を希実から引き離し、鋲付きの襟を握り込み、ピアスの挿してある唇を狙って、思いきり肘を叩き込んだ。その一撃で、ガクン、とパンク野郎の膝は落ちたが、油断はまったくしなかった。即座に首を抱え込み、下からパンク野郎の胸に向かって、何発も何発も膝蹴りを突き上げた。

パンク野郎の全体重は、ほとんど首を抱えている通彦の腕に掛かっていたが、蹴り上げるたび、一瞬だけそれが軽くなった。首を放すと、パンク野郎はその場にへたり込んだ。しかしまだ油断はできなかった。通彦はパンク野郎の体を、さらに三階と二階の間の踊り場に蹴り落とした。壊れた人形のような、無様な落ち方だった。それでもまだ詰めが甘いと思った。通彦自身も階段を下り、最後の二、三段を残して、飛んだ。その落差を利用して、うつ伏せに倒れたパンク野郎の首筋に、全体重を乗せた膝を落とした。

手応えは、ほとんどなかった。

法廷では、殺意は認定されなかったものの、過剰防衛と判断された。

先に自身が一発蹴られ、交際女性も一発殴られた。被害者、大貫雅史《おおぬきまさし》の外見や態度には、確かに反社会性を窺わせるものがあった。身の危険を感じるのは理解でき、ある程度の反撃であれば正当防衛の範疇《はんちゅう》と判断できただろう。しかし、動かなくなった大貫を階段から蹴落とし、さらに追っていって階段の高低差を利用して飛び上がり、全体重を掛けた膝蹴りで脊髄を損傷させ、死に至らしめたとなると、到底正当防衛とはいえない——それが判決理由の主旨だった。

求刑は懲役七年だったが、判決は執行猶予なしの五年。通彦は千葉県内の刑務所に服役し、四年半で仮出所が叶った。

事件を起こして、多くのものを失った。家族との関係は断絶、連絡のとれる友人すらほとんどいなくなった。だが数は少ないが、不幸中の幸いといえる出来事もあった。

一つは、事件当時の会社の社長が出所後の仕事を世話してくれたこと。それが今の、あの店だ。飲食店の方は昔の知り合いが多くてやりづらいだろうということで、わざわざ趣味で始めた古着屋で雇ってくれた。ありがたかった。涙が出るほど嬉しかったが、それでも目利きができるようになろうとは、いまだに思えない。大変申し訳ないが、あれだけはどうしても覚える気になれない。

仕事があるお陰で、大貫の遺族に対する賠償もできるようになった。細々とではあるが、この償いは続けていきたいと思ってる。

もう一つは、希実が結婚したことだ。

社長を通し、何回も面会をしたいと申し入れてくれたが、通彦はそのたびに断った。一度は、籍を入れれば会いやすくなる、といった内容の手紙までくれたが、返事は書かなかった。

希実を、殺人犯の妻になど、したくなかった。彼女には、ただただ幸せになってほしかった。自分みたいに、馬鹿で、お調子者で、恰好ばかりつけている単細胞のことなど忘れて、誰よりも、幸せな結婚をしてほしかった。

拘置所から刑務所に移り、二年ほどすると、面会申し入れの手紙もこなくなった。希実の結婚を知ったのは、仮出所して、一週間後のことだった。

社長が教えてくれた。

「あのあと、半年くらいは、うちの会社にいたんだけどな。やっぱり、周りがいつまでも落ち着かないからって、彼女から……辞めてった。でも、俺とは定期的に連絡をとってた。……ちょうど、一年くらい前かな。結婚することにしましたって、メールもらった。お前には教えないでくれって、自分だけ幸せになるの、悪いって、ずっといってたけど、それは違うって、俺、何度も電話で叱《しか》ったんだ。通彦は、そんな奴じゃねえぞって。のんちゃんが幸せになるの、誰よりも望んでるのはあいつだぞ、のんちゃんが不幸になって、一番悲しむのもあいつだぞ、って……だから、これだけはお前に、見せたくてな」

希実の、結婚式の写真だった。
通彦は事件後、そのとき、初めて泣いた。

13・貴生の手先

通彦に話を聞いたのは、多摩川の河川敷でだった。

貴生は「喫茶店かどこかで」と提案したのだが、通彦が「わざわざ他所の店にいくこともねえだろ」というので、なんとなく場所を決めかねているうちに、落ち着いたのが河川敷だった。

しつこく尋ねたわけではないが、通彦は淡々と貴生に、起こったことを順番に語った。人生の絶頂期に、ふと青臭い興奮が脳裏に蘇り、逆らえなくなった。それですべてを失った、馬鹿だった、と。

最後に、少し寂しそうにつけ加えた。

「……希実の、結婚写真。あれ見たときは、なんか、泣けたな……俺が、こうしてやるはずだったのになあ、とかさ……思っちゃったりして……ほんと、いい子だったからさ」

通彦は何度も、馬鹿だった、青かったと繰り返したが、それでも通彦がそうした動機の一端には、希実を守るという確固たる理由があった。

それに比べて、自分は、どうだ。


以来、何度も考えてしまう。貴生の思考は、出口のない迷路にはまり込んでいる。

罪と罰。法と社会。加害者と被害者。自分と他者。過去と未来——。

「プラージュ」が忙しければ、そんなゴチャゴチャも頭の隅に追いやることができる。そういう状態が続けば、いつしか混沌《こんとん》も小さく縮こまり、硬く干乾《ひから》びてしまうのかもしれない。

しかし、今日は日曜。「プラージュ」は休みだ。

「……貴生くん、今日なんか予定ある？」

朝食後、そう声を掛けにきたのは友樹だった。

「いえ、特には、ないですけど」

「貴生くん、最近、料理はまあまあみたいだけど、他のことはできるの」

むしろ、そんなに自分は何もできない男に見えているのか、と貴生は訊きたい。

「他のこと……って、たとえば？」

「日曜大工的なこと」

なるほど、そっち系か。

「いや……あの、ノコギリとか、釘打ちとかは、わりと苦手かもしれないです」

「でも、板を押さえてるくらいはできるだろう」

やはり、自分の能力がかなり低めに見積もられているのは間違いなさそうだ。

「……はい。それくらいは、かろうじて」

「よし。じゃ一緒にきて」

連れていかれたのは、「プラージュ」から歩いて十分くらいの場所にあるホームセンターだった。

観葉植物や工具、生活用品のコーナーは素通りし、友樹は材木のコーナーまで真っ直ぐやってきた。

「やっぱり、ヒノキじゃねえとな……外だからさ……あれ、白木のままでいいっていってたかな。ペンキ、塗るんだっけな……塗った方がなぁ、そりゃ持ちはいいけど……」

けっこう、意外だった。友樹がこんなに独り言をいう人だとは、貴生は思っていなかった。

背中の赤いリュックは、ところどころ変な形に尖っている。おそらく自前の道具を詰め込んできたのだろう。見た感じはかなり重そうだが、友樹が苦にしているふうはない。むしろ、こっちの棚の前にしゃがんでみたり、向こうの棚から材木を引っ張り出してみたり、フットワークは普段より軽そうに見える。

普段とは違う、一面――。

また、通彦の言葉が脳裏に浮上してきた。

「ここの連中は大なり小なり、みんな脛に傷持つ身だからさ」

ということは、友樹も自分たちと同様、過去に何か罪を犯しているということなのか。前科者、なのだろうか。だとしたら当然、美羽も彰も、という話になってくる。ひょっとすると、「ここの連中」の範囲には潤子も入るのかもしれない。いや、その方がむしろ納得はいく。他ではなかなか受け入れてもらえない前科者を積極的に入居させるのは、自身もそういう苦労をしたことがあるから。そう考えた方が自然ではある。

ただしそれは思うだけで、口に出して訊けるものではない。

「……ま、こんなもんでいいか」

カートに材料を積み込んだ友樹が、レジに向かう。貴生は完全なる「お伴」だった。材木の本数を数えることも、カートを押すこともなかった。どこかにこの材料を運ぶのなら、一緒に担いでいくくらいの気持ちはあったのだが、

「……軽トラ一台、お願いします」

友樹はホームセンターで商品運搬用の軽トラックを借り、その荷台に材料を載せ替えた。

「よしと。じゃ、貴生くん、出発だ」

「……はい」

現場はさして遠いところではなかった。というか、すぐ近所だった。「プラージュ」からなら歩いて七、八分ではないだろうか。

決して大きくはない日本家屋。石造りの門柱には「松井伸介」と書かれた表札が掛かっている。運転席の窓を開け、手を伸ばした友樹が呼び鈴を押すと、嗄れた老人の声で《はい、どちらさまかな》と聞こえたが、実際にドアを開けて出てきたのは、

「……はい、お疲れさまぁ」

なんと、エプロン姿の美羽だった。ぱっと見はこの家の、家事手伝いの娘のように見える。以前、美羽は自分の仕事を「サービス業」といっていたが、それが、これか。家政婦とかヘルパーとか、そういう意味だったのか。

運転席に座ったまま、友樹が訊く。

「そっち、門、開いてる？」

「開いてない。いま開ける」

美羽が庭に面した門を開け、友樹がバックで軽トラを入れる。貴生が誘導するまでもなく、友樹はたった一回の切り返しでピタリと車を納めてみせた。

運転席を覗いた美羽が、門を指差す。

「閉めとく？」

「いや、車、すぐ返しにいくから、開けといて……さ、貴生くん。始めるか」

「はい」

友樹の指示で材料を降ろし始めると、さっきの嗄れ声の主であろう老人が縁側まで出てきた。意外にもそれは、貴生も知っている人物だった。

「あ、どうも……何度か、お店にもいらしていただいてますよね」

表札の「松井伸介」を見てもピンとはこなかったが、そういえば周りには「シンスケさん」と呼ばれていた気がする。

「うん。今日は吉村くんもきてくれるって、さっき聞いてね。楽しみにしてたんだ。……美羽ちゃん、お昼ご飯は何か、豪勢にやろうね」

美羽は「はい」と明るくいったが、やはり表情はほとんどなかった。でももう、この子はそれでいいのだろうと、貴生も思うようになっていた。周りに合わせて表情を作ったりしない、そういう個性があってもいいいと思う。

友樹が軽トラックを返しにいっている間に、貴生は中くらいの太さの角材を、一二〇センチごとに切る役を仰《おお》せつかった。

「……真っ直ぐ切れるか、あんま、自信ないすけど」

それを「大丈夫だよ」と笑い飛ばしたのは伸介だった。

「作ってもらうのは植木棚だから。長さは多少違ったっていいし、それくらいは、あとで友樹くんがなんとでもしてくれるさ」

運転席に乗り込み、バンッ、とドアを閉めた友樹が「そういうこと」といいながらエンジンを掛ける。そのままアクセルを吹かし、軽トラックは勢いよく庭から出ていった。

しかし、やはり木を切るという作業は苦手だった。しかも、美羽が目の前にしゃがみ込み、じっと手元を覗いている。非常にやりづらい。それもあってか、余計に手元が狂う。

「……なんか、また曲がってきちゃった」

「貴生くん」

顔を上げると、美羽は別の角材を指差していた。

「……ん、なに」

「他のを、枕みたいに、下に敷いてやってるよ。トモさんは」

「え、どういうこと？」

「他のの上に載せて、切るの」

実践してみると、確かに。芝生の地面に直接置いた材木を切るより、他の材木を台にして、その上で切る方が格段にやりやすかった。

「ほんとだ。これなら上手く切れそう」

「それと、真上から見てる」

「……何を？」

「トモさんは、ノコギリと切ってる場所を、真上から見てる。その方が曲がらないんだと思う」

いわれた通りやってみると、それも確かにその通りだった。貴生はノコギリの歯が、材木に鉛筆で引いた線の上にきてるかどうか、そればかり気にして斜め上から見ていたが、その構えが逆に、曲がる原因になっていたようだった。

ただ、正論を吐く外野ほど疎ましいものはない。

「……っていうか、美羽ちゃんも手伝ってよ」

「手伝わない。あたし、係じゃないから」

「そんな、意地悪いわないで」

「意地悪じゃない。他人の仕事を奪うのはよくないことだって、伸介さんもいってた」

「いや、奪うとか、そういうことじゃなくてさ……」

「あたし、お昼の支度する」

そういって、ぷいっと——実際には無表情のままだったが、美羽はサンダルを脱ぎ散らかして縁側に上がり、伸介のいる台所の方にいってしまった。

そこにようやく、友樹が帰ってきた。

「どう、進んだ」

「いえ、なんか、あんま、上手く切れなくて……まだ、二本目です」

「ふーん……貸してみ」

同じ材料を、同じノコギリで、同じように別の材料を枕にして、友樹は切り始めた。

一本の切断に要する時間、およそ二十秒。次をセッティングするのに、やはり十秒とか、それくらい。一二〇センチの角材を十本作るのに要した時間、計五分足らず。友樹が車を返しにいって戻ってくるまでが、大体二十分くらいだった。

「友樹さん。今日って、俺、必要でしたか」

「さあ……どうだろうね」

なんだそりゃ。

植木棚と、お昼ご飯のカレーライスはほぼ同時に出来上がった。

「私とね、美羽ちゃんが腕によりをかけたからね。潤子さんの味にも、決して負けてないと思うよ」

「はい……では、いただきます」

貴生はどういうわけか、潤子が作ったカレーライスをこれまで食べたことがなかったので、直接の比較はできないが、

「んっ……ん、んまいッ」

お世辞でなく、伸介のカレーは美味しかった。牛骨を煮込んで作った濃厚スープをベースにしたというだけあって、普通のビーフカレーとはコクも旨みも別物だった。

「ちょっと、和風なテイストもありますね」

「分かるかい。少しだけ、味噌を入れてある。それも自家製のね」

一応、肉体労働をして腹が減っていたので、二杯もお代わりしてしまった。貴生の膨れた腹を見て、珍しく美羽が声を出して笑った。

デザートには、美羽が作ったという抹茶プリンをいただいた。こちらは、まあ普通だった。

全員が食べ終わった頃、友樹がのそりと立ち上がった。道具の片づけでも始めるのかと思い、貴生も立とうとしたが、友樹は「いや」とそれを制した。

「まだいいよ。一服してくるだけだから」

それだけいって、縁側に出ていく。

「ああ、そうですか。いってらっしゃい」

「じゃ、あたしも……」

ただ、美羽まで一緒にいってしまうと、なんというか、伸介と二人になった和室は、急に薄暗く、心細くなるほど広く感じられた。

隣の、もう一つの和室とを隔てる襖は開いており、その奥に仏壇があるのが見える。ここからだと柱が邪魔をし、位牌や写真までは見えないが、ビニールをかぶったままのグレープフルーツが供えられているのは見える。

貴生の視線に気づいたのだろう。伸介から話し始めた。

「あれは……家内と、娘だ」

すぐには、言葉が出てこなかった。

奥さんはともかく、娘さん、というのは——。

伸介は続けた。

「家内は、五年前、胃癌でね。ま、できるだけのことはやったし、充分生きたって、満足感みたいなものも、あったから。そりゃ、寂しくはなったけど、悲しみというのとは、少し違ったかな。……ただ、娘については、いまだに割りきれん」

貴生は、ふた間続いた和室の暗さと広さの意味が、急に分かった気がした。

「……お嬢さんは、いつ頃」

「三十六年前。まだ十六歳だった」
十、六歳——。

背後に、いきなり暗い森が出現したようだった。

染み出してくる風は冷たく、濃く、湿っている。

木々の葉音が、低くざわめいている。

伸介は小首を傾げた。

「……殺されたんだ。同じ街に住んでいた、大学生にね。今でいう、ストーカー殺人だよ。……ここじゃ、ないけどね。当時は横浜に住んでいたんだけど、通学に使う駅が、犯人の男と一緒だったんだ。そこで毎朝、顔を見られていたんだね。それまでに、話し掛けられたことはなかったらしいが、手紙はあったらしい……というか、裁判でね、向こうがそういってた。話し掛けたことはなかったが、手紙は渡したことがあると、そういう表現だった」

パタパタッ、と背後で足音がし、冗談でなく股間が縮み上がる思いがしたが、隣の和室に美羽が入るのが見え、安堵《あんど》の息を吐き出した。動悸もすぐに治まった。

美羽が、仏壇にあった写真立てを持ってこっちにくる。伸介の隣に座り、その写真を貴生に向ける。

「……ヒトミさん。こういう字に、美しいの、仁美さん」

黒々とした眉が凛々《りり》しい、黒目勝ちな目が愛らしい、真面目そうな女の子だった。どことなく、目元は美羽と似ていなくもない。

貴生は、頷くしかなかった。

「綺麗な方、ですね」

「うん……今さら、こんなことをいっても、アレだけどね。自慢の娘、でしたよ。頭もよかったし。この写真は、高校入学の記念で撮ったものなんだけど、この学校ね……偏差値、七十七あったの」

さらに貴生は言葉を失った。偏差値七十七といったら、貴生のいった高校の、ほとんど倍だ。

仲介が、湯飲みを取ってひと口すする。

「……学校から帰ってきたところを、待ち伏せされて、交際を迫られて、断ったら……という、ことなんだけどね。私は事件が起こるまで、本当に、何も知らなかったんだけど、家内はそれについて、仁美から相談されていてね。駅で一緒になる人に、手紙を渡された、交際を申し込まれた、と……親が、こんなことをいうのはアレなんだけど……でも、ねえ。ちょっと、可愛いでしょう。それくらいあっても、別に不思議はないと、家内は思ってしまったんだね。だから、私にも相談しなかった。そうしたら、数日後……正確には、手紙を受け取った十日後に、殺されてしまった」

この街ではない、この家ではないと仲介はいうが、貴生はどうしてもこの家を舞台に、仁美を美羽に置き換えて想像してしまう。

凶器はなんだったのだろう。刃物か。それとも、素手で絞殺したのか。

「家内は、自分を責めました……こんなことになるくらいだったら、お父さんに相談して、警察にも相談して、学校くらい車で送り迎えすればよかった、って……私も、訊いてしまったしね。お前は知っていたのか、仁美がこの男に交際を申し込まれていることを、知っていて、私にいわなかったのか、と……そののち、家内は自分を責めて責めて、責め続けて、弱っていきました。私もそれを見て、自分自身を責めました。なぜあんなことを訊いてしまったんだろう、悪気がなかったことも、家内に落ち度がなかったことも、分かっていたのに、なんで、あんな言い方をしてしまったんだろう、家内のせいにするようなことを、いってしまったんだろう……」

美羽が茶を淹れ替え、仲介と貴生、それぞれに出す。

「はい、ありがとう……美羽ちゃんにも、いわれたね。そんなことで、自分を責めちゃいけないって。悪いのは犯人なんだから、って……ああ、友樹くんにも、彰くんにもいわれたかな。……ま、頭では分かってるよ。家内から聞かされたところで、私も、仁美は意外とモテるんだね、とか、冷かして、お終いにしていたかもしれないんだ。そうなっていたら、私も家内と一緒になって、自分を責めただろうね……相手の家まで乗り込んでいって、どういうことだと問い質《ただ》すこともできた、学校を替えることだってできた、バス通学に切り替えることもできた、少なくともあの日、駅まで迎えにいくらいはすべきだった、とかさ……」

伸介が、湯飲みに手を伸べる。

「娘を失ったという、受け入れ難い状況に置かれ、私たちは、何かのせいにせずにはいられなかった。仁美を失った原因を、特定することに躍起《やっき》になった。原因が分かったところで仁美は戻らないし、原因なんてそもそもないのかもしれないが、そういうことじゃないんだね、遺族にとっては。とにかく、何かを探し求めた……その中でも大きかったのは、犯行の動機であり、犯人の反省であり、判決内容だった。犯人は未成年じゃないんで、普通に刑事裁判を受け、裁かれました。懲役十六年の、実刑判決……死刑にできないことは最初から分かっていました。だったらこの手で……そう思った時期も、確かにありましたが、犯人のね……彼からの、反省の手紙を受け取ったり、いろいろしているうちに……人間というのは、良くも悪くも、社会の生き物なのだと、実感するようになりました。……彼は釈放され、社会復帰し、今は結婚もし、ごく普通に生活しているようです。そしてそれを、私も受け入れることにしました」

庭に友樹の気配を感じたが、でもすぐに消えた。

「……仮に、じゃあ彼を死刑にできたとしたら、私の人生は変わっていたのかな、家内の人生は変わっていたのかなというと、それは、分からないわけですよ。……よくね、死刑を廃止しろという人がいる。犯罪の抑止になんてならない、刑務にも就けない、死刑は残酷だ、冤罪《えんざい》だったらどうするんだ、とかね……これに反論する人も、もちろんいる。抑止には充分なっている、外国とは事情が違う、刑務といったって、実際には赤字だ、だったら殺してしまった方がいい、絞首刑は残酷じゃない、冤罪云々《うんぬん》は死刑とはまったく別の、捜査手法の問題だ、とかさ」

　何がきっかけでこの話になったのかは、正直、よく分からない。ただ、貴生の頭の中に渦巻いていたものが、体の外に溢れ出そうとしているのは事実だった。あの、出口のない思考迷路。行き場のなくなった混沌が悲鳴をあげ、今まさに、この体から噴出しようとしている。

　伸介は続けた。

「……私はね、どちらでもないんですよ。もしね、死刑は残酷だから駄目、でも終身刑も税金の無駄だから駄目、というんだったらね、私は、両腕を切断してしまえばいいと思う。両腕がなければ、少なくとも死刑相当の犯罪はもう行えないだろうからね」

　少し間を置き、伸介は貴生の目を見た。

「……ちょっと、驚いたかい。こんなことを、私のような年寄りがいうのは、変かな」

「あ、いや……それは、なんというか……確かに、ちょっと……」

「ただし、両腕を切断したら釈放するんだ。むろん、その体で暮らしていくのは容易ではないだろう。ただ、死刑になるよりは明らかにマシだ。そこはありがたく思ってもらわなければ。それに、身体的なハンディを抱えて生きている人は普通にいるわけだしね。両腕がなくなったら生きていかれない、という擁護は成立しないわけだよ。一点、犯罪者ではないのに似たような容姿を持つ人と、外見上どう区別できるようにするか、そういう問題はあるんだが……」

もう、貴生の想像力では話についていけなくなりつつある。

「まあ、そんなのは、絵空事なんだが……とにかく、それで罪は赦《ゆる》し、社会に出て生きることを認めてやる。受け入れる側も、もう犯罪を行えないことは明白なんだから、いくらそれが人殺しであろうと、恐れる必要はない……しかし、だ」

にわかに伸介が、目つきを険しくする。

「そうなったら今度は、社会が受け入れを拒むことは許されない。犯した罪に相当する罰は受けた、再犯の可能性も極めてゼロに近い。そういう人間が、真面目に頑張る姿勢を見せたなら、社会は、無条件にその者を受け入れなければならない……どう、だろうね。ここまで考えると、犯罪と社会、刑罰や死刑存廃の問題というのは、遺族云々の話ではなく、むしろ受け入れる社会の側の問題のように、私には思えてくるんだがね。つまりそれは、我々全員の問題、ということさ」

この松井伸介という老人が、どこまで貴生たちのことを知っていて、こんな話をしたのかは分からない。だが、まったく知らないのに話したとは、逆に考えづらい。少なくとも伸介は、美羽については知っているように感じた。

美羽も過去に、何か罪を犯している。

だが伸介はそれを赦し、受け入れ、そばに置いている。

そういうことなのだろうか。

14・潤子の休息

友樹が貴生を連れて出てしまったので、ハウスには潤子一人だけが残っていた。

別に珍しいことではない。貴生が入ってくるまでは、こういう時間もけっこうあった。住人たちがそれぞれ仕事を持ち、日曜に出かける用事ができ、それが可能なくらいには経済的余裕もできてきたということだ。

一人、居室の片隅に置いた仏壇の前に正座をする。「インテリア仏壇」とか「モダン仏壇」とかいう商品名の、位牌二つと香炉のセットを入れたらもう満杯の、ちょっと洋風なミニ仏壇だ。

静かに手を合わせ、今朝の出来事を報告する。

通彦さんと彰さん、紫織さんは仕事にいきました。友樹さんと美羽ちゃん、それと貴生くんは、仲介さんのところにいきました。植木棚を作ってくれるよう、仲介さんに頼まれたようです。裏に置いてあった自転車のパンクは、友樹さんが直してくれました。貴生くんは、あんまり料理のセンスはないです。今月、またちょっと赤字になりそうです。ごめんなさい――。

線香は、よほど時間に余裕があるときしかあげない。やはり、人の目がない場所に火の気というのは怖い。今日も、洗濯やら掃除やらいろいろあるので、あげない。それについても、ついでに謝っておく。

風呂の掃除は住人の当番制にしてあるが、必ずしも満足にはなされていない。たいていは日曜に、潤子が気合を入れて綺麗にする。トイレも、洗面台や廊下もそうだ。いれば友樹や紫織も手伝ってくれるが、期待はしていない。それでいいと思っている。

掃除が一段落したら、もう昼になっていた。だいぶお腹も空いていた。一応すべての部屋を覗いたが、誰も戻ってはいなかった。

店に下り、厨房の冷蔵庫を点検する。ベーコンはないが、小エビとジェノベーゼソースがあるので、ピザトーストでも作って食べようか。休みなのだから、コロナの一本くらいはいいだろう。手は抜かず、ちゃんとライムも挿そう。

料理は好きだ。人を喜ばせることができるから。誰もが必要としていることだから。すぐに消えてなくなるから。あたたかい、命の繋がりを感じるから。潤子自身、何より食べるのが好きだから。

出来上がったピザトーストとコロナを、いつも友樹が座っているソファ席に運ぶ。ここからだと店全体がよく見える。我ながら、だだっ広い店だと思う。そこそこ客は入るのだから、もっと席数を増やしたらどうだと、不動産屋の杉井にはいわれる。それには、私はちょっと、ガランとしてるくらいが好きなのだ、と答えておいた。本当にそうなのだ。今もこうやって、シーリングファンが回るだけの「プラージュ」を見ていると、なんとなく気持ちが落ち着く。静寂は嫌いではない。孤独も苦ではない。

本当に怖いのは、静寂を失くすことだ。孤独を選ぶ自由すら奪われることだ。「愛の反対は憎しみではない、無関心だ」とマザー・テレサはいった。名前は忘れたが、アメリカの劇作家も似たようなことをいっている。社会を広く大きく見渡せば、それは一つの真理なのかもしれない。ただ、人をとことん傷つける関心というものも、世の中にはある。人間の持つ関心や興味は、下世話な好奇心を安易に作り出す。膨れ上がり、暴走を始めた好奇心は真実など求めなくなる。ただ、生贄《いけにえ》が欲しいだけ。

納得のいく悲劇が、見たいだけになる——。

壁に掛かっているES-335を見上げる。数少ない、父の遺品の一つだ。B・B・キングがどういうミュージシャンなのか、潤子はよく知らない。正直、興味もない。ただB・B・キングがこれと同じ形のギターを弾いていたことは知っている。それだけで充分だ。

そしてこのギターを愛し、今も大切に弾いてくれる人がそばにいる。それで満足している。

ソファ席で転寝《うたたね》をしていた。目が覚めたのは、カウベルの音が聞こえたからだ。逆光だが、影の形で友樹だと分かった。後ろにいるのは美羽、そのあとから入ってきたのは貴生だ。

「……お帰り」

「ただいま」

三人集まって和やかに、という感じではない。むしろ消沈した、重たい空気をまとっている。たぶん、伸介の娘の話を聞いてきたのだろう。友樹が貴生を誘った理由も、おそらくはそれだ。

美羽が、とことこっと友樹を追い抜いて潤子のところまでくる。

「……寝てたの」

「うん。ちょっと、ウトウトしてた」

「遅くなりました」

白い封筒を、片手で差し出してくる。美羽はいつもそうだ。

「はい、ありがとう」

「夕飯、どうするの。別々？　一緒？」

「みんなはお昼、どうしたの」

潤子が見回すと、貴生も真似るように、友樹と美羽の顔色を窺った。だが二人が言い出しそうにないと察したか、貴生は潤子の方を向いた。

「……松井さんに、カレーライスを作っていただきました」

「へえ。美味しかったでしょう。伸介さん、料理得意だから」

「はい。なんか、凝った味でした。美味しかったです」

近くまできた友樹が、壁からES-335を下ろす。潤子が少し右にずれると、友樹はすとんと隣に座り、軽く弦をひと撫でした。チューニングが狂っていたのか、アナウンスチャイムのような、迷子のお報《しら》せでも始まりそうな音を出し、チューニングを始める。ギター弾きが誰でもそうするものかは知らないが、友樹はいつもそうやって音を合わせる。

いや、夕飯の話か。

「みんなは何がいい？　さっぱりしたものがいい？」

また貴生が美羽と友樹の様子を窺うが、何も答えは得られない。大体、この二人に意見を求めても無駄なのだ。出されれば食べる、出されなくても文句はいわない。半分野良猫みたいな人たちなのだから。

貴生が遠慮がちに「あの」と漏らす。

「何かこう、休日っぽく、しませんか。潤子さんもたまには、食べる側に回りたいでしょう」

「うん、それは、確かに嬉しいけど……なに、貴生くんが何か作ってくれるってこと？」

それは、はっきりいって遠慮したい。

でも、そういうことではないらしい。

貴生が小さくかぶりを振る。

「いや、俺が作るっていうより、なんでしょう。たとえば手巻き寿司とか、焼き肉とか。なんか、みんなで作りながら食べるみたいな、そういうのも、たまにはいいかなと」

こっくりと美羽が頷く。友樹も「いいね」と低く呟く。

むろん、潤子にも異論はない。

「うん、じゃあそうしようか。でも手巻き寿司だと、やっぱりいろいろ買いにいかなきゃいけないから、焼き肉にしようか。それだったら、あるものでなんとかなるから」

「はい。じゃあ俺、やります。切るだけなら、俺でもなんとか」

そう。ただ切るだけなら、貴生に任せてもいい。


ソファ席のテーブルにホットプレートをセットすると、意外なほど美羽が手を動かし、次から次へと焼いてくれた。

「これ、焼けた……これもいい……貴生くん、それまだ食べないで」

潤子がそう呼び始めたのがよくなかったのか、美羽まで貴生のことを「くん付け」するようになってしまった。十歳も年下の女の子に「貴生くん」と呼ばれるのはどんな気分だろう。潤子が美羽に「潤ちゃん」と呼ばれたら、ちょっとイラッとくると思う。

ドリンクは友樹がやってくれている。今はみんなハイボール。テーブルの端に角瓶、ソーダとアイスペールを用意し、グラスが空いたそばから作ってくれる。

「……なんか、ホストみたい」

そう潤子がいうと、友樹は無精ヒゲの頬を、苦笑いの形に吊り上げた。

「こんなムサいの、誰も指名しないだろ」

「そんなことないよ。いろんなタイプがいるみたいよ。イケメンとか、お笑い担当とか、癒し担当とか」

「俺、それのどこに入るの」

「……分かんないけど」

追加でソーセージを切って持ってきた貴生が話に加わる。

「潤子さんって、ホストクラブとかいくんですか」

「い、いかないわよ。テレビで観たことがあるだけよ」

「いきたいですか」

「んー……いや、別にいいかな。大体、どんなところかは想像つくし。あんまり、馬鹿騒ぎするの好きじゃないし」

友樹が、クスッと笑いを漏らす。

「……毎晩してるだろ、ここで。馬鹿騒ぎ」

ときどき友樹は、こういう意地悪をいう。

「私は騒いでないでしょ。みんなが騒いでるだけじゃない」

「でも、自分の店がそうなるの、嫌じゃないんだろ」

「……うん。ホストクラブの騒ぎ方とは、違うと思うし」

美羽が肉と野菜をよけて作ったスペースに、貴生がソーセージを並べていく。なんとなく、学生時代に友達とキャンプにいってやったバーベキューを思い出す。今夜は休みなので、照明はこっち側しか点けておらず、出入り口付近はかなり暗くなっている。それが野外っぽく見えるせいも、あるかもしれない。

貴生が箸を置く。

「でも、ここっていつから、こういう雰囲気になったんですか？」

潤子はひと口、ハイボールを飲んでから訊き返した。

「……こういう雰囲気って、何が？」

「『プラージュ』って、常連さんだけじゃなくて、知り合いじゃない人たちも、一緒に飲んだり唄ったりするじゃないですか。なんか、映画に出てくる、アメリカの酒場みたいですよね。ちょっと日本にはない、オープンな雰囲気っていうか」

確かに「オープン」というのは、潤子の持っていたコンセプトの一つではある。

「そう、ね。いつからだろうね。いつのまにか、だよね。まあ、上に住んでる人たちの食堂も兼ねてる、ってのが大きいんじゃないかな。みんなのリビングダイニング、みたいな」

そうこうしているうちに、通彦が帰ってきた。

「たっだいまァ……おっ、今日はバーベキューか。俺の分もある？　肉、残ってる？」

「もちろん、あるわよ」

「じゃ、急いで着替えてくるわ」

通彦が奥に消えると、美羽が友樹に訊いた。

「……これって、バーベキューなの？」

友樹は小首を傾げる。

「まあ……バーベキューってのは、たいてい野外でやるよな」

「中か外かの違いだけなの？」

「どうだろう。でも、スナック菓子に『バーベキュー味』ってあるんだから、味もなんかしら、決まりがあるんじゃないの」

「外で肉焼いて、焼き肉のタレで食べたら、それはバーベキューじゃないの？」

「正式には違うかもしれないけど、でも日本人のやるバーベキューって、そういうもんだよ」

「アメリカではどうなの」

貴生が、プッと吹き出す。

「……美羽ちゃんって、意外と細かいことに拘《こだわ》るんだね」

それに対し、美羽は何も答えなかった。

潤子が思うに、美羽は細かいことに拘っているのではない。自分が知らない、あるいは理解できないルールに、いつのまにか自分自身が取り込まれることが怖いのだと思う。でもそれを、普通の人間は感じない。自分はルールの範囲内で生きているという、漠然とした確信があるからだ。美羽にはたぶん、それがない。自分はルールの範囲内にあるという、実感がない。だから一つひとつ、ルールや法則を確認したくなるのだ。

知らないのは私だけ？

分かってないのは私だけ？

美羽だけが持つ、不安や疑念。彼女の心には、ぽっかりと暗い穴が開いている。なんでも取り込もうとするけれど、すべて抜け落ちていってしまう、空っぽの穴——。美羽を見ていると、潤子はどうしても、そんなものをイメージしてしまう。

まもなく紫織と彰も帰ってきた。

紫織は奥のテーブルを見るなり、ブンッとハンドバッグを投げつける振りをした。

「あーん、もォ、焼き肉やってるんだったら、ラーメンなんて食べてくるんじゃなかったァ」

隣で彰も頷く。

「俺も、牛丼食ってきちゃったよ」

友樹が肉を載せた皿を指差す。

「まだあるから、ちょっと摘んで、一杯やれば」

結局、七人全員が集まることになった。美羽はもう焼き係が飽きたのか、厨房からアイスクリームを出してきてカウンターで食べ始めた。後半は、通彦が焼きながら、紫織と彰も摘むような感じだった。

また友樹がES-335を手に取る。だが自分では弾かず、近くにいた貴生に差し出した。

「……ちょっと、なんかやってみろよ」

貴生は慌てたように、いやいや、と両手を振って拒んだ。

「俺、全然弾けないですよ」

「教えてやるよ」

「そんな……いや、無理っすよ」

「大丈夫だって」

半ば強引に貴生をカウンターまで連れていき、スツールに座らせ、脚を組ませ、ギターを押しつける。無理やり持たされたわりには様になっているように見えたが、

「……なんだ、弾けるんじゃないか」

案の定、そのようだった。

それでも貴生はかぶりを振る。

「いや、全然、弾けるってレベルじゃないですって。ほんと、触ったことがあるって程度で」

「なに、フォークギターかなんかか」

「いえ、エレキでしたけど」

「じゃ大丈夫だろ。同じだよ」

「無理ですよ、ほんと。Fで挫折した、典型的な落伍者ですから」

「F」というのは、たぶん初心者には押さえづらいコードなのだと思う。そんな話を、前にも聞いたことがある。

「いいよ、Fは弾けなくても。とりあえずEマイナー、弾いてみ」

潤子は、友樹が人の好き嫌いを態度に出すのを、あまり見たことがない。でも伸介の家に誘ったり、ギターを弾かせようとしたりするのだから、あれで案外、貴生のことは気に入っているのではないかと思う。

「……そうそう。で、C。薬指で5弦の3フレット、中指で4弦の2フレット、人差し指で2弦の1フレット……違う、2弦の1フレット……そうそう」

友樹は、話し掛けられればたいていのことに乗る。店の客とも一緒に飲むし、リクエストされればギターも弾く。でも自分から何か積極的にする性質《たち》ではない。ギターだけは誰に頼まれなくても弾くが、それは例外中の例外だ。でもそんな素っ気なさが、かえって人を惹《ひ》きつける。店の客にも、友樹と話したがる人は多い。

そうやって、どれくらい貴生に教えていただろうか。

友樹が、潤子に手招きをした。

「貴生くん、弾けるようになったよ……『飾りじゃないのよ涙は』。潤子さん唄いなよ」

「えぇー、やだよ。私、紫織さんみたいに唄えないもん」

紫織は半端でなく歌が上手い。何を唄っても上手い。

「大丈夫だよ。貴生くんも下手だから」

逆だろう。友樹のギターが上手かったから、前は潤子でもそこそこに唄えたのだ。

「……っていうか、『も』って何よ。私は貴生くん側ってこと？　それ、ちょっと傷つく」

貴生が「潤子さん、なにげにひどい」と泣き真似をする。

紫織が「潤子さんって、けっこうSだよ」と食べながらいう。

通彦と彰は焼き肉に掛かりきりで、こっちの話には入ってこない。

友樹はニヤニヤと、成り行きを見守っているだけ。

美羽は――いつのまにか、カウンターに突っ伏して寝ていた。

後片づけを終えると、みんなは二階に上がっていった。

「じゃあねェ、お休みぃ」

「おやすみなさい」

友樹だけが、いつものソファに残っている。アーリータイムズのロックをちびりちびり飲みながら、貴生の分もギターを弾き直している。

潤子も隣に座り、グラスを手に取った。潤子のは、薄めに作った焼酎の水割りだ。

「……明日、仕事は？」

「休み。明後日《あさって》から、何日か埼玉に泊まりになるかも」

「建て売りの現場？」

「ああ」

「大変ね」

「いや……大したことないよ」

無造作にギターを起こし、まるで肩を組むように、脇に構える。ライフルを肘置きにする、ゲリラ兵士のようにも見える。ひょっとすると、男にとってギターという楽器は、武器に近い性格のものなのかもしれない。

だらりと腿の上に載せた、友樹の左手。指先はカチカチに硬く変質しているが、今は暗くて、それもはっきりとは見えない。父の指も、こんなふうになっていただろうか。あまり記憶にない。

薬指の、硬くなった部分に触れてみる。

「……痛く、ないの？」

「痛くはない。痛いのは、ほんの最初だけ。しばらく弾かないと、もとに戻っちゃうから、そういうときは、また痛いけど」

　友樹が父に似ているとは思わない。顔も、声も、性格も、共通する要素はほとんどない。ただ、同じギターを愛し、弾いている。それだけで、なぜだか揺さぶられるものがある。

　シャツ越しに、友樹の肌の匂いを嗅いだ。大きく膨らんだ、重そうな筋肉を思った。冷めることのない体温が欲しくなった。

「……帰る前に、電話して」

「ん？」

　もさもさと生え放題の眉毛が、疑問に吊り上がる。

　潤子は、触れたままにしていた指先から、手を離した。

「仕事、泊まり、続くんでしょ」

「ああ……終わったら、電話する」

　額を、目の前にある丸い肩に預ける。揺るぎない存在感と、力強い命を、そのわずかな接触から感じ取る。

　友樹は左手を上げ、潤子の耳の上辺りに、ぽんぽんと触れた。

　潤子はあえて、顔を上げなかった。

「……なに？」

「明日、買い出し、つき合うよ。肉も野菜も、なくなっちゃっただろ」

「……うん」

　そうだった。ギター以外にも、友樹が積極的にすることはあった。

潤子の手伝いは、わりとよくしてくれる。
明日は、いい日になりそうだ。

15. 貴生の困惑

後片づけをしているときに、美羽に耳打ちされた。

「あとで、あたしの部屋に、きて」

足の裏まで、痛いほど鳥肌が立った。

あたしの部屋に、って――。

「う……わ、かった」

いよいよきた、と貴生は思った。

初めてここにきた日、紫織に「ここって、夜這いし放題なのよ」といわれた。それが入居を決めた理由のすべてではないが、各部屋にドアがないという状況がことさらにそれを意識させ、期待を膨らませたことは事実だ。

今夜、いよいよ、ということか――。

そのことにばかり意識を奪われ、いつまでも皿を洗っていたら、通彦に注意された。

「貴生ちゃん、もういいんじゃねえか？　それ」

「あ……ああ、すみません」

洗い物をすべて終え、シンクは水気がなくなるまで拭き取り、拭き取り、拭き取り――していたら、紫織にもいわれた。

「貴生くん、そこまで磨き込まなくてもよくない？」

「あ……はは、そうですね」

すべての食器を棚に納め、明かりを消し、みんなで厨房から出た。

もう貴生は、美羽のいる方を見ることもできなくなっていた。

普段通りに美羽と接する自信が、まったく持てない。目が合えばドキドキ、喋ればギクシャク、そうでなくてもソワソワ。そんな様子を紫織にでも目撃されたら、すぐ何かあったとバレるに違いない。バレたら、大袈裟《おおげさ》に茶化されて何もかもぶち壊しになる。そういう事態だけは、なんとしても避けたい。

「じゃあねェ、お休みぃ」

「おやすみなさい」

誰が誰に挨拶をしているのかもよく分からなかった。せめて二階に上がってきたメンバーだけでも把握しておくべきだったのに、それもできなかった。完全に舞い上がっていた。足は常に床から三センチ浮いた状態だった。

とりあえず、自室に戻った。あとでいく、って、どれくらいあとでいったらいいんだ。お互い、シャワーを浴びてからか――。

そんなことを思った途端、

「……あ、空いてた。あたしお先ねぇ」

紫織に風呂をとられてしまった。どうする。どうしたらいい。

そもそも、カーテンしか掛かっていない部屋で「する」って、そんなことは可能なのか。男はいい。でも女って、無意識のうちに声が出てしまうものなんじゃないのか。貴生はこれまでに三人の女性と交際経験があるが、二人目のカノジョが特にそうだった。アパートなんだから、隣に聞こえるとマズいから、と繰り返し注意しているにも拘らず、カノジョは毎回毎回大声をあげた。事が済んでからも「もうちょっと声、抑えようよ」というのだが、

「だって、出ちゃうんだもん……なんか、よく分かんなくなって、あーって、なっちゃうんだもん」

そういわれるともう、貴生は何も言い返せなかった。

美羽がどういう癖の持ち主かは分からないが、でも、まったく無音でというのは、やはり不可能なのではないか。仮に美羽が静かだったとしても、男である貴生は、自発的に動かなければならない。それであの作りつけのベッドがギシギシいう可能性は、充分ある。というか、絶対鳴ってしまうと思う。

音がしたら、隣や向かいの人は「なんだろう」と思うだろう。逆の立場だったら、貴生だってそう思う。思ったらどうする。確かめにいくだろう。音の出所を。そして場所が特定できたら、ひと声かけるかどうかは人によるだろうが、まあ、確実にカーテンは捲るだろう——。

駄目じゃないか。その後も美羽とつき合うとして、だとしたらなおさら、そんな場面を他の男になんて見せたら駄目だ。挙句に悪ノリされて、俺もいいかな、などと便乗されたら最悪だ。いいわよ、と美羽が受け入れでもしたら、もう自分は一生立ち直れない——。

いや、待て。そもそもここの住人は「みんな脛に傷持つ身」なのではないのか。ということは、美羽にも何かしらある可能性が高い。自分も覚醒剤で執行猶予中の身ではあるが、だからといって、相手の過去が気にならないわけではない。

美羽は、何をして、ここに入ってきたのだろう。

そこまで思い至ったのと、カーテンが捲れたのが同時だった。

「……貴生くん、何してんの」

真っ黒い二つの目が、瞬きもせずに貴生を見ている。

「あ、い、今、いこうと、思って……」

「別に、あたしはこっちでもいいけど」

美羽の部屋は一番奥の左側。向かいの右側は潤子、一つ手前隣は彰、斜め向かいは紫織。ここだと一つ階段側が友樹、一つ奥が紫織、最悪なのは向かいが通彦だということだ。さすがに出入り口は完全に向かい合っているわけではなく、多少斜めにズレてはいるが、それでも向かいの部屋で何かあれば、少なくとも通彦は覗きにくるだろう。何やってんの、おっ、いいことしてんじゃん、俺も混ぜてよ。それくらい、通彦なら平気でいいそうだ。

「いや、やっぱ美羽ちゃんのところにいこう」

「……あっそ」

あえて、部屋の照明は点けたまま廊下に出た。それで何が誤魔化《ごまか》せるわけでもないとは思うが。

先に立って廊下を進む美羽。上は、黄緑色のパーカ。か細い背中が、なんというか、非常に、無防備でいい。色こそピンクだが、今日もデニムのショートパンツに、下は素足という恰好。それも、ちょっとエロくていい。

パサッ、とカーテンを捲り、美羽が自室に入っていく。ほんの一瞬、貴生は続いて入るのを躊躇《ためら》ったが、美羽が「どうぞ」などというはずもないかと思い、同じようにカーテンを捲った。

「……お邪魔します」

美羽の部屋を見るのは、これが初めてだった。ちょっと覗くくらいはいつでもできたのだが、やはり女性の部屋というのもあり、強烈に理性が働いていた。潤子や紫織より、美羽を個人的に意識していた、というのもあるかもしれない。いや、あるのだろう。というか、あった。

しかし、こういう部屋だとは、まったくの想定外だった。

「へえ……こういうの、好き……なんだ」

部屋の造りは貴生のところとまったく同じ。正面に窓、左側にベッド、右側に木製の棚。その棚には、陶器、ガラス、縫いぐるみ、プラスチックにブリキと、あらゆる材質、あらゆる色のピエロが所狭しと並べられている。

ベッド側の壁には大小の額が計五つ。いずれにもピエロの絵が入っている。可愛いイラスト風、おどろおどろしい油絵風、孤独や狂気すら感じさせる版画風、もはや猟奇的《りょうきてき》としか言いようのない血と暗黒のシュールな画風、もう一枚はかなり芸術性の高い白黒写真。

しかも、天井にある蛍光灯は点けていない。棚の上の陶器のピエロが一体、おどけたポーズを決めて、ぼんやりと光っているだけだ。

正直、異様な光景だった。異世界、といってもいい。

美羽がこっちを振り返る。

「適当に座って」

ピエロ好きについてのコメントは、ナシと。

「うん……ありがと」

棚の横には小振りの整理箪笥《だんす》、その上には化粧品がいくつか載っているが、持ち物はそれだけのようだった。ある意味、よく片づいている。片づいてはいるが、居心地は非常に悪い。座るといってもベッドを背にする向きしかないのだが、それだと棚に並べられたピエロたちと目が合ってしまい、なんというか、気味が悪い。

貴生が腰を下ろすと、美羽も隣に並んで座った。

「……貴生くんってさ、シャブやったの？」

なんだ、いきなり――。

貴生は、思わず「えっ」と仰け反ってしまった。

「だ、誰から聞いたの」

「誰からだっけな……でも貴生くんって、見るからにそんな感じする」

「うっそ、何それ……どういうこと？　俺の、どこら辺が？」

「単純に、人を襲ったりとかはしそうにないから。やるとしたら、クスリ系かな、と思った。ハッパか、エックスか……でもやっぱ、シャブだと思う」

「ハッパ」はマリファナ、「エックス」はＭＤＭＡを示す隠語だ。

美羽が続ける。

「知ってるんでしょ？　ここの住人って、みんな何かしらやらかした人間ばっかりだって」

美羽の無表情はいつものことだが、特に今は、その威圧感を強く感じる。

「……うん。通彦さんに、なんとなく」

「あたしが何やったか、聞いた？」

「いや、他の人のことは、何も」

「知りたい？」

「あ、それは……どう、かな」

「なんで？　なんで知りたくないの？」

知りたくない、といったらむろん嘘になる。だが、知ったら必ずショックを受けるだろうことは容易に想像がつく。それが窃盗であれ、売春であれ、違法薬物であれ、知れば気持ち的にタダでは済まない。

「……ちょっと、怖い、かな。美羽ちゃんが、何をやったか、知るのは」

「でも、知らないから怖いってこともあるって、伸介さんがいってた。貴生くんはどっちが怖い？　何をやったか分からないあたしと、ひどいことだとしても、何をやったか分かってるあたし。どっちが怖い？」

どうしてこの子は、こういう、答えづらい質問ばかりをするのだろう。

「……なに、美羽ちゃんは、俺に、教えたいの」

「違う」

「……じゃ、なに」

「あたしが何をやったか知ったときに、貴生くんがどう変わるのか、見たい。みんな変わった。潤子さんは最初から知ってたけど、紫織さんも彰さんも、トモさんも通彦さんも、伸介さんだって変わった。変わらない人なんていない。でも、どう変わるかはみんな違った。あたしは、それが見たい。知りたい」

さっきまでの甘い気分など、どこかに消し飛んでいた。酔いも完全に覚めた。そればかりか、股間は限界まで小さく縮み上がっている。

なんだ。この子は一体、何をやったというのだ。

何を、自分に聞かせたいのだ。

美羽が小首を傾げる。

「……どうする？」

貴生の顔を、しげしげと覗き込んでくる。

「聞く？　聞かない？」

もう、貴生には頷くしかなかった。

できるだけ短く、「イエス」と「ノー」が、分かるか、分からないか程度に、浅く。

だが仕草がどうであれ、美羽はそれを「イエス」と解釈したようだ。

「……殺人。十六のときに、女の子を一人、殺した」

瞬きもせずにいい、なお貴生の目の奥を凝視し続ける。

同じだ。向こうに並んでいる、無数のピエロたちの目と、そっくりだ。見ているようで、見ていない。見ていないはずなのに、やっぱり見ている。黙っているけれど、全部知っている。そういう目だ。

「……もっと聞く？　どうやって殺したか、知りたい？」

このハウスには、二人も殺人犯がいるのか——。

ただ、通彦の告白を聞いたときとは大きく違った。

過剰防衛とはいえ、人を殺した通彦を怖いと思う気持ちは、貴生の中にもあった。しかし、あのとき目の前にいた通彦が、いきなり自分に襲い掛かってくるとは微塵も思わなかった。

それに明確な理由づけはできないが、でも少なくとも、通彦の話し方には気持ちがあった。中学、高校時代の自分を嘲《あざけ》るのにも愛嬌があった。二十代で得た成功体験については、貴生も聞きながら胸を躍らせた。ノゾミという女性を愛するようになる、その過程は羨ましくもあり、だからこそ起こってしまった事件が悲しかった。二人の別れが切なかった。

しかし、美羽は違う。

ガラス玉の目をしたピエロが、誰かから聞いた話を諳《そら》んじて、面白可笑しく語ろうとしているかのようだ。自分が犯した罪について告白しようとしているようには、まるで見えない。

「あたし、中学高校んときは、不良だった。別に、威張りたかったわけじゃない。学年をシメるとか、そういうのにも全然興味なかった。ただ、喧嘩売られるから、売られたら、逃げるのも面倒臭いから、その場で、バコッて……最初のときは、たまたま近くにあった金属バットで殴った。その子、一ヶ月くらい入院してた。でも、向こうが売ってきた喧嘩っていうのは、周りが証言してくれたから、そのときはなんか、少年院とか、いかなくて済んだ」

これも、通彦の話と似ているようでいて、まるでニュアンスは違う。

「しばらくは怖がって、誰も近づいてこなかった。あたしも別に、それでよかった。でもいつのまにか、取り巻きみたいのがついてくるようになって。あたしに逆らう子は一人もいなかったから、そういう子は、それがよかったんだと思う。何人かあたしと同じ高校に進んだ子は、あたしの友達だってだけで、最初から凄い威張ってた。それもあたしにはよく分かんなかった。実際、その子が誰かにボコられたって、あたしは助けなかったし、仕返しもしなかった。けど、二年とか三年の連中は、そういうふうには見てなかった……あたしは、一人のときに、上級生のグループに襲われた」

美羽が膝立ちになり、黄緑のパーカの、ファスナーを下ろし始める。

「男子も何人かいて、レイプされた。でもあたし、その中の一人のチンコを、喰い千切った。そっからはもう、メチャクチャ。あたしも顔面骨折して、肋骨《ろっこつ》が二本、手の指が三本、足の指が二本と、脛が折れた」

パーカの下は、やはりピエロがプリントされた、白いTシャツ。その裾を、ゆっくりと捲り始める。

「お腹もナイフで刺された……ここ。内臓まで届いてたから、けっこう入院、長かった」

のっぺりとした、平らな腹。その真ん中にある、縦長のヘソと同じくらいの、傷痕。ピンク色の、引き攣れ。

「あたしは重体で、五日間気を失ったけど、向こうは四人入院した。一人死んで、一人は片目失明して、一人は中指切断になった。もう一人は……だから、チンコね。失明は指突っ込んで目玉を引っ張り出したからだけど、あとは全部嚙みつき。死んだ子の、ここ……」

左の、エラの下辺りを指で示す。

「喰い千切った。血がドバーッて出て、あたしもびっくりしたけど、向こうはもっとびっくりしてた。手応えっていうか、歯応え……嚙み応え？　死ぬなって、分かった。だからって別に、可哀相でもなかったし、悪いとも思わなかった。あたしも死ぬかもって思ってたし、お互いさまかな、って」

美羽は、Tシャツの裾は戻したが、代わりにパーカを脱ぎ始めた。

「刑務所は、一年半、入った。若かったから、アソコを舐めろとか、そういうのはあったけど、最初にガブッて、思いきり嚙みついてやったら、もう誰も、二度といってこなくなった。嚙まれた方も、場所が場所だしね。なんでそんなことになったか、正直にいったら、自分が懲罰受けるから、黙ってたみたい。結局膿《う》んじゃって、あとで大変なことになってたけど」

パーカを脱いだら、次は、ピエロの――。

「でも刑務所には、面倒見のいいお姉さんもいて、いろいろ相談に乗ってくれた。あたしみたいなのはね、サイコパスっていうんだって。良い事と悪い事の区別がつかなくて、冷酷で、残酷で、ルールを守れない人間なんだって……でも、一つだけ褒められた。あんたは嘘をつかないって。そこは褒めてくれた。嘘をつかないっていう、そこを大事にして、社会のルールを、一つひとつ覚えていけば、あんたはサイコパスじゃなくなるって。治るって、いわれた」

細い両腕を後ろに回し、ブラジャーのホックを外す。ぽんっ、とカップが前に弾み、そのまま紐《ひも》ごと、するすると落ちてくる。

「普通、人間は成長してくると、良い事と悪い事の区別が、なんとなくつくようになるんだって。他人の気持ちも、なんとなく分かるから、だから残酷なことも、しなくなるんだって。自然と、社会のルールも、守れるようになるんだって。でもあたしには、そういうことを感じる部分が、心が、もともとないから……あたしに心がないのは、生まれつきだから、もう、しょうがないんだって。髪の毛が伸びるみたいに、胸が大きくなるみたいに、生理が始まるみたいに、いつのまにかできるものじゃないから、あたしは、駄目なんだって」

美羽が、貴生の腿を跨ぐ。裸の胸が、目の前にくる。

「……でも、だったら覚えればいいんだって。感じなくてもいいから、分からなくてもいいから、これは良い事、これは悪い事って、一つひとつ、覚えてけばいいんだって。分からないことは訊いて、みんなに教えてもらって、一個一個、覚えていけばいいんだって。……あたしも、なんであたしだけ、いろんなことが上手くいかないんだろうって、思ってたから、そっか、って思った。覚えればいいんだ、って分かった」

柔らかな膨らみが、迫ってくる。最初は頬に当たり、さらに押しつけられると、貴生の視界は乳房で塞《ふさ》がれた。

「だから、教えて……あたしが人殺しだって知って、貴生くんは今、どう思ってる？　どう思ってたのが、どう変わった？　貴生くんには嚙みつかないから。それは、約束するから。あたし、嘘はつかないから。だから、教えて……あたしのこと、怖くてもいいんだよ。嫌いでもいいの。汚いって思ってるんなら、そういっていいんだよ。あたし、そんなことじゃ、傷ついたり、泣いたりしないから。知りたいだけだから……貴生くんが、あたしのことどう思ってるか、覚えなきゃいけないの」

知りたいだけ、覚えたいだけといいながら、美羽は唇を求めてきた。貴生の頭を搔き抱《だ》き、貪るように舌を絡めてきた。

これは問いであると同時に答えなのだと、貴生は察した。貴生の舌が何を伝えるのか、どう反応するのか、美羽も舌で確かめているのだ。拒むのか、受け入れるのか、さらに求めるのか、犯すのか、奪うのか。

美羽の手が、貴生の肩に掛かる。ネルシャツの襟を開き、丁寧に剝がしていく。貴生は無意識のうちに、寄り掛かっていたベッドから背中を浮かせていた。ネルシャツ、Tシャツと脱がされ、ジーパンのベルトに手が掛かった。美羽は手際がよかった。見た目より力も強かった。有無をいわせず、貴生を丸裸にしていく。

咥《くわ》えられた瞬間は、さすがにひやりとした。美羽の口が獰猛《どうもう》な肉食獣のそれに見え、しかし、熱いぬめりと力強い吸い上げに逆らうことはできなかった。先端に、ぐいぐいと気が集められていく。美羽の手が、優しく胸を撫でる。指先で乳首を弄ぶ。男もこんなに感じるものなのかと、自分で自分が恥ずかしくなった。あっ、と漏れた声が、自分のものではないようだった。

いつのまにか床に寝かされていた。目の粗いカーペットが、引っ掻くように背中を刺激した。美羽が這い上がってくる。胸で、腹で、貴生を刺激しながら、位置を合わせてくる。

そのまま、ぬるりと包まれた。呑み込まれた。

「あっ……美羽ちゃん」

「大丈夫」

完全にされるがままだった。

顔に掛かって揺れる、美羽の柔らかな髪が心地好い。腰に感じる重みが、リズムが、それ以外の思考をことごとく奪っていく。ここが、カーテン一枚で仕切られたシェアハウスの一室であることなど、もうどうでもいい。首を喰い千切られるかもしれない恐怖も、もう捨てた。

下から美羽の乳房を摑んだ。痩せているわりに、意外なほど重みがあった。両脇から腰へとすべらせ、両側から尻を支える。さらさらに乾いた肌は、少しひんやりしていた。

いったん自分から触れてしまうと、もう歯止めは利かなくなった。

貴生も下から突き上げた。美羽は突っ張っていた腕を折り、貴生に覆いかぶさった。

体重を丸ごと受け止めた。尻から手を離し、肉の薄い背中を抱き締めた。片手を肩に掛け、美羽の上半身を固定した。突き上げる力を、余さず美羽に伝えたかった。

痺れが高まっていく。一点に集中していく。
「……貴生くん……あ、ありがと」
いや——。
これが、答えなのだろうか。
これで、答えになっているのだろうか。
光るピエロが見ている。美羽の白い体を照らしている。
ただの欲望でいいのか。それを、この子の体に放っていいのか。
美羽が欲しいものは、こんなものではないはずだ。
心がないから、だからこそ、美羽は心が欲しいのではないのか。
自分に心はあるのか。美羽に差し出せる心が、本当にあるのか。
光るピエロが見ている。
振り落とされまいと、貴生にしがみつく美羽を、じっと見ている。
お前に心はあるのかと、問いかけている。

16・美羽の迷走

セックスをしているときの男の顔は、まず例外なく間抜けで、滑稽だ。

美羽はよく、行為の途中で薄目を開けて見てみる。ほとんど無表情のまま、単純な反復運動として腰を動かし続ける男。自らも固く目をつぶり、ときには苦しげに歯を喰い縛り、可能な限り射精を我慢しようとする男。ニヤニヤしながら、女の反応が大きい方に、挿入の角度や体位を微調整する男。意識して女を乱暴に扱い、サディスティックな喜びを満面に表わす男。

征服欲だろう、とは思う。捻じ伏せたい、思うがままに女の体を操りたい、自由にしたい。そういう男の欲望、願望。それくらいのことは、伸介にいわれるまでもなく理解している。むしろそれ以外、男に何かあるのかと訊きたい。相手を思う、奪うより与えたい、そんなふうに思いながらセックスをする男などいるのかと。

実のところ、美羽は漏らす声ほどには感じていない。されている行為を認識できないほど鈍感ではないが、身悶《みもだ》えるほどの快感はこれまでに一度として経験したことがない。敏感なところを弄られればそれなりの感覚は生じるが、それは男も同じだろう。丁寧に舐めてやれば、男の乳首だってちゃんと勃つ。男女差を感じることは、正直ない。あるとすれば、それはむしろ個人差だ。

だからだろう。美羽は征服されたと感じたことはないし、相手のモノになったとは思わないし、何かを失うという感覚もない。逆ならある。報酬を得るのは常に美羽であり、男どもは常に失う側だ。他に恋人がいたり、家庭がある男は行為が済んだのち、美羽の存在そのものに怯えもする。だが、美羽に怖いものはない。どちらが征服者かといえば、自分ではなかったかとすら思う。

貴生も、途中まではそうだった。美羽が過去について告白し、それについては恐怖に似たものを覚えたようだが、美羽が服を脱ぎ、胸を見せ、押しつけ、貴生の服を脱がせ、肌を合わせ、勃起したそれを咥えてやり、入れるべきところに導いてやれば、貴生もやはり、他の男どもと同じように腰を振り始めた。簡単なものだと思った。

ところが、途中から何かが変わった。実際、射精の寸前まではいっていたと思う。しかし、そこまで至らずに貴生は終わった。避妊していなかったから途中で止めた、というようなことではなかったと思う。何かが、貴生から性欲を奪った。目には見えない、言葉にもできない何かが、貴生を萎《な》えさせた。

服を着てから、貴生はいった。

「……ごめん」

射精できなかったことを詫びているのだろうか。それとも、避妊をしなかったとか、そういうことをいっているのだろうか。だとしたらとんだ誤解だ。美羽は最初にいったはずだ。違いを知りたいのだと。自分が人殺しであることを知る前と知ったあととで、気持ちがどう変わるのかを知りたいのだと。いわばセックスは、それをしやすくするための雰囲気作りだ。美羽の満足も貴生のそれも、どうでもいい。

「いいよ別に……謝んなくて」

脱ぎっぱなしにしていたパーカの袖を摑み、手繰《たぐ》り寄せる。人の形を失った、ぐにゃぐにゃの布。正体不明の抜け殻。あるいは、最初から空っぽの何ものか。

ポケットのタバコを探る。残り数本の、パーラメント・ライト・メンソール。窓枠に載せていた灰皿に手を伸ばす。吉祥寺の雑貨屋で見つけたもので、縁には小さなピエロが座っている。

美羽が火を点け、浅く吸ったひと口目を吐き出すまでの間も、貴生は抱えた両膝に額を載せ、顔を伏せていた。そんなにさっきのセックスに満足がいかなかったのか。そこまで落ち込むほどのことか。思えば、美羽もここの住人と寝たのは初めてだった。通彦とも彰とも、むろん友樹とも、ちょっと前までいた細野亮平《ほそのりょうへい》とも、美羽は寝ていない。

貴生に正面を向け、美羽は正座に座り直した。

「ねえ、貴生くん……」

うん、と低く答えはしたものの、顔は上げない。

「ねえ、こっち見て。あたしを見て」

ようやく半分だけ、クロールの息継ぎのように顔を浮かせる。目は、眠たそうに半分閉じている。そこから美羽が読み取れるものは、何もない。

「ねえ。あたしのこと、怖い？」

「……んーん」

「怖くない？」

「怖く……は、ない」

「じゃあ好き？」

「……うん。好き、だと、思う」

「どこが好き？　顔？　体？　体だったらどこ？　胸？　お尻？　それともセックス？」

横向きのまま、貴生がかぶりを振る。

「……分かんない」

「分かんないのに好きなの？」

「それは……そういうことも、あるよ。理由は上手くいえなくても、美味しいと思う食べ物は、あるでしょ」

「あたしは美味しかった？」

少し、眉をひそめる。

「そうじゃなくて……今のは、ただの喩《たと》え」

「そっか。じゃあ、人を殺したって知ってても、好きってこと？」

「ん……それはなんか、別の話っていうか」

「人殺しでも、セックスできればいいってこと？」

「……そういうのとは、違くてさ」

「じゃあなに？　なんであたしのこと好きって思った？　あたし、人殺しなんだよ。嚙みつかないとはいったけど、貴生くんのこと殺さないとはいってないよ。貴生くんは、自分のこと殺すかもしれない女のこと、好きになれるの？」

息継ぎは終わり、貴生はまた顔を伏せた。

「分かんないよ、そんな、今すぐは……でも、好きだと思うんだ。なんか分かんないけど……そう、思う」

そうなのか。こういう男も、世の中にはいるのか。

また一つ、新しいことを覚えた。

美羽以外にも、自分で自分が分からない人間はいる。

そんな人間の心が、美羽に分かるはずがない。

それと、貴生の変化。

貴生は、美羽が人殺しだと知っても、あまり変わった感じがしなかった。それが良い事か悪い事かも、美羽には分からない。

でも、分からないということは、分かった。


何日かして、貴生から誘ってきた。

「ねえ……ランチ終わったら、ちょっと、買い物つき合ってよ」

「なんの?」

「何って……まあ、いろいろ」

伸介の家にいくのは夕方。まだ時間があったので、つき合うことにした。

でも、大した買い物ではなかった。すべては駅近くの商店街で手に入る日用品で、美羽にできるアドバイスなど何もなかった。

「こういう靴下って、オッサン臭いかな」

「いいんじゃん、別に」

オッサン臭いこと自体、良いとも悪いとも思わない。

スニーカーも買いたいというので、安めの靴屋に案内してやった。

「これじゃ、派手だよね」

「いいんじゃん、派手でも」

「コンバース、って年でもないしな」

「仲介さん、コンバース持ってるよ」

「あそう……だからってな、伸介さんとオソロってのもな……」

買い物が終わったら、ちょっとお茶を飲もうという。貴生が選んだのは商店街のはずれにある、歯科医院の隣の喫茶店だ。

まあ、こんな街のはずれにあるくらいだから、さして洒落た店ではない。

「俺は、アイスコーヒー……美羽ちゃんは？」

「あたしも」

カウンターが五席、四人掛けのテーブル席が二つ。店の広さは「プラージュ」の三分の一か四分の一。美羽たちの座ったテーブル席の椅子も、えらく窮屈で座り心地が悪い。こんな垂直に立ち上がった背もたれなら、いっそない方がマシだ。

ガラス障子の窓から通りを眺める。近くのスーパーにでもいってきたのだろう、重たそうに膨らんだエコバッグを提げた主婦が、片手で携帯を弄りながら通り過ぎていく。

前を向くと、いつのまにか貴生にじっと見られていた。

「……なに？」

表情は、柔らかだ。十パーセントくらい、笑みが入っている。

「んん、別に」

「なんか、気味悪ぃ」

「そう？　ごめん。なんか……見惚《みと》れてた」

なんだそれは。

「……やっぱ貴生くんって、あたしのこと好きなの」

「うん。この前、そういったじゃない。そんな何日かで、特に何があったわけでもないのに、気持ち変わったりしないよ」

「分かんないよ、そんなの。直接はなくても、間接的には何かあるかもしれないし」

「間接的？　たとえば」

「たとえば、誰かから、あたしの悪い噂聞くとか」

「いやぁ……この前の以上にインパクトのある話って、なかなかないでしょ」

そう、とは限らない。

「あたしが売春婦でも？」

ふいに、貴生の目つきが尖った。やはり、殺人云々は過去の過ちとして流せても、売春となったら話は違うのか――いや、そういうことではないようだった。

斜め後ろに気配を感じ、それとなく目をやると、七福神の誰かみたいに太った店主が、アイスコーヒーを持って近づいてきていた。

「……お待たせいたしました」

ストレートグラス二つをテーブルに置き、店主は下がっていく。その後ろ姿を睨みながら、貴生が顔を近づけてくる。

「美羽ちゃん……そういうこと、大声でいわないで」

「大声でなんていってない。普通だった」

「だとしても、聞こえないようにさ」

「なんで。ただの喩え話でしょ」

ふわりと、貴生の表情がゆるむ。

「……そうなの？」

「何が」

「さっきの、喩え話なの？」

「その方がいいの？　貴生くんは」

「え、そりゃ……うん。そういうこと、美羽ちゃんには、してほしくない」

「なんで。あたしとつき合いたいの？」

貴生はしばし息を止め、窓の外を見たり、アイスコーヒーに目をやったりした。ようやく美羽を見たかと思ったらすぐに逸らし、そして、思い出したように息を吐き出した。

「……美羽ちゃんが、俺をどう思ってるかは、分かんないけど……もし、そういうふうに、なれるんなら……就活とか、今までより、もっと頑張れる……気はする」

なんだそれは。

タバコを二本吸い終わる頃にはアイスコーヒーもなくなり、貴生が奢《おご》ってくれるというので、そのまま店を出てきた。

その段階で、すでに違和感はあった。予感、危機感、野性の勘。もっと相応《ふさわ》しい言葉は他にあるのかもしれないが、美羽が感じたのはそういう類のことだ。

十字路を渡ったところにある、タバコ屋のガラス戸で確認する。どうやら、間違いなさそうだ。

「貴生くん。あたし、このまま伸介さんとこいくから。じゃあね」

「うん、分かった……でも、そっち……」

方向が違うといいたいのだろうが、美羽は聞こえない振りで左に曲がった。

次の角を曲がったら、ダッシュだ。別に、こういう事態に備えていたわけではないが、美羽は普段からスニーカーを履くようにしている。走りにも自信はある。

とにかく貴生から離れなければならない。「プラージュ」から、離れなければならない。

滅茶苦茶に走って、滅茶苦茶に曲がって、それでも結局、多摩川沿いに出てしまった。周りは、一つ工場がある他は普通の民家が並ぶ住宅地。正面には土手に上がるコンクリートの階段がある。

二段飛ばしで上り始め、その中ほどで初めて声がした。

「小池ッ、まっ……待て、テメェッ」

警官に「待て」といわれて待つ泥棒はいないという。

だが、美羽は泥棒ではない。相手も警官ではない。

もう四段上ったところで足を止め、振り返った。

声の主はまだ、一段目に片足を掛けた段階だった。

韓国人俳優がしていそうな、真っ黒くて大きなサングラス。短く刈り込んだ髪。五年前は金髪だったように思うが、そんなことはどうでもいい。

新村《にいむら》だ。新村孝晃《たかあき》。美羽が眼球を抉《えぐ》り出したため、右目を完全失明した、高校の一級上だった先輩だ。最近はこういう追いかけっこもあまりしていないのか、息を切らし、肩を大きく上下させている。

美羽は、会釈の代わりに顎を出した。

「……ども。お久し振りっす」

二つの目が、サングラスの上端から美羽を睨みつけている。右にもちゃんと黒目はある。それは義眼か。

「テメェ……逃げんな、コラ」

「逃げてないっすよ。っていうか、勝手についてくんのやめてもらえますか。気持ち悪いんで」

「利いたふうなこと、ぬかすな……この、人殺しが」

「その『人殺し』ってのも、やめてもらえますか。そんなこといってっと、潰しますよ……反対の目も」

新村は怒った野良犬のように鼻をクシャッとさせたが、何も言い返しはせず、代わりにブルゾンのポケットに右手をすべり込ませた。一見レザーのようだが、たぶん合成皮革の安物だろう。

ナイフでも出すのかと思ったが、違った。携帯だった。

「……おう、だいぶ移動した。いま、多摩川の土手まできてる……ああ、いる……分かんねえけど、マトバ金属って会社がある。工場みたいのだ……おう、早くしろよ」

携帯をしまい、息も整ったのか、新村は階段を上り始めた。

「小池……苦労したぜ、お前を見つけんのには」

「はあ。なんか用っすか」

新村に背を向け、美羽も残りの段を上り始めた。目の前、土手の上の道を、ブルーの作業ツナギを着た男が自転車で通り過ぎていく。

後ろから、新村の声が追ってくる。

「なんか用かじゃねえだろうが。人一人殺しといてよ、一年ちょっとムショ入ったくらいで、綺麗さっぱりなかったことになんて、なるわけねえだろ」

「別に、そんなふうには思ってませんけど、あたし」

ようやく上の道まで出てきた。軽トラックが向こうから走ってくる。少し風が強い。下の広くなったところには野球場がいくつもある。平日の午後だが、練習しているところは一つもない。

振り返ると、新村はちょうど、美羽がさっきいた辺りまで上ってきていた。

「……出所したらしいって噂があってから、半年経っても一年経っても実家に戻らねえ。オメェの弟、俊治《しゅんじ》な。何度ボコっても知らねえの一点張りでよ。さすがに、ほんとに知らねえんだなってなって、そっからだよ、マジで捜し始めたのは……まさか、二年もかかるとは思わなかったぜ」

美羽は道を左に歩き始めた。

「へえ……暇なんすね、あんたら」

視界の端にいる新村が、またカッと美羽を睨むのが見えた。

「殺された万里香《まりか》は秋元《あきもと》さんの妹だ。俺らがケジメ取んのは当たり前だろうが」

秋元というのは、地元でヤクザの真似事のようなことをしている、やはり同じ中学の先輩だ。もっといえば、美羽が中指を喰い千切った田沼《たぬま》というのが死んだ万里香の元カレで、チンコを喰い千切った岡村《おかむら》は、当時まだ童貞だったと聞いている。

美羽は前を向いて歩き続けた。

「知りませんよ、そんなこと。そもそも、喧嘩売ってきたのはそっちじゃないっすか。あたしだって正田《しょうだ》に姦られたし、顔面骨折して入院したんすよ……相子《あいこ》とはいいませんけど、それなりに痛い目に遭ってるんで。あんま馬鹿いってっと、返り討ちにしますよ」

後ろから、パタパタッと足音が追ってくる。

右肩を摑まれ、強引に反対を向かされた。

二人の真横を、さっきの軽トラックが通り過ぎていく。

「……上等だ、狂犬女。今みんな、ここにくっからな。そしたらテメェ、全員で輪姦《まわ》して、ダルマにしてやっからな……その前に、歯ァ全部ペンチで引き抜いてやる」

ペンチで歯を抜く前に、自分が手首を喰い千切られるとは思わないのだろうか。

「それ以前に、先輩、あたしに勝てるんすか……片目しか見えないのに」

「あんだとコラァッ」

ぶわっ、と空気が鳴り、いきなり頬骨に衝撃を覚えた。続いて刺すような痛み、皮膚が潰れる感覚、あとから同じところに、熱――。

だがそれ以上の熱が、美羽の脳内で一気に爆《は》ぜた。

「……いッてえなオラァッ」

また殴られた。膝蹴りも喰らった。でも下がらなかった。腕を大きく振り回し、サングラスの上から新村の顔面を殴りつけた。レンズが割れることはなかったが、ツルは曲がり、二発目でどこかに吹っ飛んでいった。

「こっ……こいつッ」

そういう、無駄口を叩くところが駄目なのだ。

美羽は、ボクシングでいうところのアッパーの要領で、思いきり、新村の股間に拳を叩き込んでやった。

ふごっ、と新村は息を吐いたが、それ以上は言葉も、悲鳴も、その口からは出てこなかった。

「相変わらず……弱いっすね、新村さん。悪いけど、あたしまた逃げますから。あんたらの相手してるほど、暇じゃないんで。……でもその前に、約束ですから……残りの目も、潰させてもらいますよ」

髪は掴めるほど長くないので、代わりに右耳を鷲掴《わしづか》みにする。

「ひ……あ……や、やめ……」

「だからいったでしょ。人殺し人殺し、うるさいって。先輩、そんなにあたしに殺されたいんすか。あたし、ムショとかそんなに苦じゃないんで、別に先輩一人くらいなら、いま殺《や》ってもいいんすよ。どうしますか……なあ、どうすんだオラッ」

まだ活きているはずの左目の瞼《まぶた》に、右手の親指を押しつける。目玉の硬い感触を確かめる。記憶にある指触りと、ほとんど一緒だ。このまま瞼をこじ開け、目玉に直接触り、人差し指か中指を、その目玉のはまっている穴ぼことの間に捻じ込み、指先を曲げ、一気に引っ張れば、どろりと目玉は外に出てくる。繋がっている筋を引き千切ってやれば、こっちの目も二度と光を感じなくなる。

だが——。

「うっ……うぅっ……」

なぜだろう、昔のようには指が動かない。

「うっ……や、やめ、て……」

まさか、自分は、同情しているのか、この新村に。五年経ってもまだ自分より弱い、カスみたいな男に。

いや、違う――。

新村の目玉に触ってみて、思い出したのは、なぜか潤子の目だった。母親のぼやけた輪郭でも、泣き虫だった弟でも、目の前で死んだ父親でもなく、潤子。ただ静かに頷きながら美羽を見つめる、潤子の大きな目だった。

それだけじゃない。伸介、友樹、紫織、通彦、彰、それと、貴生。次々と「プラージュ」で出会った人々の顔が、目が、入れ代わり立ち代わり脳内に現われる。

なぜ。こんなこと、今まではなかった。

17・貴生の空転

佐口の脅しに屈したようで情けなくはあったが、貴生は旅行関係以外の仕事を当たり始めていた。基本的には営業職だ。

外食系店舗開発、ゼネコンの下請け、太陽光発電、パチンコ、不動産。完全に手当たり次第の当てずっぽう。もう、雇ってくれれば業務内容なんてなんでもよくなっていた。

だが、そんないい加減な考えの人間を雇う会社など、そうありはしない。

「弊社を志望した動機を教えてください」

ソーラーパネルの販売会社くらいなら、なんとか志望動機も捻《ひね》り出せると思っていたが、

「はい。エネルギー問題は現在、日本が抱える、喫緊の課題であります。バイオ燃料や、風力発電など、選択肢は他にもありますが、太陽光発電は、その中でも各家庭で取り組むことができる、小規模から始められる点に、優位性と将来性があると感じました」

その考え自体が甘かった。

「それは、太陽光発電全般に対する、あなたのお考えですよね。そうではなくて、数ある太陽光発電パネルメーカーの中でも、弊社を志望した動機を、教えてください」

さて困った。

「あ、はい……ええと、価格競争力と、あと……サポート体制の、充実しているところが、魅力と、感じました」

「はい、けっこうです」

そもそも太陽光発電パネルに興味があるわけでもないのに、個々のブランドの違いなど分かるはずがない。それはパチンコだろうが不動産だろうが同じことで、志望動機を尋ねられても、相手が納得するような答えは一度として返せなかった。

唯一、外食系店舗開発をする会社では、

「御社の手掛けた『ロイヤルダイナー』の、デミグラス・オムライスが大好きです」

と答えてみたが、それもさしたる評価には繋がらなかったようで、毎度お馴染みの不採用通知メールが届いただけだった。

ただの不採用ならまだいい。

「……以前のお勤め先は、なぜ退社されたのですか」

こういった質問に対する答えは、いつも同じにしていた。

「はい。以前は旅行代理店に勤めておりましたが、恥ずかしながら、私自身、海外への渡航経験が少なく、お客さまに対し、心からいいと思えるご提案が、できていませんでした。なので今回は、御社の扱う不動産のように、自分の目で見て、よさの分かる商品……といいますか、物件を手掛け、その上でお客さまにもご納得いただけるようご提案する、そういう仕事がしたいと考えております」

しかし中には、それだけでは済まない面接官もいた。

「それは大変高い志で、けっこうですが……前のお仕事からはもう、だいぶ間が空いてますよね。その、思い通りの提案ができなかったというのは、あなたにとって、次の仕事も決めずに退職しなければならないほど、つらいことだったのですか」

この段階では、一つの職場や仕事に対する粘り強さを計っているのだと、貴生なりに推測していた。

「実のところ、転職については、前々から考えていたのですが、日々の業務を自分なりに、懸命に改善しようともしておりましたので、当時は、次の職探しにまで手が回りませんでした」

面接官は、納得したようなしないような顔で頷いた。

「そうですか……実際、転職活動をしてみて、どうですか。他にも受けている会社はあるんでしょう？」

「はい。難しい面も多々ありますが、これまでの営業経験を活かし、今後は御社のお役に、立ちたいと考えております」

「難しい面……確かに、そうですね。今日ここにいらしているということは、いくつか会社を受けられて、しかし残念ながら決まらなかった、ということなのだと思いますが、その理由を、ご自身ではどう分析していますか」

これも自己批判、状況分析、客観性、謙虚さ、そういうところを見る質問なのだと察した。

「はい。他社、他業種を志す中で、私自身、不勉強を実感する部分もありました。ですので今回は、不動産業界についても可能な限り勉強し、その中で御社の募集を知り、ぜひここで働きたいと思い、応募いたしました」

面接官があからさまに表情を曇らせたのは、そう貴生が答えたあとだった。

「いや……そういうことではなくてね、あなた自身に何か問題があるから、だから採用されなかったと、そういうことではないですか、と伺っているんですよ」

初めてひやりとした。表情も、目に見えて固くなっていたに違いない。

面接官は続けた。

「誰から聞いたとか、そういうことはなしにしてもね……たとえば前科があるとか、そういうことだったら、正直にいってもらわないと、こっちとしても困るんですよ。人間ね、誰しも良い部分と悪い部分とがある。一度就職していれば、成功も失敗も何度か経験しているでしょう。企業が採用するということは、その人の良い部分を長所にし、悪い部分を短所にしないようにしてね、共に生きていくということです。でもそれ以前に、自分の悪い部分を隠すようではね……一緒には、働けないですよ」

貴生にはもう、何も言い返せなかった。ありがとうございましたと、最後に礼をいったかどうかもはっきりとは覚えていない。

こういうことがあっても、なんら不思議はなかった。

前の会社については履歴書に書いてある。旅行関係以外の会社なら前の会社に確認はしない、とは限らない。それでなくても、社員旅行やら家族旅行やらで前の会社と取引のあった人も、世の中には大勢いるだろう。むろん、業界を変えれば貴生の個人情報が伝わる可能性は格段に低くはなるが、それでも決してゼロにはならない。社会は、意外なほどあらゆるところで繋がっている。「世間は広いようでせまい」とはよくいったものだ。その通りなのだなと、貴生はいま初めて実感している。

紫織はいった。

「人生なんて、そんな簡単にリセットできるもんじゃない。過去は、いつまでだって付いて回る。……罪を償うことはできても、過ちを犯した過去を消すことはできない」

就職したらしたで、職場に警察官が訪ねてくるようなことも、あるのかもしれない。それがもとで前科があることが周りに知れ、解雇されることだって充分あり得ると思う。前科を隠して就職したのであればなおさらだ。

採用される前に、すでに心が折れそうだった。

どう取り繕ったところで、過ちを犯した過去は、消すことができないのだから。

そんな日々だったから余計に、美羽との一件は大きな励みになった。もともと可愛らしい子だと思っていただけに——まあ、直前の告白にはさすがに驚かされたが、でも、よかったと思う。

殺人を犯してしまったことも、暴行された過去があることも、いま目の前にいる美羽の一部ではあるのだろうけれど、すべてではない。そう思えた。何より、美羽の過去について咎める資格など、自分にはない。きちんと服役して罪を償ったのなら、もういいではないか。たとえ世間が美羽を認めなくても、自分だけは受け入れたい。受け入れなければならない。そうも思った。

だから、ちょっと試しに、デートに誘ってみた。

ランチを手伝わなければならないので、出かけるのは午後から。金もあまりないので、遠くにはいけない。でも、この近所でだってその気になれば、それなりに楽しむことはできる。一緒に買い物をして、お茶を飲んで、好きな映画の話や、音楽の話なんかをしてもいい。衝撃的な過去については聞いたが、もっと昔のこと、家族のことや故郷の話なんかも聞いてみたい。貴生なりに、いろいろデートのイメージは持っていた。

ただ、イメージ通りにいかないというのも、初デートにはありがちなことだった。

「……いいんじゃん、別に」

「ああ、いいんじゃん、それで」

悪い方に受け取れば、貴生のすることにさしたる興味はない。美羽の反応は、概《おおむ》ねそんな調子だった。でもそれも、美羽なら許せた。そもそも表情に乏しい子、感情表現が苦手な子なのだ。一緒に過ごす時間さえ増えれば、次第に打ち解けて、今まで表わさなかった心の内も晒《さら》すようになるかもしれない。つき合うとかつき合わないとか、自分たちはそういう、一般的な言葉で括れる関係ではないようにも思うが、でも、気持ちはそれに近かった。

自分は美羽のことが好きで、美羽も憎からず思ってくれている。自分たちは同じ場所に住み、同じものを食べ、同じ夜を過ごし、眠りにつく。今はそれでいいと思えた。

デートの終わりもあっさりしたものだった。それも、らしいといえば、らしい。

「貴生くん。あたし、このまま仲介さんとこいくから。じゃあね」

仲介の家とは方角が違ったが、何か他に用事でもあるのだろうと思い、そのままにしていた。

貴生は貴生で、夕方に用事があった。保護司の小菅を訪ねることになっていた。

「こんにちは、吉村です」

《はい、今お開けしますね》

お手伝いさんに案内され、いつもの書斎に通されると、小菅は部屋の奥にある事務机で何か仕事をしていた。パソコンではなく、ペンを持っての書き物だ。

「ああ、吉村くん、ごめんね。ちょっとこれだけ、急いで書いて、マチさんに出しにいってもらわなきゃならんから」

マチさんというのは、あのお手伝いさんの愛称だ。それが名字からとったものなのか、名前からなのかは分からない。

「はい、大丈夫です」

「そこ、座ってて」

貴生は応接セットの、いつもの場所に座った。

向かいの壁は本棚になっており、不揃いな背表紙が雑多に押し込まれている。法律や犯罪に関する書籍が多いが、釣りの雑誌や彫刻、建築、時代小説、歴史小説、パズルや手品といった趣味の本まで、ジャンルは多岐にわたる。

「どう。仕事、見つかった」

ふいに訊かれて机の方を向いたが、小菅は手元を見たまま書き物を続けていた。

「いえ、まだです……けっこう、しんどいです」

「ハローワークはいったの」

「いえ、今のところは、自力で探してます。お陰さまで、杉井さんにいいシェアハウスを紹介してもらえたんで……そこで、パソコンも借りられるんで、なんとかやってます」

「そう。前科とか、支障になったりしてない？」

「まあ、多少は……前の業界はなんか、情報出回るのが早くて、いきづらいんで……今は、違うところを回ってます。不動産関係とか、いろいろ」

小菅は一瞬顔を上げ、ただ口元に笑みを浮かべただけで、また下を向いてしまった。

「……そりゃ、よかった。杉井さんからもね、住まいに関しては心配ない、あとは頑張って仕事を見つけるだけだって、聞いてたからさ。さほど心配はしてなかったけど……でも、仕事見つけるのは、大変なことだよ。前科がなくたって、今はほんと、大変なんだから」

「ですね……実際、苦戦してます」

そこまでは貴生も、意識して喋っていた。だが、

「……あ、でも」

自分でも分からないのだが、なぜか、そう切り出してしまった。

また小菅が、ひょいと顔を上げる。

「うん、なに」

「いえ……別に」

「別にってことはないだろう。自分から言い出しといて」

「あ……いや、そういうんじゃ」

「何か、いいことでもあったの」

なぜ分かった。「苦戦してます」のあとに「でも」という逆接を持ってきたからか。

「ええ……まあ」

「なに。いいなさいよ、素直に」

「はあ……まあ、その……」

「好きな子でもできたの」

なんと――。

「こ、小菅さん、なんで……」

「なんだ、図星か。ってことは、そのシェアハウスの子かな?」

急に、変な汗が噴き出してきた。脇の下が冷たくなっていく。

「ど、ど……」

「どうして分かったかって？　別に、杉井さんから聞いたわけじゃないよ。ただ、今の吉村くんのさ、住まいは確保できたけれども仕事は見つかっていないという、そんな状況で、思わず他人に報告したくなるいいことなんて、恋しかないでしょう。ほら、テレビでもやってたでしょ。シェアハウスで恋が芽生えるドキュメンタリー。ああいう感じかなって、ちょっと想像したんだけど……なんだ、図星かぁ。けっこうやるもんだねえ、吉村くん」

保護司、小菅大作。侮《あなど》るべからず。


夕方五時には「プラージュ」に戻り、仕込みの準備を手伝った。

「貴生くん、このタマネギ、みじん切りね」

小さめの段ボール箱、いっぱいのタマネギを渡された。

「全部ですか」

「そう、全部」

「何するんですか」

「ハンバーグとか、カレーのルーとか、いろんなものに入れるの。できたら、半分は炒めてもらうから」

「……はい」

そんな作業が一時間近く続いた。

いつもより少し遅め、六時半を過ぎてからプレートを「OPEN」に返したが、やはりしばらく客はこなかった。

「そういえば、潤子さんって、車運転するんですか」

「免許は持ってるけど、運転は何年もしてないな。車、一度も買ったことないし」

「原付とか、あったら便利じゃないですか？」

「貴生くん、欲しいの？」

「……まあ」

「あたしは要らない。欲しければ貴生くん、自分で買えば……ま、上手く仕事が見つかれば、だけどね」

七時過ぎて誰か入ってきたかと思えば、宅配便の配達員だった。

「遅くなりまして、すみません」

「いいえ、ご苦労さま」

届いたのは軽そうな、でもやけに大きな段ボール箱だった。

「へへ……ネットショップで買っちゃった」

「なんですか」

「えー、教えなーい。絶対笑うもん」

「笑いませんよ、教えてくださいよ」

「えー、どうしよっかな……」

なんと。中身は巨大なテディベアだった。色はキャラメルくらいの茶色。ソファに潤子と並んで座らせると、座高はほとんど変わらない。

「……なんでまた」

「なんとなく。衝動買い」

「でも、だからって……どうするんですか、そんなデカいの」

「どうもしないわよ。ベッドに置いとくだけ」

「潤子さん、ひょっとして……寂しいんですか」

「ほらね。そういう目で見られるから、教えるの嫌だったの」

イッ、とやって潤子は、その巨大なテディを抱き上げて二階に上がってしまった。貴生は仕方なく、残された段ボールを畳み始めた。ちょっと珍しい大きさなので、他に何か利用価値がありそうな気もしたが、すぐには思いつかなかったので、とりあえずバックヤードに放り込んでおいた。

八時前には友樹と彰が帰ってきて、まもなく最初の客が入ってきた。といってもいつもの、ヒロシとその仲間たちだ。今日の連れは二人。

「いらっしゃいませ……あれ、シュウジさんは？」

貴生が訊くと、ヒロシはとぼけ顔で首を傾げた。

「知んね。通り掛かりに店覗いたけど、まだ戻ってねえって……ってか、紫織ちゃんもまだか。ちょっと早かったかな」

シュウジは、ああ見えて花屋の跡取り息子だ。昼間は意外と真面目に仕事をしている。配達している姿をよく見かける。

奥から出てきた潤子も意外そうな顔をした。

「珍しいじゃない。シュウジくんがいないなんて」

うん、とヒロシが頷く。

「なんか、お袋さんに訊いてもよく分かんないんすよ。ほら、店員のミカワくん。彼も戻ってなくて。携帯鳴らしても出ないって」

一緒にどっか遊びいってんじゃないすか、とヒロシの連れがいったが、潤子はかぶりを振った。

「ミカワくんは真面目な子だもん。シュウジくんの口車に乗って遊びになんていかないでしょ」

そんな話をしているところに、また客が入ってきた。少々野暮ったいウールのジャケットを着た、年配の男性。ハンチング帽をかぶっているので一瞬分からなかったが、よく見れば伸介だった。

貴生は、普通の客より深めにお辞儀をした。

「いらっしゃいませ。先日は、ご馳走さまでした」

伸介は「やあ」と手を挙げたまま、店内を見回している。

「……美羽ちゃんは、帰ってるかい」

「いえ、まだですけど、一緒じゃないんですか」

いや、と伸介が眉をひそめる。

「それが今日、夕方にくるといってたのに、珍しくこなくてね。私も昼飯を食って、うとうとしているうちに、そのまま寝込んじまったんだが、起きたら、もう暗くなってた」

それはおかしい。

貴生は首を傾げてみせた。

「俺、夕方まで美羽ちゃんと一緒でしたけど、別れたときは普通に、伸介さんのところにいくっていいってましたよ」

「でも、実際にきてないんだ。玄関の鍵は閉まってたしね。入れなければ、あの子は呼び鈴を鳴らすし、そうじゃなければ庭の方に回ってね、窓を叩くなりなんなりするんだよ、いつもは。……さっき、携帯に電話してみたんだけど、呼び出しは鳴るんだが、出ないんだ。こんなこと、今までなかったんだ……あの子は、家にくる約束は、破ったことがなかった」

　伸介の家にいくといって、貴生と別れた美羽は、実際には伸介の家に、いっていなかった――。

「そういえば……じゃあって別れたとき、美羽ちゃん、伸介さんの家とは違う方に歩いていきました。何か別の用事でもあるんだろうと思って、俺は、特に気にもしてなかったんですけど」

　ふいに潤子が「ほんとだ」と漏らした。手にしているのはコードレスの電話機だ。

「……出ない。留守電になっちゃう」

　隣にいたヒロシが「でもさ」といいかけ、だが誰かから携帯にかかってきたのだろう。ポケットをまさぐり始めた。

　ディスプレイを見て、「おっ」と漏らす。

「シュウジだ……おう、お前、今どこにいんだよ。オバさん、心配してっぞ……ハア？　なに……ちょっとシュウジ、落ち着け。何いってんだオメェ……ハ？　美羽ちゃんがどうしたって？」

18. 記者の葛藤

私が潜入を開始した当初、「プラージュ」には他に三人の男性住人がいた。むろん一人はA。もう二人は中原、細野といった。

最初に話すようになったのは中原だった。人懐っこい性格で、いつも調子よく軽口を叩くタイプだった。帰宅時間が比較的一定していることから、定職に就いているのだろうことは察せられた。

「こんばんは。中原さん、大体この時間には帰られてるんですね」

中原は一人カウンターで、ハイボールを飲みながら鶏の唐揚げを摘んでいた。

「うん。店が、七時までだからね。寄り道しなけりゃ、大体こんな時間」

「ほう、お店……なんのですか」

「古着屋。知り合いの店だから、気楽なもんよ」

「古着屋さんか。なんか、いいですね。お洒落で」

「いや、どうかね……ただのボロも、相当交じってるけどね。それをまた、物好きな客が何万も出して買ってくんだ。はっきりいって、俺には理解できないよ……って、店員がいっちゃ駄目か。はは」

向かいから潤子がグラスビールを差し出してきた。こんなことで採算が取れるのかは甚《はなは》だ疑問だが、ここでの住人の飲み食いは基本的にタダだという。

「すみません……いただきます」

ほんの一瞬ニコリとし、潤子はカウンターの奥に戻っていった。

中原がこっちを向く。

「おたくは仕事、どうなの」

「私も、今は知り合いの仕事を手伝っています。大体、建築関係ですが」

もちろん嘘だが、林博にそういってしまった手前、しばらくはこの路線で通すつもりだった。

私は早くAについての情報収集をしたかったが、あまりストレートに訊いて怪しまれるのは避けたかった。とりあえず、周辺事情から探ることにした。

「しかし、ここは変わったところですよね。部屋にドアはないし、住人は……飲食フリーなんでしょう?」

中原は口元に苦笑いを浮かべた。

「まあ、ね……そんだけ、潤子さんが『神』ってことだよ」

確かに。なぜ彼女は、こういったスタイルでシェアハウスを運営しようなどと考えたのだろう。非常に興味深い。

中原は続けた。

「たぶん、毎月赤字なんだろうけど……どうやって帳尻合わせてんのかね。それは、俺も不思議」

私は周りを見回した。

「お店自体は、繁盛してそうですけどね」

「見た目はね。けっこう客は入ってるし、ランチも盛況みたいだけど、どうだかな。俺も昔……大昔、水商売やってたけど、そうそう儲かるもんじゃないぜ」

潤子の他に住人が六人。家賃が全員一律だとしたら、それによる収入は月に三十万。ここから七人分の食費を引いたら、実際いくらも残るまい。まあ、シェアハウスの運営は出所者へのボランティアと位置づけ、自分の食い扶持《ぶち》は「プラージュ」で稼ぐと割り切ってしまえば、あながち不可能ではないのかもしれない。

私は徐々に、話がAに向くよう試みた。

「他の住人の方って、どんな感じですか」

「どんな感じって？」

「たとえば……」

そろそろAを名指ししたかったが、タイミングを逸《いっ》した。

「あっ……あんた、紫織ちゃんは駄目だぜ。彼女は、俺のオキニなんだから」

「いえ、私は……そういうつもりじゃ」

「じゃあ美羽ちゃん？　おたく、見かけによらずロリコンなのね」

「いや、ですから……」

話題の方向性を抜本的に修正したかったが、思うに任せない。

「じゃなに、潤子さん？　まあ、昭和の青春ドラマとかには、よくあったよな。苦学生が、下宿の娘さんに恋しちゃう、みたいなストーリー……ほら、あれがそうじゃん。漫画でさ、ほら、アニメにもなって、確かドラマとか、映画にもなったんじゃなかったかな。あれ、なんだっけ」

高橋留美子原作の『めぞん一刻』のことなのだろうが、そもそも続けたい話題ではなかったので、分からない振りをして流した。

だがそれが、かえっていい結果に結びついた。

中原は得意気に続けた。

「でもさ、潤子さんも駄目だぜ。ああ見えて……ちゃんと好きな人、いるんだから」

「へえ、そうなんですか」

「知りたい？」

「いや、たぶん、聞いても分からないから」

「そんなことねえよ。あんただってもう、会ってると思うぜ……」

まさか、ここでAの名前が出てくるとは、思ってもみなかった。


細野は住人の中で、比較的Aと近い存在であることも分かってきた。共通点も多い。二人とも口数が少なく、酒はバーボンのロックを好み、タバコはマルボロの12ミリ以外吸わない。

私は細野に訊いてみた。Aとはどういう男なのかと。

「どう、って……まあ、真面目な人なんじゃないの」

真面目、というと？

「真面目は真面目だよ。それ以外、いいようないでしょ」

それに対する私の沈黙を、細野は深読みしたようだった。

「なに……あの人が何やったか、知りたいの」

私も、少し焦り始めていたのかもしれない。このときは、思わず頷いてしまった。

「まあ、分かるけどね。他の住人が、どういうアレで、ここにいるのか、気になるってのは……ただ、あの人は違うから。確かに、そういうことに巻き込まれはしたんだろうけど……冤罪、っていうの。

間違いだったらしいから」

Ａ自らが、そう説明しているわけだ。

「なんなら、本人に訊いてみれば。でも俺は、そう思うよ。あの人は、やってないな、って思う。なのに、疑われたってだけで、何年も人生を棒に振っちまった……俺なんかとは違ってさ、気の毒な話だよ。俺は、本当にやったから。言い訳できねえし、するつもりもないし」

細野はタバコを銜え、以後は黙り込んだ。

これ以上訊くな、話しかけるな——。

ある意味、凄みすら感じさせる沈黙だった。

彼もまた、過去に殺人を犯しているという。


ある夜、たまたま潤子と二人きりになる時間があった。私自身、ここでの暮らしにも慣れ、住人たちとも気心が知れてきた頃だった。

カウンターの中で静かにグラスを磨く潤子を、自分でも知らぬまに、じっと見ていた。鼻筋の通った、綺麗な横顔だった。特に口数が少ないわけではないが、でも、沈黙の似合う女だった。潤子は夜、よくＢＧＭにブルースを流す。好きなのかと訊くと、死んだ父親が好きだったと教えてくれた。あなたは？　と重ねて訊くと、私は別に、とかぶりを振った。

その夜、Ａはまだ帰ってきていなかった。それについて訊くと、潤子は微かに口元をほころばせた。

「なんか、群馬の方で仕事だっていってたから。……二、三日、帰ってこないかもしれません」

このときの私の感情をひと言で表現するとしたら、おそらく「嫉妬」ということになるのだろう。

潤子は、自分がAの予定を把握していることに、それをすぐ答えられることに、明らかに喜びを感じていた。少なくとも、私にはそう見えた。

私の中に、ちろりと舞い上がった赤い感情は、すぐに黒い煤《すす》となり、喉元にせり上がってきた。

Aは人殺しだ。昔の女に嘘の証言をさせ、それでまんまと無罪を勝ち取り、娑婆に戻ってきた卑怯《ひきょう》な男だ。司法が奴を裁けないというのなら、ペンの力で、この俺が裁いてやる。牢獄にぶち込めないのなら、この俺が、この社会にいられないようにしてやる――。

だが、その思いはさらに捻じくれ、意外な言葉となって私の口からこぼれ落ちた。

「……好きなんですか、彼のこと」

しまった、と思った。なんの意味もない、無駄以外の何物でもない質問だった。いい、やめてくれ。答えなくていい、無視してくれ。

しかし潤子は、また嬉しそうに笑みを浮かべた。

「なんですか、いきなり……誰がいったんですか、そんなこと」

続けたくなかった。会話の流れを無視して立ち去りたくなった。でも、できなかった。

「……中原さんが、まあ、そんなことを」

「んもう。よくいうんですよ、あの人、そういう適当なこと。ほんと、参っちゃうな……」

それ以上私は訊かなかった。訊かないのに、彼女は続けた。

「仮に、私がそうだとしても、あの人は……そういうの、ないと思います。いろんなこと、あったみたいだから……なんていうんだろ。そういう、人並みな気持ちは、どっかに置いてきちゃった、みたいな」

そこまでいって、また急に、照れたように笑う。

「やだ、何いってんだろ、私……ごめんなさい、聞かなかったことにしてくださいね、今の……ほんと、違いますから。そういうんじゃないですから」

そうしたかった。私自身、できることなら聞かなかったことにしたかった。

「プラージュ」はフランス語で「海辺」。海と陸との境界線。曖昧に揺らぎ続ける、人と人との接点。男と女、善と悪、真実と嘘、愛と憎しみ。そして、罪と赦し。

私も、自分で気がついていた。

波打ち際に築いた城壁は、いつのまにか少しずつ、さざ波に浸食され始めていた。

男の住人たちも潤子も、小池美羽も矢部紫織も、誰もAのことを悪くはいわなかった。挙句「プラージュ」の客まで――むろん、客は奴が殺人罪で収監されていたことなど知りはしないのだろうが、誰もがAの存在を受け入れ、共に酒を飲み、唄い、楽しげに同じ夜を過ごした。

いいのか、そいつは殺人犯なんだぞ。もうすぐ俺の記事で、社会から抹殺される、人殺しの畜生なんだぞ――。

そう肚の中で叫べば叫ぶほど、砂の城壁はもろく崩れ、波に洗い流されていった。

違う、みんなもっと、奴を憎んで、忌み嫌ってくれ。目つきが怖かった、キレやすい性格だった、酒を飲むと人が変わったように暴れる癖があった、そういう話を聞かせてくれ。

ある夜、Aについて話していたら、逆に細野に訊かれてしまった。

「あんた、奴の何を知りたいんだよ」

迂闊だった。結果を急《せ》くあまり、自身の立場を忘れ、ジャーナリストとしての「知りたがりの顔」を覗かせてしまっていたようだった。いや、私はすでに、ジャーナリストですらなかったのかもしれない。

言い訳も苦しかった。

「別に、そういうつもりじゃ……」

あのときの細野の目は、本当に怖かった。

「あんまり褒められたもんじゃないぜ、そういうの。あんま、他人の過去を穿るもんじゃねえよ……あんただって嫌だろう、陰でこそこそ嗅ぎ回られたら」

細野とAは共通点が多いだけでなく、何か特別な感情で結ばれているようなところがあった。

細野がシェアハウスを出ていく日、彼は「プラージュ」でAと固く手を握り合い、肩を抱き合い、長く言葉を交わしていた。二人にしか分からない、低く、重く、深い会話――そんなものを想像した。

隣にいた潤子が、いみじくもいった。

「なんか、嫉妬しちゃうな……ああいうの」

そうかもしれない。

私の中に芽生えた感情も、同じ種類のものだったように、今は思う。

細野がいなくなったシェアハウスは、少しだけ寂しくなった。だからというわけではないが、私とAが言葉を交わす機会も、自然と増えた。

夜、身支度を整えて「プラージュ」に下りると、ソファ席にいたAに声を掛けられた。

「……あれ、今から出かけるんですか」

私も、Aの監視にだけ日々を費やしていたわけではない。日銭を稼ぐためには何かしら原稿を書かなければならなかったし、そのための取材もしなければならなかった。

「ああ、野暮用でね。ほんと、参っちゃうよ」

一つ屋根の下で寝起きしていれば、二人きりになる場面も、当然ながら出てくる。別のある夜は——厳密にいえば潤子が厨房にいたが、でも声が届く範囲にはいなかった。会話の相手という意味では、二人きりといってよかった。

細野から何かいわれていたのだろうか。Aは自ら、ここに住むようになった経緯について話し始めた。

「俺、殺人罪で、起訴されたんですよ。一審は有罪で……でも二審で無罪になりました。たまたま上告はされなくて、そのまま釈放されて……ただ、三年、中にいましたからね。失ったものは、デカかったです。それはまあ、みんな同じなんでしょうけど」

私はとぼけて、なぜ一審で有罪だった判決が二審で翻ったのかを尋ねた。

「ネックになってたのは、昔の女の証言で。それに警察も裁判官も、振り回されたってことなんですかね……誰より、一番振り回されたのは、俺自身ですけど」

わざと「殺してないのにそれじゃ、つらかったですね」といってみた。

Aは苦笑いを浮かべ、「そうですね」と漏らした。

もう、私にも分かっていた。

この男を殺人犯に仕立て上げるのには、無理があると。

世の中には、普段は紳士の顔をしていて、だが陰に回ると突如狂暴になる、豹変して凶行に及ぶタイプの犯罪者がいる。私も何人か取材したことがある。刑期を終えて社会に復帰した人にも、まだ刑務所内にいる人にも会って話を聞いた。

あくまでも私見だが、そういう人間というのは、たいていは表の顔と裏の顔の落差が激しいものだ。悪事を働くのには、非常に多くのエネルギーが要る。突発的な事故や致傷致死というのではなく、自らの意志で相手を殺《あや》めたり、陥れたりするのには、普通の人間には想像もつかない膨大なエネルギーが必要になる。加えて、表の顔と裏の顔があるということは、犯罪者でありながら、一方ではしっかりと社会性を備えている、という意味でもある。その社会性をいっとき取り外し、無効にした上で凶行に及び、だが再び自らの意志で装着し、知らん顔を決め込もうというのだから、それは相当なものだ。

だから逆に、表の顔でいるときも、人物像としてはたいていエネルギッシュだ。繁華街で無差別殺人を起こして「誰でもよかった」などと供述する手合いとは、根本的に犯罪者としての質が違う。基礎体力が違うといってもいい。わざと犯罪に手を染め、なお自信を持ってそれを隠す。普通の人間と比べたら、十倍も二十倍も、彼らはエネルギッシュだ。

逆に普通の人でも、なんとなくは感じるはずだ。この人のエネルギーが、もし負の方に向かったらとんでもないことになる――そういう危うさを漂わせる人間は、意外と身近にもいるものだ。人はそれを「なんかギラギラした感じだった」「威圧感が凄かった」などといった言葉で表現する。実際に警察に捕まったりすれば「やっぱりね」という感想に置き換わる。

ただ、そういう人間ではなかったということだ。

Aも、私も。

やがて、新しい住人も入ってきた。吉村という三十歳の、覚醒剤使用で執行猶予中の、いかにも今どきな感じの若者だ。いや、若者とは、いつの時代もこういうものなのかもしれない。ノンポリ、しらけ世代、新人類、ゆとり世代。どれも本質的に大きな違いはない。

彼を見ていると、自分のしてきたことが、やけに馬鹿馬鹿しく思えてくる。司法が無罪としたAを、自分のペンの力で再び殺人犯として罰する。法の無力を嗤《わら》い、警察の無能を嘲り、その象徴としてAを晒し者にする。そんなことに躍起になっていた自分が、ひどく小さく思えてくる。自らの立場を守るために、Aを人殺しに仕立て上げようとしていた自分が——なんだろう。もう、どこかに消えていきそうになっていた。

吉村の人間が大きいとか、そういう話ではない。むしろ、並以下の小さな人間だと思う。だがその小ささを、彼自身は知っている。弁《わきま》えている。だからこそ逆らわず、社会の波にその身を委ね、たゆたっている。そんな彼を、知らぬまに羨んでいる自分がいる。

彼は、あんな状況でも恋をしているようだった。呑気《のんき》といえば呑気、不謹慎といえば不謹慎だ。私には到底真似のできることではないが、そんな彼を見ていると、なぜだか嬉しくなってくる。呼吸がゆっくりと、深くなっていくのを感じる。

おそらく同じ意味のことを、潤子にいわれた。

「なんか、顔……優しくなりましたね」

その夜、私はAに倣って、アーリータイムズのロックを楽しんでいた。

「そうかな」

潤子は、小さく二度頷いた。

「そんなに長く、この商売やってるわけじゃないけど、でも、分かるんです。ハウスに入ってきたときの顔と、変わる瞬間、みたいなのが……ああ、この人はもう、大丈夫だなって、思える瞬間が……」

そこまでいうと、潤子は照れたように首をすくめた。

「ごめんなさい、なんか、生意気なこといって」

いや、潤子のいう通りだと思った。

19. 貴生の焦り

「ちょっとシュウジ、落ち着け。何いってんだオメェ……ハ？　美羽ちゃんがどうしたって？」

周囲の目が、一斉にヒロシに向く。

「分かんねえよ、落ち着け。っつか聞こえねえよ。もっとデケえ声で喋れ……おい、シュ……あ、切りやがった」

思わず、貴生はヒロシの革ジャンの肩を摑んだ。

「ヒロシさん、なんですか、美羽ちゃんがどうしたんですか」

普段ニヤけてばかりいるヒロシの、こんな顔を見るのは初めてだった。まるで仁王のように、眉間に瘤《こぶ》ができるほど顔をしかめている。元不良という、もう一つの顔が透けて浮かび上がって見える。

「分かんねえ。でも、シュウジのあの様子は、只事《ただごと》じゃなかった。しかもシュウジは、俺との電話を自分から切るような奴じゃねえ。何かあったんだ。俺との電話を切らなきゃならねえようなことが、何か目の前で、起こったんだ」

その手には、まだ携帯が握られたままだ。

貴生はヒロシの肩を揺すった。

「ヒロシさん、折り返しかけてみてくださいよ。そんな、大したことじゃないかもしれないじゃないですか。聞いてみなけりゃ分かんないじゃないですか」

ブンッ、とヒロシに、手を振り払われた。

「ガタつくんじゃねえよ、素人《しろうと》が。電話なら、シュウジのお袋さんだって俺だってさっきからかけてる。でも出ない。マナーにしてんのか分かんねえけど、シュウジは出ねえ。うっかりじゃなくて、シュウジはわざとそうしてんだ。……あと三分、待ってみよう。そうしたら、もう一回かけてみる」

ふいに奥の暖簾が揺れた。顔を出したのは——彰だった。

「……どうした。なんかあった」

後ろには友樹もいる。

潤子が、近づいてくる二人に頷いてみせた。

「美羽ちゃんが、ちょっと……今日、伸介さんとこにいく予定だったんだけど、実際にはいってなくて、今、よく分かんないんだけど、シュウジくんから電話があって、美羽ちゃんに何かあったみたいなことといったんだけど、すぐ切れちゃって」

友樹は、伸介に会釈をしてから潤子の方を向いた。

「もう一回、かけてみれば」

フンッ、とヒロシが鼻息を噴く。

「こういうときは、焦っちゃ負けなんすよ。向こうの状況を把握して、こっちも動かないと駄目なんす」

彰が潤子に訊く。

「美羽ちゃん、最近なんか、トラブルになるようなこと抱えてたの」

潤子はかぶりを振った。

「そういうことは、特に聞いてないけど……でもあの子の場合、前が前だから」

前が前、って、どういう意味だ——。

だが貴生なりに思い当たる節はあり、それに気づいた途端、背中中の毛穴すべてが、痛いほど尖るのを感じた。

まさか——。

美羽は女の子を一人殺し、男三人に深い傷を負わせている。一人の片目を失明させ、一人の陰茎を喰い千切り、もう一人はやはり指を喰い千切っている。相手は同一の不良グループだったと聞いている。ということは、少なくとも被害に遭った男三人は今も生きており、美羽を恨んでいる可能性がある。

ヒロシの握っている携帯のディスプレイが、パッと白く光った。

呼び出し音やバイブが作動する間もなく、ヒロシが出る。

「もしもし、どうした……ん、ああ」

ヒロシがペンを握る仕草をすると、すぐさま潤子がメモスタンドとボールペンを差し出した。

「いいぞ……ああ……キタヤチョウ？　川崎のキタヤチョウか？……うん……えっ、それで、美羽ちゃんは無事なのか」

ひと言『無事です』というような話ではないようだった。ヒロシは相槌《あいづち》しか打たない。その表情から読み取れるものもない。

貴生は、全身の血が重力に引きつけられ、どんどん、体の底から抜け出ていくのを感じた。

ヒロシが小刻みに頷く。

「……分かった、今すぐいくからよ、オメェ、ちゃんと見張ってろ。本当にヤバくなったらサツを呼べ……もう昔と違うんだ、んなこといってる場合じゃねえ。……とにかく今すぐいくから、冷静に行動しろ。ミカワくんには、無茶させんなよ。それから、こっちからかけたら出られるか……そうか。じゃあそうする。とにかく今いくから……ああ、頼む」

ほとんど貴生は倒れそうだったが、それでもヒロシに訊いた。

「どういう、ことなんですか」

ヒロシは「ワンボ持ってこい」と、腰に着けていたキーリングごと連れの一人に渡した。受け取った彼は、「はいッ」と勢いよく「プラージュ」を出ていった。

その背中を見送りながら、ヒロシが話し始める。

「シュウジがいうには、こういうことらしい……まず昼間、ミカワくんが、美羽ちゃんと誰かが喧嘩してるのを見かけた。場所も、どの程度の喧嘩だったのかも分からない。まもなく、おそらく喧嘩相手の仲間が現われて、美羽ちゃんは連れていかれた。ミカワくんはそのまま軽トラで尾《つ》けていって、行き着いたのがキタヤチョウのマンションだった。連中はそこに入っていった。美羽ちゃんも一緒にだ。シュウジもすぐに駆けつけて、一緒に様子を見始めたんだが、中を直接見るわけにもいかないから、どうなってるかは分からない。でもたまに怒鳴り声とか、小池、とか、聞こえるらしい。拉致《らち》られて監禁されてる可能性が高い」

そこまでいって、ヒロシはカウンターの方を向いた。

「……潤子さん。美羽ちゃんの『前』って、なんすか」

潤子は、すぐには答えなかった。

焦れたようにヒロシが続ける。

「潤子さん。俺らだって馬鹿じゃねえ。ここの人たちが、みんな何かしら脛に傷持つ身だってことくらい、とっくに知ってるよ。でも、それでいいと思ってた。そんなのは俺らだって一緒だしよ。みんな鑑別所だの少年院だの、けっこう喰らってる。でも俺らは……運よく親が店やってたり、地元の先輩が面倒見てくれたりで、そんなに苦労しないでやってこれた。近所の人も、お前、昔はヤンチャだったけど立派になったなって、あっけらかんといってくれる。今はそれに感謝してる。でも、世の中そんなに甘いもんじゃねえってのも、よく知ってる。だから潤子さんのこと尊敬してるし、一杯でもいいから、誰かしら毎晩、顔は出そうって決めたんだ」

潤子が、ぐっと歯を喰い縛るのが見ていて分かる。

「だからってさ、なんもかんも話してくれってんじゃないんだよ。ただ美羽ちゃんに何かあったんだとしたら、俺ら、助けにいかなきゃいけないから、それが『仲間』だから……そういう、不良仲間みたいなの、潤子さん、ほんとは好きじゃないってのも、よく知ってる。だったら仲間じゃなくてもいい。友達でも常連でも、ただの知り合いでもいいよ。俺ら、ただの知り合いでも、好きな奴のこと放っておかないから。だから、心当たりがあるならいってよ。それによっちゃ、俺らのできることも変わってくるから」

「ただいま」と聞こえ、出入り口を見ると紫織が立っていた。すぐに只事ではないことを察したか、紫織は静かに店のドアを閉めた。

潤子は、彰、友樹、貴生の順番で顔を確かめ、最後にヒロシに目を向けた。

「……美羽ちゃんは、傷害致死事件を起こしてる。亡くなったのは女の子一人だけど、男三人には、一部体が不自由になるような怪我を負わせてる。あの子は、そういう連中に追われて、ここまで流れてきたの。だから、そういう心配は、常にあった。今の話の相手が、その連中かどうかは分からないけど」

また出入り口付近で「すみません」と聞こえた。見ると、ヒロシに命じられてワンボックスをとりにいった後輩の彼が、ドアの外に立っていた。

ヒロシは彼に頷いてみせ、もう一度潤子を見た。

「分かった。そういうことなら、それなりの手順でやるから、心配しないで……おい、いくぞ」

残っていた後輩に声を掛け、一歩踏み出したヒロシの肩を誰かが摑んだ。

友樹だった。

「ヒロシくん。俺たちも連れてってくれ」

友樹のいう「俺たち」の勘定に、貴生が入っていたかどうかは分からない。でも、当然いくつもりだった。貴生も友樹の隣に並んだ。

ヒロシがほんの数ミリ、唇の端を吊り上げる。

「六人なら、まあ乗れるんで。いいっすよ」

そういって、今度は紫織に向き直る。

「じゃ、そういうことなんで、紫織ちゃん……ちっと、カッコつけてくるわ」

紫織が、いつになく真剣な顔で頷く。

「……コロナ、用意して待ってる」

紫織より、明らかに背の低いヒロシの背中が、今日はやけに大きく見えた。

普段「マル」と呼ばれている、車をとりにいった彼がそのまま運転するようだった。そういえばマルはアルコール類を飲まない。そもそも下戸なのか、あるいは運転要員なのか。その辺は分からない。

助手席にはヒロシが座った。ダッシュボードに後付けされたカーナビに、シュウジから聞いた住所を打ち込んでいる。

「……ま、混んでなけりゃ二十分ってとこだな」

中央シート左にはもう一人の後輩、真ん中に友樹、右側には彰が座った。三列目には貴生が一人で座っているが、隣のシートは倒してフラットにしてある。そこには、建築用工具やベニヤの端材などが雑多に積まれている。迂闊に手をついたら怪我をしそうだ。

途中でまた、シュウジから連絡があった。

「……んん……んん……いや、さすがに知らねえわ……あと、十分くらいかな……分かった。よろしく頼む」

貴生は生唾を飲み、ヒロシの追加報告に聞き入った。

「今んとこ、動きはないみたいだ。連れ込まれた部屋は一階の角部屋で、換気口から中の音はある程度聞こえるんだけど、人は見えないらしい。どうも、中の連中も誰かがくるのを待ってるみたいで、それまでは美羽ちゃんに手出ししないんじゃないかって、シュウジはいってる」

運転席のマルが「あーチクショウッ」と漏らす。赤信号に引っ掛かったのだ。

「慌てんな、マル。こういうとき、違反で止められんのが一番馬鹿らしいからな……ああ、それと、中の連中は『アキモト』って奴を待ってるらしい。『アキモトさん、まだっすか』みたいに、何度もいってたって……友樹さん、彰さん、なんかそういうこと、美羽ちゃんから聞いたことないですか」

二人は目を見合わせ、だがかぶりを振った。

友樹が答える。

「あの子、昔のこと、あんまり話さないから」

彰が頷く。

「それは……まあ、みんな一緒だけど」

貴生も、美羽が起こした事件のあらましは聞いたが、そこに個人名は一切出てこなかったように記憶している。しかしそれも、かなり興奮した状態でのことだったので断言はできない。ひょっとすると美羽はいってたのに、貴生が覚えていないだけかもしれない。

でも、一つ案が浮かんだ。

「あの、友樹さん。ひょっとしたら、潤子さんなら聞いてるかもしれないですよね」

「そうだな。訊いてみるか」

友樹が携帯を取り出し、操作し始める。

「店、忙しくなってないといいけどな……あ、俺です。ちょっといい……あの、美羽ちゃんの関係者で、アキモトって名前、聞いたことない？……いや、分かんない……うん、分かった」

通話を終了した友樹は、「調べて折り返すって」と短くいった。

ヒロシが「あと五分くらいだな」と、誰にともなくいう。

折り返しの電話はすぐにかかってきた。

「はい、もしもし……うん……そう、分かった。……いや、まだ着いてないけど、ちょっと、そういう話が出たもんで。また、何か分かったら連絡する……うん、こっちからする。じゃあ」

一つ溜《た》め息をついてから、友樹がヒロシにいう。

「紫織ちゃんが、覚えてたらしいけど、アキモトマリカってのが、美羽ちゃんの事件で亡くなった女の子の名前らしい」

ヒロシが「マジか」と呟く。

「だとすると、遺族ってことか。親か、兄弟か……筋の悪い人間じゃねえといいけど、でもな……いくら加害者だからって、のちのち見つけ出して拉致監禁って、それだけでまともな人間のするこっちゃねえよな」

聞いているだけで、全身の血が冷たく沈んでいく。

そもそも、今のこの行動が最善の策なのだろうか。

「ねえ、ヒロシさん。もういっそ、警察に届けるっていうのは、どうなんでしょう」

ヒロシは前を向いたまま答えた。

「それは俺も考えてる。ただ、美羽ちゃんが本当に、強引に連れ去られたのかどうか、彼女の意志に反して、無理やり監禁されてるのかどうか、そこんとこをはっきりさせねえと、警察だって動けねえよ。相手の分かってるストーカートラブルだって、まずは電話対応だからな。マンションの一室に女の子が連れ込まれました、相手は分かりません、電話番号も分かりませんじゃ、乱交パーティじゃねえの？　っていわれて済まされても文句はいえない。中でクスリやってるとか、そういう確証があれば別だろうけど」

クスリと聞いてひやりとしたが、今それは関係ない。

「……じゃあ、シュウジさんに、ピンポンしてもらうとか」

「ピンポンしてどうすんだよ。出てきた相手に、美羽ちゃんいますかって訊くのか。そんなん、いねえっていわれて終わりだし、なんだテメェって中に連れ込まれて、逆にボコられる可能性だってある……こんなときにアレだが、シュウジってのはな、そこまで喧嘩は強くねえし、機転は利かねえし、肚《はら》も据わってねえんだよ」

とりあえず、いくしかないということか。

「……すみません。俺、こういうこと、あんまり……」

いや、と、ヒロシがかぶりを振るのは見えた。

「俺も……ごめん。ちょっと、年甲斐もなく、デカい声出した……まあ、もう、俺らもガキじゃねえからさ。人生経験積んでんだから、それなりの対応しねえとな。別に、警察は敵だなんて、思ってるわけじゃねえし、いざとなったら、頼るべきだと思ってるよ。税金も、ちゃんと払ってんだしよ……ただ、警察だって万能じゃねえんだ。連中とは、いろいろやり合ってきたから、奴らの動く動かないの線引きは、なんとなく分かるんだ。俺がいって、そこは見極める。美羽ちゃんも、必ず助け出す……おい、マル。もうすぐだぞ」

「はい」

辺りは、本当にどうということのない住宅街だった。三階とか四階建てくらいの低層マンションと、二階建ての戸建て住宅が混在しているだけで、高いビルや商業施設は見当たらない。コンビニすらこの通りにはないように見える。

「……あ、いた」

そうヒロシが漏らし、もう少しいった辺りで車をいったん停めた。

貴生の位置からは見えなかったが、シュウジはどこかの物陰に潜んでいたらしく、いきなり車の横に現われた。少し背後を気にするようにしながら、助手席のドア前に立つ。

ヒロシが窓を開けると、シュウジはぺこりと頭を下げた。

「……お疲れっす。ちょっと今……」

ひそひそ声なので、ここではよく聞こえない。

ヒロシが、チッと舌打ちする。

「ヤベえな。サツ呼んでる暇はねえかもな……タカ、お前はマルと車に残れ。あとはみんな、とりあえず静かに降りてください」

聞こえたかどうか分からないが、友樹に訊いてみる。

「シュウジさん、なんですって」

「アキモトってのが、もうすぐくるらしい。あと五分だって」

貴生たち三人が車を降りると、ヒロシは「角曲がったところで待ってろ」とマルに命じた。もう一人車に残した理由は、よく分からない。すぐにシュウジが「こっちです」と歩き始める。

確かに、マンション一階の角部屋だった。隣地との境にあるブロック塀との間には、数十センチの隙間がある。そこに一人、うずくまっている人がいる。真横に換気口があるらしく、少しだけ明かりが漏れており、顔が見えた。それで初めて、貴生は「ミカワくん」が誰だか分かった。二、三回「プラージュ」にきたことがある、確かにヒロシの仲間たちとは雰囲気の違う、真面目そうな人だった。

ヒロシがシュウジにいう。

「そこ、お前が代わって、ミカワくんには車で待っててもらえ」

「はい、分かりました」

シュウジが手招きすると、ミカワはそろりそろりと隙間から這い出してきた。

「……お疲れ。その先にワンボあるから、乗って待ってて」

「はい」

ミカワはヒロシ、友樹や彰にも頭を下げ、一つ向こうの角まで歩いていった。

ヒロシがシュウジに訊く。

「ここ、オートロック？」

「いえ、普通に入れます」

「じゃ、俺らは入り口に回るから。携帯、イヤホン持ってるか」

「持ってます」

「しばらくかけっぱにしよう」

「分かりました」

無線機のように、互いにイヤホンを耳に突っ込み、二人は目で合図を交わしてから分かれた。

ヒロシ、友樹、彰、貴生の順番で、マンションの正面口に進む。

かなり古い建物に見えた。中央に出入り口はあるものの、オートロックや管理人室みたいなものはなく、そのまま進むと、裏手にある外廊下まで簡単に通り抜けることができた。三階建てなのでエレベーターもない。

右に折れ、一番奥のドア前まで進む。外廊下は肩の高さくらいの塀で囲われており、これだと、自分たちが行き止まりに溜まるような状態になってしまう。

ヒロシは手振りで、いったん廊下を戻るよう貴生たちに指示した。

少し戻ったところには上りの階段がある。ヒロシはそこを指差し、また手振りで上るよう促《うなが》した。友樹にだけは何か耳打ちし、友樹もそれに頷いていた。

貴生、彰、友樹の順番で上り、友樹が低くなれと手で示したので、三人で踊り場のところに腰を下ろした。下の廊下からまったく見えないわけではないが、その気で見なければ気づかれないような場所ではある。

少し辺りの様子を窺っていたヒロシが、あとから上がってきた。

「……中、やけに静かなんすよ。気味ワリいな」

道に面した踊り場の壁は上半分が抜けており、斜め下に正面口を見下ろすことができる。

一人、顔を出して通りを見下ろしていたヒロシが、低く漏らす。

「……車、きた」

一瞬、貴生は腰を浮かせかけたが、友樹に止められた。下手に顔を出すな――確かに、その通りだ。

貴生は友樹に小さく詫びた。

比較的静かなエンジン音。それが真下辺りで停止し、それもやがてやんだ。ドアが一つ、二つ、開く音がし、すぐに閉まった。

またヒロシが漏らす。

「ヤベえな……ありゃ、ホンモンだ」

ホンモンって――どういう意味だ。

20・友樹の悔恨

俺ら、助けにいかなきゃいけないから——。

そうヒロシがいった瞬間、友樹の脳裏に暗雲の如《ごと》く広がったのは、三十年近く見続けた、あの情けない顔と、聞き続けた、甘ったれた声だった。

トモくん、助けてよ——。

トモ、頼む、助けて——。

友樹、ほんとヤベぇんだ。マジ、今回だけ、助けて。頼む——。

ずっと助けてやっていた。でもたった一度、いい加減にしろよと突き放した途端、あいつ——重明《しげあき》は、死んでしまった。本当に一度だけだった。友樹が重明の頼みを断ったのは、あの一回だけだ。なのにそれが、取り返しのつかない悲劇を引き寄せてしまった。

分かっている。簡単なことだ。もう一度あんな思いをするくらいなら、助けにいけばいい。あとで悔やんでもどうにもならない。そのことだけは、誰よりもよく分かっている。

友樹は、ヒロシの肩に手を伸べた。

「ヒロシくん。俺たちも連れてってくれ」

ようやくあの悪夢から、一歩抜け出せる気がしていた。

美羽ちゃん、待ってろ。いま俺たちが、助けにいく——。

津田《つだ》重明。友樹はずっと「シゲ」と呼んでいた。出会ったのは小学校一年のときだった。

家が近かったわけでも、席が隣だったわけでもない。背の順に並ぶと、重明は前から二番目か三番目、友樹は当時から体が大きかったので、一番後ろか二番目くらいだった。強いていえば、二人とも成績は下から数えた方が早かったが、共通点はそれくらい。特に仲が良くなる要素はなかったように思う。

なのに、重明はよく、友樹のあとをついて回った。

「トモくん、ボクも入れて」

「いいよ」

よくやった遊びは「ジャングル鬼」。ジャングルジムに上った状態でする鬼ごっこだ。上級生にジャングルジムを占拠されてしまったときは「ドロケイ」。泥棒と警察のふたチームに分かれてする、やはりこれも「鬼ごっこ」の一種だ。いや、ひょっとすると「ケイドロ」だったのかもしれないが、どちらにせよ遊び方は一緒だ。

逃げる泥棒を警察が追い、捕まえる。ただし泥棒は、警察に捕まった仲間を助けることができる。そこが「ドロケイ」と普通の「鬼ごっこ」との違いであり、一番の醍醐味《だいごみ》でもあった。重明は、いつも友樹と同じチームに入りたがり、早々と捕まると、決まって友樹に助けを求めた。

「トモくーん、早くぅーッ」

「いま助けるッ」

地面に円を描いて作った「牢屋」にいる重明にタッチし、逃がしてやる。重明はよく、奇声を発しながら走り回った。捕まらないように逃げ続けるより、捕まって友樹に助けてもらうことの方が楽しいようだった。

「ドロケイ」だけではない。ドッジボールでも、野球でもサッカーでも、「じゃあオレもこっち」と、重明は友樹のチームにすり寄ってきた。

慕われれば悪い気はしない。友樹も自然と「重明は仲間だ」と思うようになっていた。愛嬌のあるクリッとした目が、なんとなく好きだった。よくケラケラと笑うので、一緒にいると楽しかった。

一方、重明は意外なほど悪戯《いたずら》っ子でもあった。友達の消しゴムを隠す、帽子を隠す、机に落書きをする、ランドセルに枯れ葉や虫の死骸を入れる。見つかれば、むろん吊《つる》し上げを喰う。チビだった重明は、女子にも簡単にやり込められてしまう。それで二進《にっち》も三進《さっち》もいかなくなり、友樹に泣きついてくるのが常だった。

「トモくん、助けてよォ」

悪いのは重明なのだろうと、想像はついた。だが、頼られれば庇ってやった。漢《おとこ》を見せた。

「もういいだろ。そんなんしたら、シゲ、また泣いちゃうよ……赦してやれよ」

ただ、すでに泣いている女子が相手だと、それでは済まない。

「だって、だって……ランドセルに……セミ……」

結局、尻拭いをするのはいつも友樹の役目だった。

「セミったって、どうせ死んでんだろ？　大丈夫だよ、そんなの」

重明に、生きたセミを素手で捕まえる技術や度胸はない。しかも現場を見てみれば、すでにセミの死骸はランドセルから出されており、要は内側が汚れたと、このまま使うのは気持ちが悪いと、そういうことで彼女は泣いているのだった。

「シゲ、ハンカチ出せ」

「えっ？」

「ハンカチだよ。持ってねえんだったら、忘れもんで先生に言いつけるぞ」

重明が渋々差し出したハンカチを濡らし、友樹がゴシゴシと、女の子のランドセル内部を掃除した。

「シゲ、チリ紙」

「はぁい」

仕上げにティッシュペーパーで乾拭《からぶ》き。ここまでする頃には、女の子の機嫌もたいてい直っている。

「ま、こんなもんだろ。……ってか、前より綺麗になってねえ？」

実際、重明のハンカチは雑巾のように薄汚れていた。女の子としては、それが逆にちょっと恥ずかしいというのも、あったかもしれない。

「……トモくん、ありがと」

「うんにゃ。ほらシゲ、早く謝れよ」

「ごめんなさい……でした」

三年生になっても四年生になっても、重明は悪戯坊主だった。

「トモォ、助けてくれぇ」

この頃はまだ「スカートめくり」が日常的に行われていた。重明はその常習犯で、年中、三、四人の女子に追いかけ回されていた。

「お前、いい加減にしろよ」

そうはいいながらも友樹は両手を広げ、両足を開き、障害物になってやった。背後に回った重明は、タイミングを見計らって友樹の股をくぐって、またもときた方に逃げていく。友樹の腕や背中に気を取られていた女子たちは、重明のトリッキーな動きについていけず、取り逃がしてしまう。

むろん、女子たちは友樹に抗議する。

「トモ、どうしていつもシゲの味方するのッ」

「してねえよ、俺は関係ねえって。手ぇ広げてただけだって」

「じゃあ、シゲ捕まえるの協力してよ。あんたなら捕まえられるでしょ」

「ワリ、俺、便所……さっきから我慢してたんだ」

「ウソ、シゲ庇うのもいい加減にしてよ」

「違うって、ほんと漏れそうなんだって」

それでも、中学まではまだよかった。重明の悪戯は概して子供じみたものであり、友樹を含む、周りの友達にもなんとなく容認する空気があった。

友樹と重明の関係が変わり始めたのは、二人が別々の市立高校に通うようになってからだ。

重明が、どうもよくない連中とつき合っているらしいことは、別の同級生から聞いて知っていた。ただし、率先してワルをやっているというよりは、使い走りをさせられているのに近いニュアンスだった。実際、最寄駅周辺で見かけることがあっても、髪型に多少ツッパった感があるくらいで、声を掛ければ普通に話はできたし、クリッとした目も、ケラケラとよく笑うところも変わっていないように見えた。

しかし、友樹の知らないところではいろいろトラブルを抱えていたようだった。あとからいっても仕方ないことだが、重明が自分と同じ高校に通ってさえいれば、あんなことにはならなかったのでは、とも思う。

高校二年の夏、重明は突如、友樹の自宅を訪ねてきた。そして友樹の部屋に上がるなり土下座をし、畳に額をこすりつけた。

「……友樹、ほんとヤベえんだ。マジ、今回だけ、助けて。頼む」

唇の左端と左こめかみに痣《あざ》があるのは、友樹も気づいていた。だいぶ背が伸び、すでにチビではなくなっていたが、別の意味で、この日の重明は小さく見えた。

「なんだよ、いきなり。助けてって、俺にどうしろっての」

「……金、貸してもらいたいんだ。頼む、助けてくれ」

狡《ずる》いな、と思った。この「助けて」は、「ドロケイ」や女子に追いかけられたときのそれとは、まるで意味が違う。なのに重明は、まったく同じ顔で、クリッとした目で、今にもケラケラと笑い出しそうな口で、同じように「助けて」という。

担保は「友情」だ。

どんなに考えても、重明が友樹のために何かしてくれたことなど一度もなかったのだが、それでも「友情」はあったと思う。重明が厄介を起こし、友樹が丸く収め、重明が感謝する。それによって友樹は、わずかばかりの優越感を得る。大雑把にいえば、二人はそういう関係だったことになる。

ただ、金が絡むと話は変わってくる。

問題を解決し、もうやるなよと諭し、重明が頷けば、それですべて済んでいた。上も下もなく、また肩を組んで笑い合えた。でも、あの小さかった肩は、もうそこにはなかった。どんなに抱き寄せても埋められない距離が、二人の間に生じた瞬間だった。

いや、このときはまだ埋められると、思っていたかもしれない。

「……いくら、要るんだよ」

「十万、十万あればなんとかなる。助かるんだ、俺」

「なんでそんなに要るんだよ」

「それは……いえない。友樹に、迷惑掛けるといけないから」

その言葉も、この時点では信じた。

たまたま、新しいギターを買うために貯《た》めたバイト代があった。

「さすがに、十万はねえよ」

「い、いくらならある？」

「七万。それっきゃ、今はない」

「七万でいい。あとは俺、自分でなんとかする。その七万、頼む、貸してくれ……恩に着る。絶対返す。友樹、頼む……俺を、見捨てないでくれ」

友樹が机の引き出しから封筒を出し、中身を数え終えると、重明はその全額、七万四千円を易々とかすめ取っていった。

「助かる、これで俺、マジで助かるから。ほんとありがと、恩に着る。友樹の友達でよかった。絶対に返すから。ありがと、マジでありがと。この恩は、絶対に忘れない」

重明がこのことを恩に着たのは、本当だろう。それを忘れなかったかどうかは分からないが、友樹の友達でよかったと思ったのも事実だろう。

ただし、絶対に返すといったのは、嘘だった。

一円も返ってこなかったわけではない。今月は五千円とか、少なくて悪いけど二千円とか、利息に毛の生えたような返済は確かにあった。一年以上経っても完済には程遠かったが、それでも返ってこないよりはマシだと、友樹は自分に言い聞かせて済ませた。

その後に働いて七万以上貯め、当初考えていたよりも高いギターを買った。中古の、フェンダーUSAストラトキャスターだ。あの頃の友樹に、中学まで一緒だった出来の悪い幼馴染みの心配をしている余裕は、はっきりいってなかった。組んだばかりのバンドの練習に夢中で、それ以外のことは何も考えたくなかった。七万四千円は友樹にとっても大金だったが、それよりも前を向きたかった。返ってこない金のことで、イライラなんてしていたくなかった。

やがて東京の大学に合格し、友樹は地元鎌倉を離れて一人暮らしをするようになった。たった一本の、傷だらけのストラトを担いで、新しい世界に飛び込んでいった。

理想をいえば、大学在学中に何かしらきっかけを摑んでプロデビュー、といきたかった。だが人生はそこまで甘くなく、気づけば就職活動をする学年になっていた。

「まあ、音楽なんて、就職してからだって続けられるしな。むしろ毎月、決まった給料が入るわけだから。ローンだって組めるし、かえって学生時代より自由にやれるよ」

同じ音楽サークルに所属していた先輩の言葉を信じ、就職することにした。会社は趣味を最大限に活かし、楽器メーカーに決めた。

わりと大きな会社だったので、不動産管理部、海外事業部など、およそ楽器とは関係のない仕事も何年かやらされたが、それだけに楽器事業部に配属されたときは嬉しかった。念願のエレキギターの企画、開発に携わることもできた。肚の中では「フェンダーのストラトこそ究極のギター」と思っていたが、それを国産メーカーに身を置く自分がいっても始まらない。ストラトとは違う魅力のギター、ストラトを超えるギターを作ろうと、当時は本気で取り組んだ。実際にできたモデルは——まあ、そこそこいい楽器ではあったが、売れ行きは芳《かんば》しくなく、一年半後には生産終了となった。

今になって思う。あのギター、一本くらいは自分で所有しておいてもよかったな、と。


重明と再会したのは、決して偶然からではなかった。

十五年振りに中学の同窓会があり、そのとき重明はきていなかったが、別の友達と携帯番号を交換したのが回り回り、いきなり向こうからかけてきた。

『久し振り、友樹……俺、分かる？』

「いや、分かんない。誰」

『シゲだよォ、津田重明』

「お、おおーッ、シゲェ、元気か」

向こうも東京に出てきているというので、新宿辺りで飲もうということになった。

久し振りに会った重明は、当たり前だがいい大人になっていた。ビジネススーツにネクタイ、ブリーフケースを提げ、ごく普通のサラリーマンといった雰囲気だった。

「シゲェ、なんかお前、立派になったなあ。いま何やってんの」

「中古車販売。ま、ぼちぼちやってるよ」

最初は当たり障りのない昔話。それこそ「ドロケイ」やらランドセルにセミの死骸を入れた話やら、ネタは尽きなかった。

だが当然、そんな話を続けていれば高二の夏、友樹が七万四千円を貸した話も出てくる。

重明は自分からいった。

「ごめん、今、持ち合わせがねえんだ……だから、こんだけ。もちろん、今日は俺が奢るし」

差し出してきたのは、一万円札が一枚。たぶん、残金はまだ四万ほどあったと思う。

「ああ、いいよ……もう、昔のことだし」

その後も間隔はまちまちだったが、年に二、三回は会って、酒を飲むようになった。あの頃の重明は、「車のことなら俺に任せとけ」が口癖だった。ある日など、友樹が自分の車を電柱にぶつけてドアを凹《へこ》ませてしまった話をすると、重明は怖いくらい目を輝かせた。

「それ、車種は」

「インプレッサ。モデルチェンジ前の」

「色は」

「ブルー。メタリックっぽいやつ」

「うん、分かる分かる。そんで、修理出したの」

「いや、軽く見積りしてもらったら、二十何万かかかるっていわれたから、ちょっと、次のボーナス出るまで様子見ようと思ってる。修理するか、買い換えるか……それまでは、助手席の乗り降りはできねえけど」

後日、重明から電話があった。

『この前話してた、友樹の車。あれ、修理しないで俺んとこ持ってこいよ。タダで、同じのに換えてやるよ』

　なんだそれは。

「……大丈夫なのかよ、そんなことして」

『大丈夫だいじょーぶ。友樹にはいろいろ世話になったからさ、これくらいの恩返しはしないとな。……っていうか、車換えてやったら、釣りがきちゃうか？』

　その話は、決して嘘ではなかった。事故車を大田区大森の指定された工場に持っていくと、後日、同じ型、同じ色のインプレッサが納車された。ただし、妙なことにナンバーまで一緒だった。

「これって一応、別の車だよな……シートの仕様とか、微妙に違うし」

「ああ、別物だよ」

「じゃあなんで、ナンバーが一緒なんだよ。名義変更とか、いろいろあるはずだろう」

「そこら辺はさ、ほら、面倒のないようにしといたから。友樹はこのまま、乗ってて大丈夫だから……いや、いいんだぜ、恩になんて着なくたって。そこら辺は俺、寛容だから」

　おかしいとは思いつつも、特に不都合もなかったので、その車に乗っていた。二年ほどして別の車に買い換えたときも、特に問題は起こらなかった。

　ただ、重明の態度にはあからさまな変化があった。

「友樹、頼む……五万、貸してくれ。ふた月で返すから」

「お前よォ、そういうことは、そもそもの借金返してからいえよ」

「あっ、アアーッ」

重明は、目を真ん丸くして友樹を指差した。

「車、タダで換えてやったじゃん。それで友樹、二十何万もする修理、しなくて済んだんじゃん。こ、困ったときは、お互いさまだろう。……なあ、頼むよ。五万でいいんだ。助けると思って……お願い、お願いします」

確かに、そこで五万くらい貸してやっても、まだ自分の損にはならないと思った。

「しょうがねえな……今回だけだぞ」

「おおっ、サンキューーッ」

だがやはり、その一回では済まなかった。次は三万、その次は七万と、友樹は三年ほどの間に、三十万近く重明に貸す破目になった。むろん、毎回すんなり渡したわけではない。理由もいろいろ聞いた。風俗でボッタクられた、変な車を摑まされてトラブルになった、ＡＴＭから出たところで引ったくりに遭った、ヤクザに絡まれた――納得できる話も、できない話もあった。納得できないときは、希望の半額、三分の一にしたこともあった。

自分でも馬鹿だと思っていた。決して「友樹しか頼れる人いないんだ」という、重明の甘ったれた決まり文句を信じたわけではない。例の、払わずに済んだ修理代二十万と、下取り値段が相場より十万ほど高かったこと、これを足して三十万。つき合えるのはそこまで、というのが友樹の決めたラインだった。それ以上は絶対に貸さない。

やがて、そのときは訪れた。

重明から電話があった。

『友樹……ちょっと、会えない？』

「なんだ。金、返す算段がついたのか」

『あ、うん……それもある。いろいろ、話もしたいし』

「分かった。今は予定立たないから、また電話する」

『またって、いつ』

「分かんねえよ」

『明日にはくれよ。明日には、電話かメールか、する』

「分かった。明日には。頼む』

仕事の都合もあり、会うのは「明日、木曜」ということになった。その日の電話で、重明は「今日、今すぐ」といったが、友樹は無理だといって切った。

重明が指定してきたのは、吉祥寺駅からだいぶ離れた、辺鄙《へんぴ》なところにある居酒屋だった。

この日、先にきていた重明は、最初からえらく神妙な態度だった。

「ごめん、忙しいのに」

「いいよ。ちょうど、休み取ろうと思ってたし……」

とりあえず生ビールを注文し、何品か料理も注文した。

「なんだよ、話って」

「……ああ」

重明はなかなか言い出さなかった。金のことか、仕事のことか、それとも女の話かと、いろいろ水は向けてみたが、重明は背中を丸めたまま、曖昧な返事をするだけだった。

ようやく口を開いたのは、生ビールを半分ほど飲んだ頃だった。

「友樹……実は俺、今ちょっと、マズいことになっててさ」

やっぱりな、と思った。

「お前がマズいことになるのは、何も、今に始まったこっちゃないけどな」

「それは……そうなんだけど」

「一応、聞いてやるよ。でも、金の相談なら乗らねえぞ」

重明はハッと顔を上げたが、でもすぐ、また元通りに下を向いてしまった。

「ちょっと、今回のは、今までと、わけが、違うんだ……」

「ってお前、毎回いうよな」

「ほんとなんだって。今回は、マジでヤバいんだ」

友樹の顔をちらっと見ては、すぐ伏せる。その繰り返し。

「……今まで、友樹にはいってなかったけど、俺の仕事……今の仕事、中古車販売って、いってたけど、あれ……実はほとんど、盗難車なんだ」

ぞっとしたが、あり得ない話ではないと思った。いや、むしろ納得がいった。それなら、友樹の事故車を無料で交換できたことにも、ナンバープレートがそのままだったことにも説明がつく。

重明は続けた。

「いわゆる、盗難車ブローカー……最初は、知らなかったんだ。でも、給料もいいし、仕事も楽だから、つい……」

急に怒りが湧いてきた。

「お前、そうと分かってて俺に、盗難車摑ませたのか」

「だ、だって、なんにも、問題なかったろう」

「問題が起こる可能性大だろうがッ」

「友樹だって喜んでたじゃないか、恩に着るっていってたじゃないかッ」

そんなことをいった覚えはない。

「……そういう問題じゃねえっていってんだよ。盗難は立派な犯罪だぞ。その片棒を、お前は担いでるんだぞ」

「お、俺だって、友樹の役に立ちたかったんだよ。恩返ししたかったんだ」

「そういうこっちゃねえっていってんだろうがッ」

思わず立ち上がり、声も大きくなった。友樹は慌てて周りの客と、店員の両方に頭を下げた。無意識のうちに摑んでいた重明の胸座《むなぐら》も、放した。

「……いいから座れ」

ひと口ビールを飲むと、また重明は話し始めた。

「俺だって、罪の意識はあった……だから、ちょっとだけ、マスコミに、喋ったんだ」

「ハァ？」

話がトンチンカンで、まったく理解できなかった。

「なんで罪の意識感じて、いきなりマスコミにリークするんだよ」

「だって、警察にいったら、俺まで捕まっちゃうだろう」

「まず、普通にその会社を辞めろ。話はそれからだ」

「急に辞めたら、怪しまれるだろう」

「だからって、マスコミに喋ってどうすんだよ」

　重明が、力なく頷く。

「それは、その通りなんだ……実は記事、もう出ちゃっててさ……手口とか、場所とか、そういうの、全部ボカしてはあるんだけど、なんでだろう……俺が喋ったこと、バレちゃってんだよね」

　ようやく話の先が読めてきた。もう、溜め息をつくしかなかった。

「……で、会社、クビになったのか」

「いや、クビなら、まだいいよ……ヤクザだか、マフィアだかよく分かんないんだけど、なんか、ヤベえ連中に、追われてる」

　だから、こんな辺鄙なところにある居酒屋を指定してきたのか。

「馬鹿だな、お前」

「うん……自分でも、そう思う」

「どうすんだよ、これから」

「まあ……逃げるしか、ないんだよね」

「どこまで」

「分かんないけど、なるべく遠くまで……だから友樹、頼む。お金貸して」

　当然、そういうことになるだろう。

　だがそれは、できない。

「……悪いな。俺ももう、お前に貸せる金なんて持ってないよ。それでなくたって、お前には三十万近く貸してる。車のローンだってたんまり残ってる。そんな余裕ねえって」

「三万でいいから」

友樹は、すかさずかぶりを振った。

「駄目だ。今回ばかりは貸せない。いや、お前が今までの借金綺麗にしねえ限り、今後一切金は貸さないし、会わない……友達づき合いできねえよ、こんなんじゃや。俺は、お前の兄貴でもATMでもねえんだよ」

「そんな、友樹……俺、このままじゃ殺されちゃうよ」

「馬鹿いうな。マスコミに盗難車ビジネスの手口喋ったくらいで、いくらなんでも殺されやしねえよ。逃げたきゃ逃げろ。這ってでも走ってでも好きにしろ。俺は知らねえ。もう、面倒見きれねえよ」

どんなにしつこく頼み込まれても、この日は友樹が譲らなかった。会計を済ませ、店を出てからも「二万でもいいから」と粘られたが、「いい加減にしろよ」と一喝して終わらせた。

帰り道が反対だったので、まもなく重明とは別れた。

重明は、その日のうちに殺された。


友樹は、今でもよく考える。

あの日、自分の財布には三万以上入っていた。それを渡していれば、重明は殺されずに済んだのだろうかと。今もどこかで生きていて、友樹に電話してきては、甘ったれた声で『助けてくれよ』と、いってきたのだろうかと。

重明と別れたあと、友樹は真っ直ぐ自宅に帰った。部屋には当時つき合っていた女、板野《いたの》千春《ちはる》がいた。

千春は渋谷にある楽器屋の店員だった。友樹は、会社の同僚と組んだお遊びバンドでライヴをやったことがあった。千春とはそのライヴ会場で知り合った。楽器というよりはバンドが好きな女で、特にギタリストに惚れやすいのだと、自分でいっていた。

千春とは事件の二年後くらいに別れた。友樹自身、重明のことで精神的に参っていた、というのはあったと思う。ベタベタとすり寄ってくる千春の存在が鬱陶《うっとう》しくなり、次第にぞんざいな扱いをすることが多くなっていった。ひょっとすると、そんな千春に重明と通ずるものを見ていたのかもしれない。こじれた関係を修復する気にもならず、「別れる」といった千春に、友樹はただ「好きにしろ」といっただけだった。

その一年後に、友樹は逮捕された。千春がアリバイ証言を翻したから、というのが主な理由だった。むろん、友樹は無罪を主張した。やっていないのだから当たり前だ。ただ、罰が当たったのかな、という思いは少なからずあった。

助けることはできたのに、助けなかった。関係を修復することもできたのに、それを怠った。だから、こんなふうになってしまったのかな。そう思うと、証言を翻した千春を恨む気にはなれなかった。

あのとき自分は、本当は、どうするべきだったのだろう――。

重明が死んでからの七年。友樹は自身に、そのことばかり問い続けてきたように思う。答えが出ることはない。どう理屈をつけたところで重明は帰ってこないし、自分がどう生きようが死のうが、世の中にさしたる影響はない。重明を殺した犯人を逮捕するのも警察の仕事であり、自分にできることは何もない。

自分は、いま自分がすべきことを、できることを、するしかないか――。

そう肚を括ってしまうと、少し気が楽になった。頼まれ仕事をこなし、家賃を潤子に支払い、あとはギターを弾いて過ごす。誰かが困っていれば、手を差し伸べる。自転車のタイヤのパンク、植木棚作り、買い物の荷物持ち。なんでもいい。自分にできることなら、なんでもやる。むろん、誰かが危険な目に遭っているのなら、助けにいく。

そういうことだ。

21．貴生の死角

ありゃ、ホンモンだ――。

ヒロシのそのひと言で、貴生の股間は硬く縮み上がった。

この状況での「ホンモン」って、なんだ。ヤクザとか、そういう意味か。そんな、ひと目見て分かるほど、明らかにそっち系なのか。

ヒロシは二つ下の段に足を掛け、一階の廊下の様子を窺っている。友樹と彰も中腰に立ち上がっている。貴生も、なんとなく腰を浮かせていた。でも、それ以上はどうしていいのか分からない。ヒロシが動いたらそのあとに続くべきなのか、少し距離をとって様子を見るべきなのか。それすらも自分では判断できない。

そんな躊躇《ちゅうちょ》を見透かしたように、友樹が耳元で囁く。

「……いいから、君は見てろ」

えっ、という声も、喉の奥に引っ掛かったまま出てはこない。

友樹が続ける。

「一一〇番通報、用意しといて」

そう、それは、とても重要な役目だ。貴生は友樹の目を見、頷いて返した。

ほぼ同時に一階の廊下を左から右、二人の男が通過していった。一人は、光沢のあるグレーのスーツを着ていた。もう一人は黒っぽいジャージ姿。顔は二人とも、この位置からは見えなかった。

耳からイヤホンを抜きながら、ヒロシが階段を下り始める。それに友樹と彰が、静かに続く。貴生も、少し間隔は置いたが、でもついていった。

心臓が、体の真ん中でバウンドを繰り返している。送り出される大量の血液が、今まさに体内を駆け巡っている。実際、勢いよく流れていく血の音が耳の奥に絶えず響いている。轟々《ごうごう》と赤く濁った川が氾濫《はんらん》し、頭の中にあるものをかまわず押し流していく――。

ヒロシは、最後の一段を残したところで足を止めた。ほんの少し顔を覗かせて右側、廊下突き当たりの様子を窺っている。

ふいに、低い咳払《せきばら》いが廊下に響いた。続いて「俺だ」という、苛立ちを含んだ嗄れ声。すぐに金属製の閂《かんぬき》が外れる硬い音がし、ドアノブが回り、ドアが重たく開き、蝶番《ちょうつがい》が引き攣ったように軋《きし》み、廊下とは別の空間と気配が繋がり――その瞬間、ヒロシが動いた。

「あの……アキモトさん」

友樹と彰も段を下りて、ヒロシの後ろについた。貴生はまだ一段残した位置にいたが、それでも彰の肩越しに奥の様子を見ることはできた。

「……ああ？」

振り返ったスーツの男が、斜め下から抉るようにこっちを睨む。一瞬、顔に何か大怪我でもしているのかと思ったが、違った。タトゥだ。顔の右半分に、何やら黒い炎のような模様が這い回っている。ジャージの男は体ごとこっちに向き直り、両手をポケットに入れたまま、がに股で突っ立っている。彼の両頰にも蛇のようなタトゥがある。

また一歩、ヒロシがふわりと間を詰める。

「ちょっと、話聞かしてもらいたいんだけど、いいかな」

「誰だ、あんた」

「そんな、名乗るほどの有名人じゃないんでね。それはいいだろう……それより、共通の知人の話をしようや」

突如、貴生の真横に別の人影が現われ、一瞬、向こうの別の仲間が加勢にきたのか、挟み撃ちにされたのかと思ったが、違った。シュウジだった。これでこっちは五人。数ではむしろ有利になった。

スーツの男もこっちに正面を向ける。

「勝手に人の名前呼んどいて、自分は名乗らねえってのはねえだろう」

ヒロシと相手の距離は、まだ二、三メートルある。

「なるほど。それは一理あるな……俺は、ハヤシってもんだ。そこの部屋に今、俺の大切な知り合いがお邪魔してるはずなんだが、ちょっと繋いでもらえないか。迎えにきたんだ」

ズッ、とジャージ男のスニーカーが鳴る。開いたドアからもう一人、別の男が出てきてスーツの隣に並んだ。長袖Tシャツにジーパンというラフな恰好だ。これで向こうは三人になった。

スーツの男、アキモトは動かない。

「悪いが、名前も知らねえオッサンの相手してる暇はねえんだ。また、明後日くらいにこいや」

確かにヒロシとアキモトなら、見た目は明らかにアキモトの方が若い。いや、ひょっとすると貴生より年下という可能性もある。

ヒロシがゆるくかぶりを振る。

「そうはいかねえよ。こっちも、ガキの遣いできてんじゃないんだからさ。……いいんだ。彼女がここに用があるってんなら、ちょっと顔見て、大人しく退散するさ。でも、もうそろそろ帰りたいっていうんなら、ちょうど車できてるしな。俺が送ってった方が、あんたらにとっても好都合だろう」

アキモトが、一歩前に出ようとしたジーパン男を左手で制する。

「……どうも、話が見えねえな」

「そうかい？　小学生でも分かる、ごく簡単な話だぜ」

「おい、おちょくってんのかオッサン」

「ああ、ごめんごめん。そういうつもりじゃないんだ。俺としては、丁寧にお願いしてるつもりだったんだけど……でも、アキモトさんで分かんないなら、しょうがないよね。ちょっと中、入らせてよ。何かの勘違いで、俺の知り合いがそこにいないってんなら、すぐに失礼するからさ」

呑気にすら聞こえるヒロシの口調に対し、アキモトのそれには、明らかに苛立ちが増してきていた。声自体が、ガラガラと刺々《とげとげ》しい。

「そもそも、知り合いって誰のこったよ」

「小池、美羽ちゃんっていうんだけどね。目のクリッとした、脚の綺麗な、可愛い娘《こ》だよ」

「知らねえな」

「いやぁ、そんなはずはねえな」

「確かめてみるか」

「うん。じゃお言葉に甘えて、そうさしてもらうわ……」

そういって、無防備、無造作——ヒロシの背中が、どんどんアキモトの方に近づいていく。駄目だ、このままじゃ摑み合い、下手したら殴り合いになる。今のところは五対三、人数ではこっちが勝っている。だが、貴生はそもそも戦力外。おまけに、まだ室内に何人向こうの仲間がいるかも分からない。

シュウジがヒロシの隣に並ぶ。すぐ後ろには友樹と彰が控えている。貴生も、それに続いた。開いたドアの方を見ると、案の定四人目の仲間が顔を覗かせている。

アキモトが半歩右、ドア側に体を寄せる。

「……中、見ていなかったら、どうしてくれんだよ」

「どうもしないよ。大人しく帰るだけさ、俺たちは」

「それで済むと思ってんのか」

「思ってるよ。だって、確かめてみろっていったのはアキモトさんだろう。俺たちは、そのお言葉に甘えるだけ」

なおもヒロシが前に出る。もう、完全に手が届く距離まで二人は接近している。アキモトは、ヒロシの進路に立ち塞がるような位置にいる。

「……どいてよ。入れてよ」

「ただで済むと思うなっつってんだよ」

「安心しろって。こっちもそれなりに、収め方は心得てるつもりだ。お互い、冷静になろうぜ」

アキモトと壁の間をすり抜け、ようやくヒロシがドア口にたどり着く。シュウジと友樹がそれに続く。ジャージとジーパンが、二人に進路を譲るように一歩ずつ下がる。先頭のヒロシから、一人ずつドアの中に入っていく。

貴生も——仕方なかった。彰の後ろに並び、自分の順番を待った。

そのときだ。

「……美羽ちゃんッ」

おそらくシュウジであろう声がし、それを合図とするように、廊下に出ていた全員が室内へと向かった。アキモト、ジーパン、ジャージ。彰と貴生はそのあとになった。

入ってすぐ、玄関のタタキには、パッと見では何足あるのかも分からないほど靴が脱ぎ散らかされていた。彰は、すでに脱いでいる。貴生も、倣ってそこでスニーカーを脱いだ。

真っ直ぐ続く内廊下には、まだ何人か人が溜まっている。空気が、噎《む》せ返るほどタバコ臭い。奥にある部屋の状況は見えないが、でも声は聞こえてくる。

「……おい、これは一体、どういうことだよ」

ヒロシの声だ。

アキモトが答える。

「どうもこうもねえよ。見たまんまだろ」

「ただで済まねえのは、あんたらの方じゃねえのか」

「ハァ？　何がタダじゃ済まねえって？」

溜まっていた人が少しずつ奥に進んでいく。でもまだ、室内の様子は見えない。

ヒロシとアキモトの会話は続いている。

「……とにかく、この娘《こ》は連れて帰らせてもらうぜ」

「そりゃ無理だな。そもそも、そいつはあんたらの捜してる、小池なんて小娘じゃねえ」

「いや、この娘でいいんだ。間違いない」

「違うね。そいつは……ただの、狂犬病の野良犬だ。だからこれから、殺処分にする」

ようやく貴生も室内を見られる位置にきた。

その瞬間思わず、美羽ちゃん――そう、声に出しそうになった。

窓際に置かれた、薄汚れた布張りのソファ。そこに横たえられているのは、まさに美羽に違いなかった。顔は半分以上髪に隠れて見えないが、ミントグリーンのニットとタイトなジーンズは、間違いなく夕方まで着ていたものと同じだった。ただニットには、あちこち茶色っぽい汚れがある。あれは、血か。誰の。美羽のか――。

ヒロシはそのすぐそばにいる。

「……シュウジ、今の、とれたか」

「はい」

隣にいるシュウジが、スッと手を懐に入れる。会話を録音していた、という意味か。

ぐいっと、アキモトがヒロシに体を寄せる。

「どういう意味だ、コラ」

ヒロシも胸を突き出して対抗する。一歩も退《ひ》かない。

「すまねえな。こっちはもう若くねえからよ、その分頭使わねえとな。この娘を病院に連れてって、警察呼んで、今の会話を聞かせりゃ、タダで済まねえのはこっちじゃねえってこったよ」

「ほう。そんなこと……俺が、させるわきゃねえだろうがッ」

その怒声一発で、事態はいきなり、最悪な方に転がり始めた。

アキモトがヒロシの胸座を摑む。そこにシュウジが割って入る。別の誰かがその後ろから覆いかぶさり、出入り口近くにいたジャージもジーパンも、一斉に飛び掛かっていった。友樹と彰も、見る見るうちに乱闘の渦に呑み込まれていった。

これは、マズい――。

貴生は慌てて廊下に下がり、ポケットから携帯を出し、でも何をどうしていいのか分からなくなり、とりあえず、ロックを解除しようと弄っていたら、たまたま【緊急通報】の画面が開き、

「あ、ああ……ひゃ、ひゃく……」
1、1、0と押し、もう一歩後退り、通話口を手で覆った。
相手はすぐに出た。

《はい、事件ですか、事故ですか》

事件とも事故ともいえなかったが、マンション内で喧嘩が始まった、大変だ、すぐきてくれ、というのは伝えられたように思う。住所も分からなかったが、それは問題ではないようだった。

「お、お、お願いしますッ」

とりあえず通報はしたが、警察がくるまではどうしたらいい――。

そんなことを思いながら、再び室内を見に戻ったときだった。

まるで、別の空間に足を踏み入れてしまったような、そんな違和感を覚えた。

騒ぎが急に静まり、誰もが動きを止め、その場に立ち竦《すく》んでいた。

美羽はまだソファにおり、その上半身を友樹が抱き起こしていた。シュウジはどこにいるか分からなかったが、ヒロシが、血相を変えてソファに駆け寄っていった。

「アキラさんッ」

美羽の、投げ出した脚の辺りに立っているのが、彰だった。焦げ茶のブルゾン、その下は、淡いス

トライプの入ったシャツ、ボトムは、キャメル色のスラックス。

その、シャツの腹が、真っ赤に、染まっていた。

手前に見えるのは、背中に派手な刺繍《ししゅう》を施した、白いジャージの背中。その袖口も、赤く、斑になっている。

彰の体が、ぐらりと、斜めに傾ぐ。

「テメェーッ」

ヒロシが何か四角いものを振り上げ、その白ジャージの男の手首に打ち下ろしたのは分かった。カラン、と軽い音をたて、金属片のようなものが床に落ちたのも見えた。だがその後はまた人が入り乱れ、収拾のつかない状態に陥った。貴生はまた廊下に後退り、壁に身を寄せてヘタリ込み、誰にも殴られないよう、蹴飛ばされないよう、身を縮めていることしかできなかった。

何分くらい、してからだろうか。

遠吠えのようなサイレンがすぐ近くまできて止み、まもなく玄関の方が騒がしくなり、制服を着た警察官が内廊下に入ってきた。

「……お、おい、全員、そこを動くなッ、動くなよッ」

黒っぽいズボンの脚が、右から左に、左から右に、何度も貴生を跨いでは過ぎていった。「救急車」というのは聞こえた。「至急至急」というのも、「応援」とか「マルヒ」とか「確保」とかいうのも聞こえた。一度は「君は大丈夫か」と、直接声を掛けられた。それには、ただ頷いて返した。

それは、あの日の光景と、とてもよく似ていた。

何人もの警察官がぞろぞろと現われ、あっというまに現場を支配し、関係者をバラバラに連れ出して、騒ぎを片づけていく。抵抗する人間も中にはいたが、たいていの者は大人しく従った。むろん貴生は抵抗などせず、指示されるがままパトカーに乗った。ただ、気持ちはあの日とまるで違っていた。

あの日、あの夜。突如カラオケ店に現われた警察官たちは、圧倒的な権力と制圧力を持つ恐怖の対象であり、特に制服を着た彼らは、言葉も通じないロボット兵士のようだった。今日も、見た目は同じだった。同じはずなのに、貴生の気持ちは違っていた。

ありがとう、きてくれてよかった――。

その袖にすがりついて泣きたいくらいだった。そしてできることなら、二つだけ教えてほしかった。ソファに倒れていた女の子と、刺された男の人は、どうなりましたか――。

警察署に連れていかれ、だが取調室ではなく、「刑事課」の広い事務室で質問をされた。相手は、作業ジャンパーのような上着を着た、四十歳くらいの刑事だった。

「まず、名前を聞かせてもらえるかな」

吉村貴生。

「漢字は」

吉日のキチに、普通のムラ、貴族のキに、生きる。それで、吉村貴生。

「年は」

三十歳。

さらに本籍、現住所、職業と続けて訊かれた。覚醒剤使用で執行猶予中、というのは自分からいった方がいいのか迷ったが、でも、なんとなくいいそびれてしまった。

「どうして君は、あの場所にいたの」

同じシェアハウスに住んでいる小池美羽という女性が、あの部屋に連れ込まれたという知らせがあった。何かトラブルに巻き込まれたらしいということだったので、心配した何人かであのマンションに迎えにいった。

「あのマンションは、前から知ってたの？」

今日、初めていった。

「連れ込まれたという情報が、誰かからあったの？」

花屋の従業員だと思うが、今、名前は思い出せない。

「小池美羽さんと君は、どういう関係？」

恋人——。いや、同じシェアハウスに住んでいる、友達か。

「他に一緒だったのは？」

やはり同じシェアハウスに住んでる、加藤友樹、野口彰。それと、常連客のハヤシヒロシと、名字は分からないが、シュウジ。自分も入れて計五人。

車で待っていた三人については、訊かれるまでいわないつもりだ。

「常連の客というのは、どういうこと？」

シェアハウスの下が、カフェというか、飲み屋のようになっており、二人はそこの常連客だということ。自分はそこで、ウェイターのアルバイトをしている。

「ああ、そういうこと……」

過去はともかく、今日、今現在の貴生にやましい部分はない。あの部屋であったこと、見たこと聞いたことは包み隠さず、ありのままを話した。ただ一点、美羽と自分は肉体関係にある、という部分だけは伏せた。それは、今日は関係ないはずだ。

分からないことは、そのまま「分からない」とした。自分でも嫌になるくらい、分からないことが多かった。アキモトの仲間たちが何者だったのかも、彰を刺したのが誰なのかも分からない。マンションの室内に何人いたのかも、美羽の他にも女がいたのかいなかったのかも、分からない。

やがて刑事は、諦めたように溜め息をついた。

「……君も、いい大人なんだからさ。こんな、殴り込みみたいなこと、しなさんなよ」

はい、と頷きかけたが、それは違うと思った。別に殴り込みとか、そんなことをするつもりはなかった。ただ、美羽を助けにいかなければならない。それしか考えていなかった。

「本当に君は、誰も殴ったり、危害を加えるようなことはしてないんだね？」

していない。したのは、一一〇番通報だけだ。

「室内にも、ほとんど入ってないと」

通報をしたあとに少しだけ入ったが、彰の腹が血だらけなのを見て怖くなり、またすぐ廊下に出てしまった。少なくとも、そのように記憶している。

刑事は口を尖らせ、さも納得できないといったふうに首を傾げた。

「でもさ、その小池さんが危険な目に遭ってるかもっていう、そういう情報を得た時点でね、警察に通報することだってできたわけでしょう。違う？」

それは、事が起こったあとになってみれば、そうだったと思える。だがあのときは、むしろヒロシの見解に説得力を感じた。その程度の情報では警察も動かない。実際、そういうケースも過去にあったのではないかと思う。

答えずにいると、刑事が続けた。

「それとも何か、警察に連絡しづらい事情でもあるの」

スーッ、と胸元に刺し込んでくる、薄い刃を感じた。

「君か、その、小池美羽さんか、他の仲間か……」

貴生を見つめる刑事の目の奥に、何やら重く、暗いものが宿っていく。

「そういうこと、ない？　何か起こったからって、簡単には警察を頼りづらい……そういうこと、あるんじゃないの？」

どういう意味だ。何がいいたい。

俺たちが前科者だから、後ろ暗い身分だから、だから警察を頼れなかったんだろうと、そういいたいのか――。

22．潤子の祈り

ドアのプレートを「CLOSED」に返し、みんなの帰りを待った。近くには紫織と伸介がいるが、もうずいぶん会話は交わしていない。

つくづく、女なんて無力だな、と潤子は思う。

カウンターに両肘をつき、鼻先で手を組み、目を閉じると、この店にいるのは自分一人だけ。そんな気分になった。瞼に映る赤い闇を見つめていると、心は「プラージュ」ではないどこかにさ迷い出ていく。遠い場所、遠い過去――。

そう、あのときの自分も無力だった。まだまだ幼くて、怖がりで、世間知らずだった。だからこそ、何もできなかった。

閉めっぱなしの雨戸。物音をたてない習慣。不在を装う日々。玄関チャイムの音が何より怖くて、終いには配線を切ってしまった。母が泣けば潤子が慰め、潤子が泣けば母が慰めた。パパを信じよう。それが二人の合言葉であり、唯一の希望であり、また自分たちが抱える闇、そのものでもあった。

でも、父は裏切った。

父は自分一人、楽になる道を選んだ。

父はギタリストだった。いわゆる「スタジオミュージシャン」だったのだと思う。誰かが作った曲を、誰かが唄う。そのための伴奏をレコーディングするときに呼ばれ、指示通りに演奏し、ギャラをもらう。そういう仕事だ。そしてたぶん、あまり売れっ子ではなかった。

潤子の記憶にある父は、決して音楽好きな人ではなかった。むしろテレビの音楽番組を観ては、文句ばかりいっていた印象がある。曲が下らない。下手糞な歌だ。あんなギターなら中学生だって弾ける。どっかで聴いたようなアレンジばかりしやがって。

個人名を挙げて批判することも少なくなかった。あいつは弟子のアイデアを寄せ集めて曲にしてるだけ。まともな曲が書けないから転調して誤魔化してばかりいる。結局こいつには、三つしかパターンがないんだ。弾けもしないのにギターを提げて出てくるな。みっともない。この能無しが。恥知らずが。

子供ながらに不思議だった。音楽を仕事にしているのに、なぜそんなに音楽の批判ばかりするのだろうと。

直接訊いてみたこともある。

「パパは、どんなお歌をやってるの？」

それについて、父は答えなかった。ただ黙ってES-335を構え、目を閉じて、ポロポロと銀色の弦を爪弾《つまび》いた。古いマンション住まいだったので、アンプに繋ぐこともなかった。小さく、頼りないくらいに細い、エレキギターの生音。完成形には程遠い、音楽の断片。あるいは、欠片《かけら》。でも、それが父にとってのすべてだったのだと思う。父の音楽が、それ以上大きくなることはない。完成することもない。それは、潤子にもなんとなく分かった。

あるとき、母がいった。

「……パパはね、もともとバンドをやってたの。バンドっていうのは、一緒に音楽を演奏する、グループのことね。ハードロックバンドの、ギタリストだったの」

幼い潤子には「バンド」と同じくらい「ハードロック」もイメージしづらかったが、そのときは分かった振りをして聞き流した。

「でも、デビューしてすぐ、解散しちゃってね。それからは、自分のバンドじゃないところで、自分のじゃない曲を演奏するお仕事をするようになったの。ママと、潤子がここに住めて、ご飯食べられて、お洋服買って、お誕生日プレゼントももらえて……そういうのは、パパが演奏のお仕事をしてくれてるからなんだよ。凄いんだよ、パパは」

今なら、母が何をいいたかったのか分かる。どういう気持ちだったのかも、理解できる。でも、当時の潤子には難しかった。

「でもパパ……お歌、嫌いだよ。いっつも怖い顔するよ」

そのとき母が見せた泣き顔の意味も、今は分かる。

「違うの。パパはお歌が好きだから、音楽が好きで好きでしょうがないから、だからなの……」

そんな父が、事件を起こした。潤子が小学四年生のときだ。

スタジオミュージシャンだからといって、いつもギターを背負って出かけるわけではない。現金をいくらかと家の鍵、タバコをポケットに捻じ込んで「いってきます」ということも、決して珍しくはなかった。だが、虫の知らせみたいなものだろうか。その日の夕方、父がギターを持たずに出かけていくことに、潤子は言い知れぬ不安を覚えた。カサカサに乾いた黒い革ジャンの背中、細身の黒いジーパン、くたびれた蛇革のブーツ。玄関ドアを開け、するりと出ていった背中に、不吉な影のようなものが重なって見えた。

「……いってらっしゃい」

何年も経ってから、それこそインターネットが普通に使えるようになってから知ったことだが、その日、父は大手芸能事務所の関係者と会うために出かけていったらしい。その事務所の若手俳優を歌手として売り出すために、バンドを結成する。そこでギターを弾かないか、という話が父にあったのだという。かつて父が組んでいたバンドもその事務所の所属で、その縁でのオファーだったようだ。

当時の両者の関係はどうだったのだろう。詳細は分からないが、父のバンドが解散した経緯には、事務所側の背任にも等しいマネージメントが影響しているらしいことまでは調べがついた。レコード会社側が用意した制作費の大半を事務所が別途に使用したとか、着服したとか、替え歌のようなタイアップ曲を、タダ同然で何曲も作らされたとか、ゴーストライターじみた仕事までさせられていたとか、ボーカルだけソロで引き抜かれそうになったとか。まあ、どれもネットで仕入れた真偽の怪しい情報ではあるが、何割かは事実なのだろうと、潤子は思っている。

おそらく、その日の話し合いも上手くいかなかったに違いない。六本木の店を出てからも、父と事務所スタッフとの言い合いは続き、やがて摑み合い、殴り合いになったという。

潤子は裁判記録を読んだわけでも、事件現場に居合わせた人に話を聞いたわけでもない。よって事の真相は分からない。ただ、コンクリートの縁石だか、ガードレールだかに後頭部を打ちつけ、意識を失った相手を、なおも父が殴りつけて死に至らしめたことは間違いないようだ。しかし一方で、まだ店にいるときに、先に手を出したのは事務所スタッフの方であり、父はかなり侮辱的な言葉を吐きつけられた挙句、殴るなどの暴行を受けた、という話もある。

父はその日のうちに逮捕された。

被害者は大手芸能事務所のスタッフ、加害者は元バンドマンということで、翌日から新聞や週刊誌、テレビといったメディアが、ひっきりなしに家を訪れるようになった。最初は「すみません、すみません」と詫び、可能な限り丁重に応対していた母も、一週間、二週間と同じ状態が続くと、もう布団から出ることもできなくなった。雨戸を閉めきり、玄関チャイムの配線を切断し、暗くした部屋の中で二人、ただ抱き合って一日が過ぎるのを待った。一ヶ月もすると騒ぎはだいぶ落ち着いたが、かつてと同じ生活を取り戻すのは容易ではなかった。いや、不可能だった。

大々的にワイドショーで取り上げられ、そういう時代だったといわれればそれまでだが、マンションの外観や周りの街並みにボカシを入れるような配慮もないまま放送されたのだ。当然「あのマンションのあの部屋には、まだ殺人犯の女房と子供が住んでいる」と噂されるようになる。

潤子も、学校でだいぶ虐められた。

人殺し、人殺し、お前の父ちゃん、人殺し——。

こんなのは序の口で、潤子を掃除用具入れのロッカーに押し込め、扉を押さえて出られなくした挙句、

「奥さん、奥さん、話を聞かせてくださいッ」

と外から怒鳴り、ガンガン扉を叩く遊びまで流行した。それでも簡単に引っ越すことはできなかった。母には貯えも、頼れる親戚もなかったからだ。

「ごめんね、潤子……でもパパ、きっと大丈夫だから。何かの間違いだから。パパを、信じて待ってよう……」

だが、その祈りは通じなかった。

裁判の結果、幸いというべきか、父の犯行は「殺人」ではなく「傷害致死」と認定されたが、懲役五年六ヶ月——執行猶予の付かない実刑判決が下った。父は五年半、丸々満期まで勤め上げて、ようやく釈放になった。そのときすでに潤子は高校一年生。父のいない家庭にも、新しい街での暮らしにも慣れてはいたが、それでもやはり、父を迎えられるのは嬉しかった。

「……お帰り。パパ」

泣きながら三人で抱き合った。父はコップ一杯のビールを、ひと口ずつ惜しむように飲んでいた。

「パパ、弾いて」

潤子が新宿の楽器店に持っていき、弦を新しく張り替えてもらったES-335。父はなんの器具も使わずにチューニングし、寿司を食べる間もずっと弾き続けた。猫を愛《め》でるように膝に置いたまま、会話が途切れるたびにワンフレーズ、しばらくしてまたワンフレーズ、感触を確かめるように爪弾いた。

まるで、あの頃に戻ったようだった。貧しくても穏やかだった、小学四年生までの暮らしに——いや、違う。始まるのだ。ここから自分たちの、まったく新しい生活が始まるのだ——そんな予感は、確かにあった。

しかしそれも、自分たちに都合のいい、単なる妄想に過ぎなかった。

父が新しい仕事を得るため、昔の知り合いを頼ったのが間違いのもとだった。父が出所したという情報は、あっというまに業界中に知れ渡った。当然、例の事務所関係者の耳にも入ったはず。その時点で、父のミュージシャン生命は完全に絶たれていた。その事務所は、今なお業界で絶大な影響力を持っている。しかも、亡くなったのは事務所社長の愛人の子だという噂もあった。それが真実だとすれば、父をギタリストとして起用する物好きなどいるはずがない。

それでも父は腐らなかった。土木工事でも荷物運びでも、なんでもやる。一からやり直す。そう潤子たちに宣言した。

「お前たちに、これ以上つらい思いはさせない」

しかしその言葉も、しばらくすると父は口にしなくなった。

どうやら、嫌がらせを受けているようだった。

新しい仕事に就いても、そのたびに誰かが職場を訪ねてきて、事件のことを言い触らす。居づらくなって職を替えても、すぐに見つかって同じことをされる。路地裏に連れ込まれて、リンチ紛《まが》いの目に遭ったこともあったらしい。例の事務所の人間がやっていたのか、雇われたヤクザ者だったのか、その辺は分からない。

二年ほど、似たような状況が続いた。

「これ以上、俺に、何を償えっていうんだ……」

さすがに、母の職場にまで嫌がらせの手が伸びることはなかったので、生活が立ち行かなくなることはなかった。ただそれも、父にとっては自身を責める材料にしかならなかったようだ。

働きたくても働けない。妻に頼って、食わせてもらっているだけの役立たず。そんなふうに思い込んでいるから、酒も飲めないし、パチンコのような気晴らしにも出られない。ただ鬱々と、日々を家で過ごすことになる。

しかしある日の夕方。潤子と二人でいるときに、父は家の鍵とタバコをポケットに入れ、

「ちょっと……出てくる」

珍しくたびれた革ジャンを羽織り、玄関に向かった。

ザラザラと、砂交じりの風が潤子の頬を、胸の内を、引っ掻いて過ぎていった。

あまりにも似ていたのだ。あの、事件を起こした日の後ろ姿に。

まさか、あの事務所に、怒鳴り込んだりしないよね――。

嫌な予感は痛いほどしたが、父に何をしにいくのか確かめたら、その予感が現実になってしまう気がして、怖くて訊けなかった。

予感は、ある意味では外れ、ある意味では的中した。

父は、自ら命を絶った。

事務所の自社ビル屋上からの、飛び下り自殺だった。


再び母と二人きりの生活になったが、どうも、父が死んだという実感には乏しかった。父はまた刑務所にいってしまった。でも辛抱強く待っていれば、いつかまた戻ってきてくれる。そんな思い込みが心の片隅に居座っていた。

しかし母が亡くなると、その実感は二人分いっぺんに、潤子に圧《の》し掛かってきた。不幸中の幸いというべきか、すでに調理師専門学校は卒業しており、わりと有名なホテルのレストランに就職してもいたので、生活そのものに不安はなかった。さらにいうと、潤子は父と母、丸々二人分の生命保険金を手にしていた。これがかなりの額になった。二十代前半の女性にしては、潤子はちょっとした金持ちだった。

だが、一度心に空いた穴は、そんな金では一センチも埋められはしない。

これ以上、俺に、何を償えっていうんだ——。

背中を丸めて、そう呟いた父の姿が、今も忘れられない。

父は確かに人一人の命を奪った。取り返しのつかないことをしてしまった。でも、日本は法治国家だ。たとえ罪を犯しても、きちんと償いさえすれば、赦されていいのではないか。その人がきちんと更生したのかどうか、再犯の可能性が高いのか低いのか、それはまた別問題のはずだ。まず、償った者には再スタートのチャンスを与える。それくらいは、社会が保障してくれてもいいのではないか。

これがそのまま、「プラージュ」を立ち上げる動機になった。

潤子は二十九歳でレストランを辞め、物件を探し、そのとき仲介してくれた不動産業者に「ここをシェアハウスにして、元受刑者を積極的に受け入れます」と宣言した。するとその業者が「ちょうどいい人がいる」と、不動産屋の杉井と、保護司の小菅を紹介してくれた。

用意した六部屋はあっというまに埋まった。最初の住人で、今も残っている人は一人もいない。全員安定した職に就き、「もっと困っている人に部屋を空けたい」といって、「プラージュ」を卒業していった。殺人、傷害、窃盗、詐欺、横領、元ヤクザ。いろいろな人がいた。初めのうちは、ドアを設けないこのスタイルに不安もあったが、まず信じる、まず赦す、まず認める——そういう姿勢を、潤子が曲げることはなかった。

杉井や小菅、その他の関係者にも、初めの頃は「危ないよ、よした方がいい」といわれた。償って出てきたからって、人間の根っこまで変わるわけじゃない。やる奴は二度でも三度でもやる。簡単に信じたり、情けをかけるだけじゃ駄目だ。そんなことも繰り返しいわれた。

助言は、ありがたく承った。それでも、方針を変えるつもりはなかった。

「私の父は、正確にいうと殺人犯ではなかったですけど、でも確かに、人を殺しました。服役後は大変な迫害を受けて、最期は飛び下り自殺しました。そんな、社会全体から追放されなければならないほどの悪人ではなかったはずなのに、とことん追い詰められて、その挙句の、自殺です。刑罰を受けても、父は、赦されなかったんです……だから、というのが、大きいんですが……私は、前科者だからというだけで、人間を判断したくはありません。そりゃ、前科十何犯とか、女と見れば誰彼かまわず力ずくで、みたいなタイプはお断りしますよ。うちに入居させるかどうかの、面接みたいなことはします。でも、真面目にやりたい、やり直すチャンスが欲しいって、そう本気で思ってる人だったら、たとえ殺人犯であろうと受け入れます。私、たぶんそういうの、見極める目は持ってると思います」

だから正直、貴生のようなのは入れたくなかった。覚醒剤云々なら、もっと専門の施設にいくべきだと思ったからだ。これまで「プラージュ」では、薬物中毒者は一人も受け入れていない。ただ貴生は、初犯で執行猶予中ということなので、まあ、出来心で一度きりの過ちだったのなら、様子を見てみてもいいかな、と思い直した。あとから「火事で焼け出された」と聞いて、だったらなおさら入れてあげるべきだと思った。

早いもので、もうオープンから四年が経った。何しろ、住人全員が前科者なので、これまでにも大小様々なトラブルはあった。住人同士の喧嘩や、物がなくなったり、レイプ紛いの騒ぎもあるにはあった。でも、なんとか自分たちで解決してきた。大切なのは、悪事を頭に思い描いても、それを実行に移さない理性であろうと、潤子は思う。あるいは、もう自分は悪の側にいかない、加わらないという、確固たる意志だ。決して、前科者を悪事ができない環境に押し込めて、雁字搦《がんじがら》めにすることが重要なのではない。

だから今回も、そう願っている。

悪いことが起こらないように。何も、起こさないように。

みんな、無事に帰ってきて――。

そう祈って、待っている。


「プラージュ」の固定電話が鳴ったのは、十時半を少し過ぎた頃だった。相手は、ヒロシの後輩の中でも一番若い「タカ」だ。

『あ、あの……ヒロシさんと、シュウジさんと、あと「プラージュ」の三人と、美羽さんが……あ、美羽さんは、違うんですけど、他の五人は、たぶんみんな、警察に連れていかれて……』

いきなり、脳天から氷水を浴びせられたようだった。

警察、って――。

確かめたいことはいくつもあるのに、顎が震えて、上手く言葉が出てこない。心配そうに覗き込んでくる紫織、伸介、ついさっき帰ってきたばかりの通彦に、目で何か伝える余裕もない。

「そ、それで……」

『あと、あの、救急車もきて、たぶん二人、病院に連れていかれて……一人は、美羽さんだと思うんですけど、もう一人は、よく分からなくて……』

それが友樹ではないことを一番に願いながら、しかし脳裏に浮かぶストレッチャーに乗せられているのは、どう見ても血だらけの友樹でしかなかった。

タカが続ける。

『でも、警察に連れていかれたのは、他にもたくさんいて。たぶん、全部で十人くらいです。中で何があったのかは、よく分かんないですけど、でも、こういうときって、その場にいた人全員に話を聞くんで、連れてかれたからって、全員が悪いんじゃないと思うんです』

潤子は「ハッ」と吐き出し、無理やり息を整えた。

「……それで、タカくんは今、どこにいるの」

『警察署の前です。っていうか向かいです』

「何警察署?」

『川崎の、中原警察署です。場所、分かりますか』

「分からないけど、タクシーでいくから大丈夫。また連絡するかもしれないから、タカくんの携帯番号教えて」

十一桁をメモに書き取り、「ありがとう」といって電話を切った。

すぐに紫織が顔を寄せてくる。

「なんだって」

「よく分かんないけど、美羽ちゃんは病院に搬送されて、他の五人は、警察に連行されたって……」

通彦が、隣のスツールに置いていたバッグを取って立ち上がる。

「すぐにいこう。身元保証人がどうこうってなったら、みんな絶対に困るから。それと……」

それだけで紫織は察し、「うん」と頷いた。

「美羽ちゃんの保険証ね。あたし、探してくる」

現金も必要になるかもしれないと思い、潤子はレジに向かった。ランチの売り上げそのままなのでほとんどが千円札だが、ないよりはマシだ。

　伸介が、オロオロと出入り口に向かう。

「じゃあ、私は、タクシーを……」

　しかし、それは通彦が「いいよ」と止めた。

「一本向こうにいかないと拾えないから、俺がひとっ走りいってくる。こっちに回すから、みんなは待っててて」

　紫織が保険証を見つけ出し、通彦が拾ってきたタクシーに四人で乗り込んだのが十一時ちょうどくらい。行き先を「川崎の中原警察署」と告げ、「急いでください」と付け加えた。

　助手席に座った通彦が、シートベルトをしながらこっちを振り返る。

「……こういうとき、カーテンって便利だな」

　後部座席、真ん中に座った紫織が頷く。

「家具も少ないから、入れられる場所も知れてるしね」

　運転手は、特にカーナビを操作するでもなくサイドブレーキを解除し、車を発進させた。

　右折を二回繰り返し、わりと広い都道三一一号線に出る。道沿いには中低層のマンションが多く、店舗は比較的少ない。しかもこの時間では、ほとんどが営業を終了している。彩《いろどり》のない街灯の明かりだけが、音もなく斜め上を飛び去っていく。

　会話が途切れると、車内の空気が徐々に重苦しく沈んでいく。

　みな、考えていることは一緒だろう。

　何が起こったのか――。

よからぬ事態であることは間違いないが、下手な想像はしたくなかった。それが現実になったらと考えると、怖くて仕方がない。とはいえ楽観視もできない。警察沙汰にまでなってしまったのだ。もはや「どうってことない」ということはあり得ない。

車は左に折れ、片側一車線の少しせまい道に入った。そのまま真っ直ぐ、多摩川を渡る陸橋へと進んでいく。ヘッドライトが、傾斜を舐めるように浮き上がっていく。

夜の多摩川は、当たり前だが真っ黒に、墨汁を流したような闇に沈んでいた。

わけもなく、涙がこぼれた。

友樹の、彰の、美羽の、貴生の顔が、暗闇に浮かんでは過ぎ、浮かんでは掻き消された。あるいはヒロシ、シュウジ。昨日までの、「プラージュ」での馬鹿騒ぎ——すべてが、愛おしい。両手を広げ、囲い込んで、守れるものならそうしたい。大切に育ててきた、小さな小さな世界。罪を認め、罰を受け入れ、償いを認める世界。人は変われるのだと、信じられる社会——。

運転席の後ろにいる伸介が、ふいに漏らした。

「あれか……ああ、あれだ、あれだ」

刑務所を囲う高塀を思わせる、コンクリート剝き出しの、のっぺらぼうの壁。どうやらそれが中原警察署のようだった。その近くには、確かに、ヒロシの所有する黒いワンボックスに似た車が、こっちを向いて停まっている。

潤子は前に身を乗り出した。

「運転手さん、そこら辺で、適当に停めてください」

ワンボックスとすれ違い、何メートルかいった辺りでタクシーは停まった。三千円ちょっとだった

ので千円札四枚を渡し、

「お釣りもらっといて」

助手席の通彦にいって、潤子は勝手にドアを開けて降りた。

向こうも気づいていたのだろう。潤子がワンボックスの方を振り返ったときには、もう運転席のドアが開き、マルが降りようとしていた。

小走りで道を渡り、マルのところに急いだ。すでに友樹たちは釈放され、車の中にいる――そんな状況も思い描いたが、マルは、言葉を交わす前に、悲しげにかぶりを振ってみせた。

潤子は頷きながら訊いた。

「……まだ？」

「はい。携帯、通じるかと思って、何度かかけてるんですけど、電源切ってるみたいで」

「ヒロシくんも、シュウジくんも？」

「はい。どっちもです」

あとからきた通彦が、「はい」と小銭を差し出す。紫織は伸介と一緒にきた。二人とも、眉をひそめて警察署の庁舎を見上げている。

マルが四人を見回す。

「とりあえず、車で待ちましょう。ここで待ってるってメールはしてあるんで、電源入れたら見るでしょうから、それまで、一緒に待ちましょう」

「うん……ありがと」

スライドドアを開けてもらい、後ろのシートに通彦が、中央には伸介、紫織、潤子が座った。前列にはミカワとタカもいた。ここまでの経緯を説明してもらったが、マンション内で何が起こったのかは、ミカワにも分からないようだった。

「ただ、美羽ちゃんが、無理やり車に乗せられて、無理やりマンションに連れ込まれたことだけは間違いないんです。俺、その証言はいつでもするつもりです。なんだったら今から……」

運転席のマルが「だから」と止める。

「それは、今じゃなくていいから。中の状況が分かって、ヒロシさんたちがどういう立場で話を聞かれてるのか、そういうのが分かって、その上でミカワくんの証言がこっちに有利になるようなら、そのときに出てけばいいから。今は様子見た方がいいって……な、そうしよう」

紫織がマルに訊く。

「シュウジくんのお母さんには、連絡したの？」

「はい、しました。……まあ、オバさんは、ある程度、こういうのに免疫あるんで。状況分かったら、また知らせますって、今のところは、動かないようにしてもらってます。オバさん、携帯持ってないんで、下手に動かれると、逆に連絡つかなくなるんで」

マルはそれ以外にも、道中の話や、マンションがどんな建物だったか、警察官がどれくらいきたかなど、知っている範囲でいろいろ説明してくれた。パトカーが何台かきて、辺りを封鎖し始めてからは、不審車両だと思われても困るのでコインパーキングに停めにいき、その後は野次馬に混じって様子を見ていたということだった。

話が途切れると、潤子はつい、運転席近くにあるデジタル時計を見てしまう。五分、十分という時間が、とてつもなく長かった。しばらく見るのをやめ、でもやっぱりまた見てしまって、まだ一分しか経っていないと分かると、無意識のうちに溜め息が漏れた。よくないとは分かってはいるけれど、つい、出てしまう。

紫織が、そっと手を握ってくれた。少し目を瞑《つぶ》ってれば、ともいってくれたが、目を閉じるのは逆に怖かった。このまま朝まで待たされる可能性だって、二日、三日と出てこない可能性だってあるのではないか。そんな、不安の闇に一人で沈むのは嫌だった。

突如、誰かの携帯が鳴った。マルのだった。時計の表示は二時七分。それを確認した瞬間、潤子の携帯も鳴り始めた。立て続けに紫織のも――。

慌ててポケットから抜き出す。表示を確認すると、【友樹】と出ている。

「も、もしもしッ」

『あ、もしもし……あの、俺たち』

「分かってる。今、警察署の横にいる」

『警察署？　ここの？』

「うん、中原警察署。マルくんとミカワくん、タカくんも一緒に待ってる。紫織さんも伸介さんも通彦さんも、みんな一緒」

こくっと、唾を飲むような間が空いた。

『……そう』

「他のみんなは？　美羽ちゃんとか、ヒロシくんとか」

『今はこっちも、みんな一緒。署の、一階まで下りてきて、合流した。みんな電話かけてるから、じゃあ、聞いてるのかな』

急に紫織が、隣で「エッ」と鋭く漏らす。

潤子は携帯を握り直した。

「なに、どういうこと」

『あの、みんな、って……ヒロシくんとシュウジくん、貴生くんはここに、一緒にいる。美羽ちゃんは、病院に搬送されたけど、だいぶ、殴られたりはしてるみたいだけど、命には別条ないって……ただ、彰さんが……』

無音の風が吹き、周りの音の一切が止んだ。電話越しの声、友樹の言葉だけが残り、潤子の耳の中に落ちてくる——。

『たった今、亡くなったって……刑事に、聞かされた。……刺されたんだ。俺たちの、目の前で……何回も、何回も……相手のグループの、名前も分かんない奴に……何度も、何度も刺されて……彰さん、それでも、美羽ちゃんを守ろうとして、そいつのこと……腹刺されて、血だらけなのに、そいつのこと、放そうとしないで……』

すべてが、冷たくなっていた。

自分の体も、窓から見える街並みも、遠い夜空も、思い出も、明日からの未来も——すべてが冷たく、石のように動きを失くした。

彰は以前、潤子に、人の命を奪ってしまった過去について話してくれたことがあった。悔やんでいる。死にたいくらい後悔している。そういって涙を流した。さらに自分は過ちを重ね、取り返しのつかない罪に塗《まみ》れ、自分でもどうしていいのか分からなくなっているといった。本当に苦しそうだった。

抱き締めても彰の嗚咽《おえつ》は治まらず、二人きりの「プラージュ」で、潤子はずっと、彰の震える背中をさすり続けた。

それでは、駄目なのか。

一度罪を負った者は、死ぬまで、赦されないのか。

23. 貴生の帰還

署の玄関に下りたのは、貴生が一番最後だった。理由ははっきりしている。話をしている間に別の警官が貴生について調べ、執行猶予中であることが判明したからだ。

あくまでも「任意で」と断った上で、刑事は切り出してきた。

「……念のため、唾液と尿の検査を、させてもらってもいいかな」

拒む理由はなかった。貴生は検査キットであろう、白いプレートに唾液を垂らし、所定の容器に尿を入れて提出した。

提出物を持っていった警官が刑事課に戻ってきたのは、二十分ほどしてから。表情は、比較的柔らかだった。

「大丈夫。陰性でした……吉村さん、ご協力、ありがとうございました」

事情聴取をした刑事も、少し安堵したように息をついた。

「遅くまで、すまなかったね。一緒にいた人たちは、もう下に下りてるから。一緒に帰るといい」

刑事に付き添われ、刑事課の事務室から出た。廊下は暗く、せまかった。こんな廊下だったかなと、少し記憶が混乱した。刑事はエレベーターではなく、階段室の方に貴生を誘導した。下り始めると、先に下りていく刑事の頭頂部が目に入った。少し毛が薄くなっている。初めて、刑事も人間なのだと思った。

貴生は、思いきって訊いてみた。

「あの……病院に、運ばれた二人は」

刑事は「うん」と頷いたが、その場での具体的な説明はなかった。

一階まで下り、受付のある玄関ホールまでいくと、ベンチに座っていた友樹、ヒロシ、シュウジが一斉に立ち上がった。付き添いであろう別の刑事も二人いた。両方とも、貴生と同じくらいの年に見えた。

近くまでいくと、友樹が小さく頷いた。

「……よかった」

そこに一歩、割り込むように年配の刑事が入ってきた。

「実は君らに、知らせておかなければならないことがある……」

貴生はそれで初めて、彰が亡くなったことを知らされた。

急に、体の芯が重たくなった。立っているのがやっとだった。

彰が、亡くなった。あの彰が、死んだ。殺された――。


殺人事件で亡くなろうと、病死だろうと、人の死を弔う方法にさしたる違いはない。葬儀場を借り、喪主を含む遺族が祭壇近くに並んで座り、弔問客が順々に焼香を済ませていく。

ただ貴生たちにとって、その通夜はこの上なく奇異なものだった。違和感といってもいい。

【故　早見陽一　儀　葬儀式場】

故人の名前が違うのだ。祭壇の、黒い大きな額縁の中。朗らかな笑みを浮かべているのは紛れもなく彰なのに、誰もその人物を「野口彰」とは呼ばない。早見陽一。どんなに考えても、どんなに心の中で繰り返しても、その四文字が、貴生の記憶にある彰と重なることはない。

花輪の名前は個人名が多かったが、社名もいくつか目に留まった。知っている名前も知らないものもあったが、いずれも出版社であるようだった。遺族は、八十歳近くに見える女性と、五十代くらいの男性、及びその家族。彰の——早見陽一の妻や子供らしき人は見当たらなかった。

焼香を終え、式場の外に六人が揃った。潤子、紫織、友樹、通彦、貴生に——松葉杖をつく、美羽。

紫織が、美羽の肘を軽く支える。

「大丈夫？　疲れたでしょ」

美羽が小さく頷いてみせる。その左目は眼帯で覆われている。眼窩底《がんかてい》骨折をしているからだ。他には右手首の骨折、右脇腹の肋骨亀裂骨折、左膝の靭帯断裂、及び半月板損傷。全治四ヶ月との診断が下っている。右手が使えないので、松葉杖は左の一本しか持てない。

友樹が「ここで待ってて」と、みんなの輪から外れる。

「車、こっちに回してくるから」

潤子が「お願い」と頷く。

容体からしたら、美羽は「プラージュ」で安静にしているべきなのだが、本人はどうしても通夜か告別式、どちらかには出たいという。葬儀場は埼玉県の越谷。結局、電車では無理だと判断した潤子がレンタカーを調達し、友樹が運転してここまできた。

銀色のワンボックスカーが、静かに貴生たちの前で停止する。ヒロシの車と違って、スライドドアも自動開閉するので楽だった。

貴生が先に乗って、美羽に肩を貸した。

「こっち、体重かけていいよ……はい……ここ持てる？……もうちょい深く……はい、はいオッケー」

今日、あえてヒロシやシュウジ、伸介を誘わなかったのは、葬儀の状況が分からなかったからだ。なぜ早見陽一は、「プラージュ」では「野口彰」と名乗っていたのか。その理由が分からないうちは、あまり話を広げない方がいいのではないか。そういった潤子に、五人が賛同した結果だった。

走り始めると、すぐフロントガラスに雨が当たり始めた。

誰にともなく、後部座席の紫織が呟く。

「やっぱ、車にしてよかったね……」

助手席の通彦は、すでにネクタイをゆるめている。

「ちっと、駅からも離れてたしな。車借りて、正解だったよ」

中央シート、隣にいる美羽は、貴生の肩に頭を載せ、もう寝息をたて始めている。事件以後、美羽はさらに口数が少なくなった。ほとんど喋らなくなったといってもいい。満身創痍《まんしんそうい》というのもあるだろうが、それよりも貴生は精神的ダメージの方が心配だった。

作り笑いであることは百も承知だが、それでも貴生は、美羽の笑顔が好きだった。不躾《ぶしつけ》なほど他人の目を覗き込む、子供のような真っ直ぐさが好きだった。でもそれを、自分は守ることができなかった。

事件の直前まで美羽と一緒にいたのは、自分だ。事件現場にも、みんなと一緒に踏み込んでいる。なのに、何もできなかった。実際に美羽を守ったのは、彰だった。文字通り命を懸けて、彰は美羽を守った。そこまでするほど、彰と美羽が親しかったという印象はない。自分が知らないだけかも、とも思ったが、潤子たちもみな疑問に思っているようだった。他でもない、美羽が漏らした。

「彰さん……なんで、あたしなんか……」

肩に載った美羽の顔を覗き込むと、まだ痣の残る頬に、真っ直ぐ雫《しずく》が伝っていた。右目だけが、きらきらと濡れていた。


不思議なことに、葬儀から何日経っても、遺族からの連絡はなかった。友樹と貴生は別々の日に警察に呼ばれ、数回にわたって事情聴取を受けた。「プラージュ」にも何度か刑事が訪れ、美羽と潤子が話を聞かれたようだが、早見陽一の——彰の部屋が家宅捜索されるとか、そういう事態にはならなかった。

ある日の聴取の終わりに、例の刑事が教えてくれた。

「亡くなった、早見さんね。彼、フリーのライターだったみたいだね。何か、潜入取材みたいなことを、してたんじゃないのかな。だから偽名を使って、シェアハウスにもぐり込んでいた。……まあ、事件自体は、突発的な傷害致死ということで、起訴することになると思うんで、これ以上個人的な事情について、我々は調べないけど……何か、疑問に思うようなことがあれば、いってくださいね」

殺人ではなく、傷害致死なのか、というのが最大の疑問ではあったが、ここでそれをいっても始まらない。貴生は「はい」と頭を下げ、席を立った。

貴生は送らなくていいといったのだが、刑事は「じゃあそこまで」といい、エレベーター前まで一緒に出てきた。

そこで、ふと思い出したように刑事は付け加えた。

「そうだ……確か『プラージュ』っていうのは、シェアハウスの下にある、カフェの名前だったよね」

「ええ、そうです」

「早見さんね、救急車の中で、何度もそれを繰り返してたっていうんだ。隊員が、喋らないでっていってるのに、プラージュ、うってくれ、とか、プラージュ、うって、とか……そのお店を、早見さんが買い取るみたいな話って、あったの？」

それには、首を傾げざるを得なかった。

「そんな話は、ないと思いますし、オーナーの朝田さんは、店を売るようなことは、絶対にしないと思います」

「そう……ま、それだけなんだけどね。……いやいや、何度もご足労かけて申し訳なかったですね。気をつけて、お帰りになってください……じゃ」

エレベーターのドアが閉まり、軽い浮遊感と共に下降が始まる。

プラージュ、うってくれ、プラージュ、うって――。

彰は腹部を四ヶ所刺され、出血多量で意識も朦朧《もうろう》としていたはず。思考も混乱していただろうし、そこに大きな意味はないのかもしれない。ただ、気にはなった。

「プラージュ」は、彰にとってどんな場所だったのだろう。自分たちと同じように、彰にとっても掛け替えのない場所だったと、貴生は思いたいのだが。

事件から三週間が経ち、美羽の怪我以外は、「プラージュ」も平常を取り戻しつつあった。

ヒロシたちも相変わらずよくくるし、たまには伸介も顔を出してくれる。

「美羽ちゃん、様子はどうだい」

相手をするのは、たいてい潤子だ。

「あんまり、外には出れませんけど、でも経過はいいみたいです。膝の靭帯も、手術しなくて済むみたいですし」

うんうん、と伸介が頷く。

「そうか。それはよかった。こっちの人が、罪に問われることが一つもなかったっていうのは、何よりの救いではあるけれど……でも、彰くんがな。残念だったよな……」

事件は新聞でもテレビでも報道されていた。当然、被害者は「早見陽一」とされていたが、今なお「プラージュ」の関係者は、彼のことを「彰」と呼んでいる。また、それについて追及しようとする者はいない。彰は彰。みんなそう思っている。

賑やかな夜を過ごし、後片づけをし、それぞれ眠りにつく。こうしていると、事件前の「プラージュ」と何一つ変わっていないようにも思える。もともと彰は、他の住人たちと違う生活サイクルを持っていた。たまたま今日は顔を合わせなかっただけ、そういう日が続いているだけ。そんなふうに思い込むことも、できないではない。

ただ二階に上がると、現実はそうではないのだと思い知らされる。

彰の部屋に明かりが灯ることはなく、風呂を融通するのに声を掛け合うことも、トイレの前で出くわすこともない。彰は、もういない。そう認めざるを得なかった。

その夜の別れ際。潤子は貴生の部屋の前で、しばし立ち止まった。

「……そろそろ、片づけようかと思ってるんだ。彰さんの部屋」

貴生は「はい」と返す他なかった。

潤子が続ける。

「一応、刑事さんにね、訊いてみたの。残ってる荷物は、こちらで処分していいんでしょうか、って。そしたら、わざわざ向こうの家族に、確認してくれたみたいで。……適当に処分してくださいって、いわれちゃった。彰さん、あんまり家族とは、連絡もとってなかったみたい。なんか……こっちが、処分していいですかって訊いたのに、変なんだけど……適当にっていわれると、ちょっと、ショックだよね。なんか……可哀相になっちゃった」

自分は初めて会ったとき、どうしてこの人を「強《こわ》い」と感じたのか、不思議に思えてくる。こんなに、優しい人なのに——。

貴生は、一つ頷いてみせた。

「俺も、手伝います。彰さんの部屋、片づけるの」

潤子が、ハッとしたように視線を上げる。

「ありがと……そうだよね。片づけっていった方が、なんか、いいよね。表現、柔らかいし。処分とかいうから、なんか、冷たく聞こえるんだよね。うん……私も、今度から、片づけっていおう」

潤子も、相当疲れているようだ。

「いや、潤子さん、ちゃんと片づけって、最初はいってましたよ。警察の話になってから、処分っていっただけで」

もとから大きな目を、さらに大きく潤子が見開く。

「あ、そう?……そっか。うん、分かった……じゃあ、明後日の、日曜にでも、やろうか。なんか、予定とかある?」

「いえ、ないです。友樹さんも、いつかは片づけなきゃなって、いってたから……日曜、誘っておきますよ」

「そうね……じゃあ、お疲れさま。お休み」

ほんの一瞬、刑事から聞いた、彰が救急車内で繰り返していた言葉について思い出したが、でも、いま訊くほどのことではないと思い直した。プラージュ、うって——そんな話があろうとなかろうと、どのみち彰は、もうこの世にはいないのだ。

「……はい。お休みなさい」

潤子が歩いていく。その廊下の先の窓に、カーテンはない。

ただ寝静まった街が、一枚の絵のように、四角く収まっている。

眠ってしまえば、怒りも悲しみも、ひとまずは消える。

消えないとしたら、それは、眠れない夜だからだ。


通彦と紫織は仕事があるので、日曜の片づけには不参加になった。

「さてと……何から始めたらいいかな」

ピンクのバンダナを頭に巻いた潤子が、両手を腰に当てて室内を見回す。間取りは貴生の部屋と反対。入って右側にベッド、左側に棚が設置されている。その棚には大きめのプラスチックケースが四つ収まっており、整理箪笥的な役割を担っている。それ以外の棚には書籍やCD、時計などの小物。

棚の上にはノートパソコンとプリンター。ちょっとした事務用品と書類。キャスター付きの椅子がその前にあり、棚を机代わりに使っていた様子が窺われる。足元はかなり窮屈そうではあるが。

友樹が棚の前までいく。

「まずは衣類だな。みっちゃんが、売れそうなものはキープしといてくれ、っていってたけど」

それには、ちょっと驚いた。

「え、遺品を売って、お金にするんですか」

だがそれには「違う違う」と潤子が応じた。

「粗大ゴミとかあったら、処分代がかかるでしょ。その足しになったらいいねって、そういうこと」

「ああ、なるほど……すみません、気づきませんでした」

「さ、チャチャッとやっちゃおうぜ」

友樹が棚からプラスチックケースを順番に引き出す。

中身は、貴生にも見覚えのある服が多かった。春、初めて会った頃に着ていた黒いジャンパー、グレーのニット、茶系のジャケット。ジーパンはどれもブランド品ではなかったが、破れや摩耗はなく、いずれも綺麗に使われていた。下着類はすべて処分。シャツは、二、三枚は新しいものもあり、売れそうな状態だったが、それ以外は襟に黄ばみがあり、やはり処分することにした。

潤子が、キープの品を畳み直す。

「なんか、基準があるとさくさく進むね」

「ですね……」

衣類が済んだら書籍、CD。これらはすべて新古書店行きとした。

判断に困ったのは、ノートパソコンだ。

潤子がフタを開け、ディスプレイ部分を立てる。

「これは、中古屋さんに売る感じ、だよね？」

友樹が首を傾げる。

「でも、中のデータが流出するのはマズいかもしれない。初期化しても、できる奴はデータを復旧させられるっていうしな」

貴生も、それはちょっと心配だと思う。

「確かに、初期化しただけで売っちゃうのは怖いですよ。前の会社の知り合いは、売る前にハードディスクを抜き出すっていってましたし……けど、それ以前に、彰さんってライターだったんですよね。ひょっとしたら、この中の原稿とか、必要としてる会社もあるんじゃないですかね」

そっか、と潤子が小さく頷く。

「じゃあ、一応……電源、入れるだけ入れてみようか。文書ファイルとか、重要そうなのがあったら、それはその時点で考えるってことで。仕事関係の人を、警察に紹介してもらって、処分していいか、訊いてみてもいいし」

それもどうかと思ったが、潤子は電源ボタンを押してしまった。

わりと新しい機種なのか、立ち上がりも早く、トップ画面が表示されるまでにさしたる時間はかからなかった。

「……あら、意外とシンプルなのね」

「ですね」

画面中央にゴミ箱。左側にフォルダーが四つ。表示されたのはそれだけだった。フォルダーのタイトルは【メモ】【執筆中】【掲載済】【7・3事件】となっている。潤子がパッドを操り、それぞれのフォルダーにカーソルを合わせると、ポップアップウィンドウにおおまかな内容が表示される。

だがそれを読む前に、

「……おい、これッ」

友樹が、やや険しい口調でいい、画面を指差した。

「なに、急に」

「この、【7・3事件】っていうの、開いてくれ」

「どうしたの、友樹さん」

「いいから、これを開いてくれッ」

潤子が、怯えた目で友樹を見る。貴生も、こんな友樹を見るのは初めてだった。普段の穏やかさはなりをひそめ、隠れていた裏の顔が露《あら》わになる——いや、そんな生易しいものではない。牙を剥いた獰猛な獣《けもの》、遠慮のない威嚇《いかく》と激しい攻撃性、それが本性だとしたら人格すら疑わなければならないような、そんな顔だ。

震える指で、潤子がカーソルをフォルダーに合わせる。クリックすると、中には五つの文書ファイルが収められていた。どれも、西暦と月日を並べたような数字がタイトルになっている。

「これ、開いて」

友樹が指したのは、一番左上のファイルだ。

潤子が友樹を見る。

「どうしたの。変よ、友樹さん」

「いいから、開いてくれ」

「駄目だよ。そんな、いくら友樹さんだからって、他人の……」

「これ、俺の……俺の友達が、殺された日付なんだッ」

ピシリと、窓ガラスにヒビが入りそうな、鋭いひと声だった。

突如、貴生の脳内に、いくつかの言葉が蘇る。

フリーのライター、潜入取材、偽名、もぐり込んでいた——。

いずれも刑事がいっていたことだが、それってつまり、こういうことなのか。早見陽一が「野口彰」を名乗り、「プラージュ」にもぐり込んでしていた取材とは、友樹に関係する事件を対象にしたものだった。そういうことか。

「どいてくれ……俺がやる。俺の責任で、俺がやる。君らは知らなかったことにしてくれ。……彰さん、なんであの日のことを」

決して乱暴にではなかったが、友樹は潤子を押し退け、自らパッドを操り、ファイルを開こうとした。

だが、開かない。

「……ちっくしょう」

ロックがかかっている。パスワードの入力が必要だ。

友樹が潤子を見る。

「彰さんの誕生日は」

「よしてよ、そこまでしないで」

「そうか、どうせ偽名だもんな。誕生日だってデタラメか……じゃあなんだ。携帯の番号か、それとも……」

ふと廊下の方に気配を感じ、貴生が振り返ると、松葉杖をついた美羽がそこでカーテンをめくっていた。何も言葉は発せず、右目だけで室内の様子を窺っている。友樹の声を聞き、何事かと思ってきたのだろう。

「美羽ちゃん……大丈夫、なんでもないよ」

それでも入ってこようとするので、貴生が手を貸しにいった。

「ここ、片づけてるんだ……足元、気をつけてね」

もとの場所まで戻って、貴生は友樹の肩を叩いた。一つ、思いついたことがあるのだ。

「……友樹さん」

「なんだ」

「ちょっと、試しに……『プラージュ』って、打ってみてくれませんか」

「ハァ？　『プラージュ』？」

「ピー、エル、エー、ジー、イーです」

「スペルくらい分かってる。それがなんだっていうんだ」

「だから、打ってみてください。パスワード……『プラージュ』って」

「……『プラージュ』……か？」

友樹が順番に五つ、キーを押し込み、最後にエンターキーを押す。すると、

「……あ」

「開いた」

文書ファイルが、画面一杯に表示された。

友樹がこっちを振り返る。

「貴生くん、なんで……」

「あの、刑事さんから、聞いたんです。彰さん、救急車の中で、プラージュ、うってくれ、とか、プラージュ、うって、って、繰り返しいってたって。刑事さんも、救急隊員の人から聞いただけだから、ニュアンスが分からなかったんでしょうけど、『うって』って、刑事さんは売買の『売る』だと思ってたみたいで。彰さんが『プラージュ』を買い取るみたいな話があったのか、って訊かれて。俺は、それはないだろうっていいましたけど……今、急に。それって、キーを『打って』って、意味だったのかなって……」

貴生は潤子に視線を移した。

「あの……彰さん、ひょっとしたら、自分に万が一のことがあったら、この文章、『プラージュ』の人に、読んでもらいたかったんじゃないですかね。じゃなかったら、こんなパスワード、設定しないと思うんですけど」

潤子は、何も答えない。

友樹も潤子に向き直る。

「潤子さん……さっきは、大きな声を出してすまなかった。美羽ちゃんも、起こしちゃってごめんね。……でも、貴生くんのいってることが当たってるんだとしたら、俺、これ、読みたいんだ。彼が偽名まで使ってここにもぐり込んで、何を調べようとしてたのか、何を書こうとしてたのか、知りたいんだ……許可、してもらえないだろうか」

色の薄い、潤子の唇が、ゆっくりと開く。

「うん……わ、分かった。じゃあ……最初、初めのところだけ読んで、友樹さんに関係ある内容だったら、続けて読んでもいい。でも、違う内容だって分かったら、そこでやめて。それでいい？」

「分かった。そうする」

友樹は立ったまま、文章を読み始めた。

だが、彰が書いたその文章は、あまりにも長かった。


美羽はともかく、潤子と友樹と貴生、三人で一つの画面に表示される長文を読むこと自体、そもそも体勢的に無理があった。

先に提案したのは潤子だった。

「ねえ、ちゃんとプリントアウトしない？」

でも、と友樹が画面の下、文書の欄外を示す。

「けっこう長いぜ、これ。紙が……」

「じゃあ、俺、買ってきますよ。それまで、二人で読んでてください」

初日の片づけは、その時点で中断。昼食も潤子が作ったお握りを二つ三つ食べただけで、午後はプリントアウトしては読む、出しては読むの繰り返しになった。

文書の内容はやはり、友樹の関わった事件についてだったようだ。

【有罪か無罪か分からなくなったのだから、ここでは便宜上、被告人男性の名前は「A」としておこう。被害男性は「B」。裁判におけるキーパーソン、Aのアリバイを握る女は「C子」としておく。関係者はさほど多くないので、これで説明は充分可能だろう。】

読みながら、友樹が説明を加える。

「この【A】っていうのが俺だ。殺された【B】はツダシゲアキ。俺の、ガキの頃からの、幼馴染みだった奴だ。【C子】は、当時つき合ってた女性……イタノチハル。実際、関係者ってのはこの三人くらいだ」

貴生自身、たったいま気づいたのだが、実はこれまで、貴生は友樹がなぜ「プラージュ」の住人になったのか、その理由を知らずにいたのだった。そうか、いったんは殺人罪で告訴されたけども、証言が翻されて無罪になったのか――。

それでも書き手である記者、早見陽一は、この事件に並々ならぬ執念を持っているようだった。

【殺人犯は今も、何食わぬ顔で、この東京の街に暮らしている――。

そう。このネタには、私の人生がかかっている。

なんとしても、モノにしなければならない。】

正直、違和感を覚えないではなかった。なぜ記者は、この事件の取材にそこまでの執念を抱いたのだろう。しかもルポが始まってまもなく、A――友樹は無罪放免になっている。記者も書いているが、日本の刑事訴訟法には「一事不再理」の原則がある。いくらマスコミが書き立てたところで、友樹が再び罪に問われることはない。むろん、友樹が本当にB――ツダシゲアキを殺したのだとしたら、治安維持の観点からも、糾弾されるべきなのかもしれない。しかしこのルポには、少なくとも導入部分には、友樹がツダシゲアキを殺したとする根拠は書かれていない。しかし、最後まで読めばちゃんと書かれているのかもしれない。そんな興味に引きずられるようにして、ついついページをめくってしまう。しかしそれは同時に、いま隣にいる友樹が人殺しであると、そういう過去を暴く作業でもある。友樹は、これをみんなに読まれることが、苦痛ではないのだろうか。怖くはないのか。

さらに記者は、C子――イタノチハルと警察及び検察の司法取引まで疑い始める。本筋はそうではないだろう、友樹が殺したという根拠を示すことが何より先決だろう、とは思うのだが、話はなかなかそのようには進んでいかない。むしろ記者は、妙な搦め手に打って出る。

それが「プラージュ」への潜入だ。

記者の目的は、もはや隠蔽《いんぺい》された真実を暴くことではなく、加藤友樹という、一人の男の人格を否定することに移りつつあるようだった。Aは人殺しだ、Aは人殺しだ――。そう繰り返すことによって、それを事実にすり替えようとしているかのようだ。

本当にこれを書いたのは、あの彰なのだろうか。彰は「プラージュ」で共に時を過ごしながら、こんなにも友樹を憎み、あるかどうかも分からない、罪深き本性を引きずり出そうとなどしていたのだろうか。

いや、そうではないようだった。

「プラージュ」で日々を過ごすうちに、記者の心境にも変化が訪れたようだった。実際、そのことが自覚的に書かれているし、筆致もどんどん柔らかくなっていく。あとから入ってきた貴生のことも書いてあった。その前に「プラージュ」にいた細野という住人についても触れられていた。他にもヒロシやシュウジといった、お馴染みの人物も実名で登場している。それはまさに、貴生がよく知る「プラージュ」を、彰の視点から描写したものだった。

決定的なのは、潤子の発言として記されていた、この部分だ。

【なんか、顔……優しくなりましたね】

そう。貴生の知る彰は、とても優しい雰囲気の男だった。友樹ほどワイルドではないし、通彦ほどチャランポランでもない。曲者揃《くせもの》いの「プラージュ」ではむしろ影が薄い方だったが、でも、いい人だと思っていた。この人はなぜ「プラージュ」に入ってきたのだろうと、一度や二度は疑問にも思った。

なのに、本当だろうか。

本当に彰は、内面にこんな闇を抱えていたのだろうか。

そして一つ、読み進めれば読み進めるほど、治りかけの切り傷に障るように、チクリと思い出す行があった。

【ただ、そういう人間ではなかったということだ。

Aも、私も。】

その真意は謎《なぞ》のまま、貴生はついに最終章、五番目のファイルを読み始めた。

＊

「北風と太陽」というイソップの寓話《ぐうわ》がある。北風と太陽が旅人の服を脱がせる競争をするが、手っ取り早く服を吹き飛ばそうとした北風の試みは失敗に終わり、旅人を温かく照らした太陽は服を脱がせることに成功した、という話だ。

事ここに至って、私の役は一体この話のどれだったのだろうと、分からなくなった。

Aの罪を世間に晒そうと躍起になった北風か。それとも、太陽に温められて服を脱いだ旅人か。だとしたら太陽は誰だ。いうまでもない。太陽は、潤子だ。

潤子が、元受刑者の社会復帰を支援する目的でシェアハウスを始めたのであろうことに疑いの余地はない。各居室にドアは設けず、廊下との仕切りはカーテンのみにするという試みも、目的がはっきりしていたからこそ可能だったのだと思う。常識からいったら、カーテン一枚でプライバシーは保てない。秘密も保持できない。身の安全が保障されないばかりか、所持品を守ることすらままならない。この条件下でそれらをすべて可能にする方法は、つまるところ一つしかない。

各人が、あくまでも自発的に、秩序を守るようになることだ。決まりだから守るのではない。罰が怖いから守るのでもない。その秩序を守りたいから守る。そういう人間になるよう導くことだ。「秩序」は「環境」と言い換えてもいい。その環境を守りたいという意思、自分もその環境の一部なのだという意識。その環境作りのためなら、自分はどんな犠牲でも払う。朝田潤子とはそういう女だ。

潤子の選んだ手段に対し、性善説が過ぎると批判することは容易《たやす》い。すべての元受刑者がそこまで都合よく改心するものか、という指摘も至極真っ当ではあるだろう。「北風と太陽」にも、実はまったく逆の展開を記した前段が存在する。旅人の帽子を脱がす競争をしたところ、北風がひと吹きで易々と成功する、という行《くだり》だ。冷たく厳しい手段の方が有効な場合もある。それも一方の真理には違いない。だが、社会に受け入れを拒否された元受刑者が再び犯罪に走る例は枚挙に暇がない。それについて現在の日本社会は、何か有効な解決手段を有しているだろうか。私には、到底そのようには思えない。

ある夜、私は潤子に自分の罪を告白した。最初は「プラージュ」に入居するために用意した、架空の過去について話すつもりだった。だが、途中から話の行き先は変わっていった。潤子の目は真実を求めていた。裸の真実を欲していた。もちろん、嘘をつくことも私にはできた。しかし、そうはしなかった。いや、できなくなっていた。

潤子が、太陽だったからだ。もはや私の体は、嘘を重ねた厚着に耐えられないほど温められていた。

朝田潤子という一人の女性に。いや、彼女の作った、この「プラージュ」という秩序に。

そう。私は潤子に、嘘はつかなかった。しかし真実のすべてを話したわけでもなかった。それは潤子も分かっていただろう。そして彼女は、いつか私が罪のすべてを告白することを望んでいるだろう。そのように、しようと思う。私は私が犯した罪のすべてをここに記すことにする。

まず、これまで「A」としてきた人物は加藤友樹である。「B」は津田重明、「C子」は板野千春という名前だ。

そして加藤友樹の幼馴染み、津田重明を殺害したのは、他でもない、この私だ。

事件の一年ほど前から、私は盗難車の不正輸出について調べ始めていた。車を盗む実行犯、それを買い取るブローカー、輸出しやすいように解体、改造する修理業者、輸出ルートを握るコーディネーター、現地で売り捌く海外マフィア。その構造は極めて重層的であり、取材もひと筋縄ではいかないものだった。

そんな中で私が目をつけたのが、津田だった。彼が勤めていた会社は、表向きはどうということのない中古車販売業者だが、実態は毎年億単位の金を稼ぎ出す盗難車ブローカーだった。当然これには、日本の暴力団も絡んでいる。彼自身はそうと知らずに入社したのかもしれないが、少なくとも私が目をつけた時点ですでに、津田はいっぱしのブローカーになっていた。

こういった反社会勢力と接触せざるを得ない取材の場合、私は必ず架空の身分を用意するようにしている。ニセの名前、年齢、名刺、社名、住所。携帯電話も普段使っている番号とは別のものを用意する。このときは後々追跡されないよう、俗に「飛ばし」と呼ばれる使い捨て携帯を調達した。ただ、一度だけ津田との待ち合わせ場所に自分の車でいったことがあった。このことを、私は今でも強く後悔している。

取材自体は、まず店舗を訪れ、中古車を物色する振りをして近づき、次に偶然を装って飲み屋で声を掛ける方法をとった。景気悪いですよね、何かいい儲け話はないですかね。最初は、そんな毒にも薬にもならない世間話から入った。私は会話の合間合間で、こまめに津田を褒めた。服のセンスがいい。張りのある声が羨ましい。目の輝きが違う。営業マン、セールスマンとしては、天性のものを持っている。もっとメジャーな企業でも、全然勝負できるんじゃないですか。でも、それじゃ今の会社が困っちゃうか。津田さんみたいに魅力的な社員、会社は絶対に手放したがりませんもんね――。

津田は拍子抜けするほど簡単に乗ってきた。今の会社、店の構えはあんななりだけど、売り上げはなかなかのもんなんだ。自慢みたいになっちゃうけど、営業マンの中でも、数字を一番持ってるのは俺なんだ。俺に抜けられたら、そりゃ会社は困っちゃうだろうね。

すべて調子のいいデタラメだったが、そんなことはどうでもいい。津田が私に気を許し、会社の裏事情についてペラペラ喋り出す、そのときを私は辛抱強く待った。だいぶ酒も奢った。昨日競馬で勝ったから、女が銀座のホステスやってて小遣いをくれるから、などと適当な理由をつけては津田を誘い出し、毎回好きに飲ませた。最初は津田も遠慮したが、いや、津田さんといると楽しいんだ、自分までデキる人間になった気分になれる、俺だってまだまだやれる、頑張れる気がする——そんなふうに私が繰り返すと、津田もまんざらではない顔をした。

やがて、津田は得意気に喋るようになった。ここだけの話、と前置きした上で、盗難車輸出ビジネスの内情について語り始めた。私は、それは凄い、自分も一枚嚙みたいと煽《あお》り、さらに具体的な情報を求めた。どんな人間が盗難の実行役を担うのか、修理業者はどの程度まで分解、改造するのか、それぞれの報酬はどれくらいなのか、輸出コーディネーターとは何者なのか、輸出先のマフィアとはどれくらいつき合いがあるのか。

すべてを聞き出してしまえば、もう津田のような三下《さんした》に用はない。私は自身の身分を明らかにし、これを記事にするつもりだと津田に告げた。意外にも津田は、さして驚いた顔をしなかった。私がマスコミの人間であることに、薄々気づいていたのかもしれない。「まあいいや」とふんぞり返った津田は、すぐに「じゃあ、情報料ちょうだい」と手を出してきた。私は事を穏便に済ませるために、三万円を支払った。

早速、私は津田から得た情報を原稿にし、裏社会ネタを得意とする週刊誌や月刊誌に売り込んだ。むろん、個人名までは書かなかった。修理業者やコーディネーター、マフィアについても細部はボカし、特定できないよう配慮した。私自身の名前も出さなかった。

だが、どんな記事でも問題が起きるときは起きる。編集部に恐喝紛いの電話が入り始めたのは、私の記事を載せた週刊誌が店頭に並んだ三日後だった。編集部は私をかばってくれた、と思う。実際、私のところに直接抗議や恐喝の類が及ぶことはなかった。

津田重明、本人からの接触を除けば——。

事件当夜の九時頃。津田はいきなり、小金井市関野町にある私の自宅アパート前に現われた。私はたまたま近所のコンビニにタバコを買いに出ており、戻ってみると、誰かが私の部屋の前に立っていた。明かりを点けたまま出てしまったので、在宅だと勘違いしたのかもしれない。私も私で、まさか津田だとは思わず、「何か用ですか」と声を掛けてしまった。

振り返った男の顔を見、津田だと分かった瞬間、私は踵《きびす》を返し、走って逃げ出した。

なぜ奴に、住まいが割れたのだ――。

心当たりは一つしかなかった。車だ。私はある日、午前中から別件の取材が入っていたため、津田との待ち合わせに車でいかざるを得ない状況にあった。それでも用心はしていた。待ち合わせ場所から少し離れたコインパーキングに停め、津田には車を見られないよう注意した。しかしその夜、私が酒を飲まなかった時点で、津田は私が車できていることを見抜いていたのかもしれない。そして密かに私のあとを尾け、車のナンバーを確認した――。

通常、一般人が車両ナンバーから所有者の個人情報を引き出すことは、迷惑駐車など特別な事情がない限り、できない。だが津田は中古車販売業者の人間だ。陸運局に手を回し、ナンバーから私の住居を突き止めるなど造作もなかっただろう。

走って走って、私が行き着いたのが、都立小金井公園だった。住まいの近所だというだけで安易に逃げ込んでしまったが、特に内部の造りに詳しいわけではなかった。また、必死さという意味では津田の方に分《ぶ》があったのは事実だろう。私は津田に追い詰められ、責め立てられた。

なぜ、喋ったのが俺だと分かるような書き方をした。

してない。個人は特定不可能なように細心の注意を払った。

だったらなんで俺が組織に追われるんだ。

知らない。そっちの事情と、私は一切関係ない。

どうでもいい。この前みたいな端金じゃ割に合わない。もっとまとまった金をよこせ。百万だ。今すぐ百万用意しろ。

そんな金はない。フリーのライターが、百万なんて持ってるわけがないだろう。

じゃあ五十万だ。五十万ならＡＴＭで下ろせるだろう。

五十万も無理だ。勘弁してくれ。

駄目だ。出さないなら、俺がお前をマフィアに売る。記事を書いたのは早見陽一という男だ、奴を始末しないと、この先もヤバい情報がドンドン記事になる、連中にそういうぞ。住所も何もかも、全部連中にバラしてやる。お前、消されるぞ。間違いなく。

ちょっと待て。俺は、そんな記事なんて書かない。

バカが。そんなことはどっちだっていいんだ。俺に誠意を見せろっていってるんだ。いいからキャッシュカードを渡せ。そこに入ってる全額で勘弁してやる。

おい、よせ、やめろ――。

揉み合いになり、気がついたら、私は津田の首を両手で絞めて殺していた。

そのときは罪の意識より、これでマフィアに狙われる心配はなくなったという、安堵の方が大きかった。一方、頭は比較的冷静に働いていた。所持品に何か自分に繋がるものがあってはマズいと思い、津田の服のポケットを探った。むろん、指紋が付かないようにハンカチを使った。首の辺りも丁寧に拭った。皮膚からも指紋検出は可能なので、その点は注意した。現場から持ち去った所持品は財布のみだが、調べても大したものは入っていなかった。現金が三千円とちょっと。私に繋がるような情報は、メモ一枚入っていなかった。

だが自宅に帰ると、急に怖くなった。記者時代には「サツ回り」も経験している。警察の捜査手法やその執拗《しつよう》さは嫌というほど知っている。自分は早晩逮捕されることになるだろう。でも、せめてそれまでは、これまでと変わらない生活をしていよう——。

ところが予想に反し、捜査の手はいつまで経っても私のところには伸びてこなかった。さらにあろうことか、私にとっては奇跡ともいえる情報が飛び込んできた。

会社員・津田重明氏殺害の容疑で、三十八歳の会社員を逮捕——。

まったく、笑いが止まらなかった。ジャーナリストの立場からすれば、冤罪は最も憎むべき過ちであり、捜査機関の怠慢ではあるが、このときばかりは大いに感謝した。さらに驚くべきことに、裁判では被告、加藤友樹に十二年の実刑判決が言い渡された。

よかった。警察も検察も、弁護士も裁判所も、馬鹿ばっかりで本当に助かった。でもありがとう、大馬鹿たち。君たちは、日本で最高の愚か者揃いだ——。

この時点で、私は完全に気が抜けてしまったのだろう。事件のことを頭の隅に追いやり、思い出すことすらしない日が多くなっていった。あるいはあの夜、私が津田重明の首を絞め、財布を持ち去ったのは事実だが、実は完全に死んではいなかったのかもしれない。その後に何者かが現場に現われ、意識の混濁した津田にとどめを刺した。それが加藤友樹だったのではないか。そんな、自分にとって都合のいい妄想を、自分で信じるようになっていたのかもしれない。

だからこそ、二審で出た無罪判決には死ぬほど焦った。

このままでは駄目だ。どうしたらいい。

そうだ。そもそも一審では有罪判決が出ているのだから、加藤を犯人とする見解にはそれなりに説得力があったはず。そこをなんとかできないか。その部分を穿り返して、警察や検察、司法の怠慢を糾弾する形で、あるいは裏で司法取引があったように匂わせて、やはり真犯人は加藤友樹だったのだと、そういう形に持っていくことはできないだろうか。さらに加藤友樹という人間の醜さを暴き立てることで、やはりこいつが犯人だったに違いない、そう世間に信じ込ませることも可能なのではないか——。

これが、私が加藤友樹に近づいた理由であり、「プラージュ」に潜入した目的のすべてだ。

ただ、今は——。

身勝手なようだが、とても、苦しんでいる。

己の醜さに、心底嫌気がさしている。

でも、感謝もしている。短かったが、「プラージュ」の住人として過ごすことができて、本当に幸運だったと思っている。

友樹くん。本当にすまなかった。君の人生を台無しにしたのは、この私だ。君から親友を奪ったのも、私だ。赦してくれとはいえないし、いわない。思いきり憎んでくれていい。できることなら、法廷で裁かれる醜い私を見て、嗤ってくれ。罵《ののし》ってくれ。ただ、赦してもらえないのは当然だが、謝罪はさせてほしい。本当に、申し訳ありませんでした。私は生涯を懸けて、君と津田重明氏に謝罪し、罪を償っていくつもりです。

紫織さん。たくさんの、素敵な歌をありがとう。

通彦さん。何度も話し相手になってくれて、ありがとう。

美羽ちゃん。いつも私の分まで、朝食のトレイを下げてくれて、ありがとう。

貴生くん。いろいろ、ありがとう。

潤子さん。本当に、ありがとう。あなたに出会えなかったら、私は、いつまでも人でなしのままでした。今もそうですが、でも、ここからやり直したいと思います。それと、大変申し訳ないことですが、いま私はひと月分、家賃を滞納してしまっています。でもそれも、いま書いている原稿を仕上げて出版社から原稿料が振り込まれれば、来月と合わせて三ヶ月分、まとめてお支払いできます。それまでに、部屋の整理もします。

そして、家賃を綺麗に納めたら、その日のうちに出頭します。

ありがとう、プラージュ。私の、心の海辺――。

＊

読み終わって、最初に声を発したのは、美羽だった。

獣のように吼《ほ》え、ギプスのはまった右手で床を叩き始めた。それは、すぐに貴生が止めた。なおも美羽は暴れ、自分で自分を傷つけようとしたが、貴生がさせなかった。何かいえる言葉はないかと探した。君は悪くない、というのを見つけたが、口には出せなかった。美羽を抱き締めるだけで精一杯だった。

潤子は、エプロンの裾を両手で握ったまま、黙って震えていた。窓から細く射し込む西日が、その膝頭を照らしていた。

友樹は、プリントアウトした原稿を丁寧に重ね直した。縦横を揃え、小物入れにあった大型のダブルクリップで左端を留め、ノートパソコンと並べて、棚の上に置く。

しばらく友樹は、その原稿を見下ろしていた。何か抜け落ちてしまったような、空っぽな横顔だった。

やがて友樹は、近くにあった灰皿を引き寄せ、一本、タバコに火を点けた。それはそのまま、灰皿に置く。続けてもう一本点け、友樹はそれを吸った。大きく吐き出された煙が、西日に当たって白く浮かび上がる。雲の切れ間から射し込む、太陽の光にも似ている。

もうひと口吐き出しながら、友樹は呟いた。

「だからって、あれはねえよ……彰さん、反則だぜ」

美羽はいつのまにか、貴生の腕の中で大人しくなっていた。

ノートパソコンのディスプレイも、暗転して消えている。

表の道から「走っちゃ駄目」という、大人の、男の声が聞こえた。散歩にでも連れ出した、自分の子供に掛けた言葉ではなかったか。

彰の声に、似ている気がした。

そういう彼の未来や過去も、どこかに、あったのかもしれない。

＊＊

事務所のドア口で丁寧に頭を下げ、暇を告げる。

「お忙しいところ、お時間を頂戴いたしまして、ありがとうございました。また、もしお考えが変わるようなことがございましたら、お気軽にご連絡ください。いつでも、ご相談に上がります……では、失礼いたします」

今日、六軒目に飛び込んだところは、かなり敷地に余裕のある酒問屋だった。道に面した土地の一部を、コインパーキングとして活用してみませんか。台数は最少二台から、期間は最短三ヶ月から可能です——簡単にいうと、いま貴生がしているのはそういう仕事だ。コインパーキングの営業マン。さして自分に向いているとも、向いていないとも思わないが、とにかく一所懸命やっている。仕事があり、毎月決まった給料がもらえる。それだけで、本当にありがたいと思っている。

腕時計を見ると、午後四時二十分。まだもう一、二軒は回れる時間だ。こういう仕事は、百軒回って一軒決まれば占めたもの。逆に、百軒回れば一軒くらい決まるさ、くらいの気構えでちょうどいい。三年も続けていれば、それくらいには肚も据わってくる。とにかく数をこなす。腐らず回り続ける。それしかない。

「ごめんください。私、『ドゥ・パーク』の、吉村と申します……」

今の会社には、採用面接を受けた時点で執行猶予中であることを告白してある。その上で、

「お給料がいただければどんな仕事でもします。とにかくやり直したいです。身を粉《こ》にして働きます。死ぬ気で頑張ります。目一杯働いて、今お世話になっている方々に恩返しがしたいです。一ヶ月でもいいです。試しに使ってください。その一ヶ月で、自分を判断してください。それが過ぎたら、次の一ヶ月を見てください。いつでもクビになる覚悟はできてます。毎日が採用試験だと思って頑張りますので、なにとぞ、よろしくお願いしますッ」

声を大にしていい、頭を下げたら、採用された。

後日、面接官を担当した営業部の部長が、こっそり教えてくれた。

「……うちの社長、息子さんが昔、けっこうヤンチャだったみたいでさ。こんな入社希望の奴がいるんですけど、どうしましょうっていったら、ニヤッとして……使ってやれよ、って。俺なんかが、聞いたこともないような、優しい声でさ、いったんだぜ。……吉村。お前、ほんと頑張れよ。みんな、見てっからな」

その期待に応えられているのかどうか、自分では分からない。でも、三年はクビにならずに置いてもらえている。業績も、少しずつだが上向いてきている。それを喜べる自分がいることを、いま貴生は、何より嬉しく思う。

「……ありがとうございました。では来週の火曜日、ご連絡差し上げまして、ご主人さまのご都合がよろしいときに、改めてご相談に上がります。夕方のお忙しい時間に、失礼いたしました。ごめんください。失礼いたします……」

ここは保留だが、少なくともNGではなかった。

よし。もう一軒、いってみようか。


美羽とは、雑色駅の改札前に夜七時、と約束してあった。

貴生の方が五分ほど遅刻してしまったが、しかし、そんなことで一々機嫌を損ねる美羽ではない。

「ごめん。会社出るのが、ちょっと遅くなっちゃって」

「別に。大丈夫」

相変わらずの不愛想だが、不思議とこれが、なんというか、不愉快ではないというか——いや、むしろ変に心地好い。

ただ一緒に歩き始めると、微妙に歩調が合わない。

「……どうした。今日、膝痛い？」

「電車が揺れて、ドアにぶつけた。でもすぐ治る。大丈夫」

「そっか」

あの事件で美羽が怪我をした個所のうち、左目と右脇腹、右手首は完治したようだが、左膝だけは今も季節や天候によって痛むことがあるようだ。なので、つい貴生も気にしてしまう。

「最近、仕事、どう？」

「大丈夫。問題ない」

美羽は事件後に普通自動車免許、今年になって中型免許を取り、現在はダンプトラックの運転手をしている。周りは気の荒い男ばかりなのでは、と貴生は心配したが、美羽は「別に問題ない」と事もなげにいう。大変なのは「洗車だけ」なのだそうだ。

ぶらぶら歩いていたら、二人で最初に入った喫茶店の前まできた。もう夜なので閉まっているのかと思ったが、

「……あれ、なくなってる」

「うん。潰れてるね」

看板は取り外され、出入り口にはベニヤ板が打ちつけられている。

「大した店じゃなかったけど……なんか、なくなると、寂しいな」

「うん。寂しい」

意外なひと言を聞き、貴生は思わず、美羽の顔を見てしまった。

「美羽ちゃん……寂しいんだ。ここ、なくなると」

「うん、寂しい。あったものがなくなると、寂しいってのは、分かる。椅子、嫌いだったけど」

「確かに、椅子、あんまよくなかったよね……へえ。でも、意外」

「別に。全然意外じゃない」

そんなことを話しているうちに、着いた。当たり前だが、「プラージュ」は以前と変わらず営業している。「OPEN」のプレートは少し大きいものに新調されていたが、表の壁も、ドア両側の照明も変わっていない。初めて貴生がきた当時のままだ。

ただし、今夜は「貸し切り」と書かれた紙っぺらが一枚、ドア脇に貼り出されている。

「こんばんはぁ」

「あぁー、貴生くん、美羽ちゃん、いらっしゃーい」

潤子がカウンターの中を小走りして近づいてくる。近頃は髪を伸ばしているのか、一つに括った髪が肩口でくるりと揺れる。

「おおーす、久し振りぃ」

カウンター席で手を挙げたのは、通彦だ。彼もすでに「プラージュ」を出て、今は豊島区に住んでいる。二度ほど、池袋で一緒に飲んだこともある。

「お久し振りです……あれ、通彦さん、ちょっとこの辺、ふっくらしました？」

貴生が顎周りを示すと、通彦はさも嫌そうに眉をひそめた。

「なんだよぉ、ちょっとスーツ着て仕事してるからって、偉そうに」

「別に、偉そうとか、関係ないじゃないですか」

そんなことをいっていたら、ドア口にのっそりと大きな影が現われた。

「……お、集まってるな」

友樹だ。無精ヒゲは相変わらずだが、着ているものは以前よりだいぶ洒落ている。ミリタリーっぽいデザインのデニムシャツ。けっこう似合っている。

「お久し振りです、友樹さん」

「貴生くん、スーツ……まあ、思ったより、似合ってる……かな」

「なんすか、もう、みんなして。俺、ここにきたときは確かにジャージでしたけど、その前はちゃんとスーツ着て仕事してましたから。全然、珍しくもなんともないですから」

今日はスーツのことばかりいわれるが、みんなとは去年も一昨年も、これくらいの時期に会っている。ただ、そのときはたまたま休みだったので、カジュアルな恰好できただけのことだ。

むしろ、この一年で変化があったのはみんなの方だろう。

「友樹さん、あった?」

「ああ、これでいいんだろ?」

「うん、そう。ありがと」

潤子が友樹から、何かボトルの入った紙袋を受け取る。二人は去年の冬に入籍し、今はこの近くのマンションに住んでいる。なので現在、上の七部屋は全部貸し出されているはずだ。

さらに大きな変化があったのが、この二人だろう。

「……こんばんはァ」

「あ、紫織さん、ヒロシくん、いらっしゃーい」

「こんばんは。ああーっ、美羽ちゃん、貴生くんも、久し振りぃ」

いや、三人というべきか。

紫織はカウンターに近づき、胸に抱えていた赤ん坊を、「よっこらしょ」と潤子の方に向けた。潤子が、滑稽なほど相好《そうごう》を崩す。

「エリカちゃんも、いらっしゃあーい。ちゃんと、エリカちゃんの食べられるものも、用意してまちゅからねぇ」

紫織とヒロシが結婚したのが、例の事件の半年後くらい。エリカが生まれたのは、去年の秋頃だったろうか。

ヒロシ同様、昔から紫織を気に入っていた通彦はさぞ面白くなかろう、と思ったのだが、実際にはそうでもない。

「お、おっおっ、俺にも抱っこさせてくれ。エリカちゃん、ちょっと、みっちゃん小父《おじ》ちゃんのところに、おいで。ほい、おいで」

通彦が両手を出すと、ヒロシが大人げなくその邪魔をする。

「ダメダメェ。こんなおっさんに抱っこされたら、すーぐ妊娠させられちゃうんだからぁ」

「あんだこの、チビッ子ギャング。喩えがゲスなんだよ、オメェはいつも」

この流れを止めるのは、昔も今も紫織の役目だ。

「もう、いい加減にしてよアンタたち。いい年こいて、いつまでも似たような漫才繰り返さないの」

そこでタイミングよく、潤子が「はいはい」と手を叩く。

「じゃあ、ぼちぼち始めましょうか。みんな、飲み物は何がいい？」

俺コロナ、俺は生ビール、私ウーロン茶、と各自が好き勝手に言い始める。

貴生は自分でも驚くほど自然に、カウンターの端に置いてある、伝票をはさんだクリップボードに手を伸ばしていた。

「はい、ちょっと待ってくださいね。……ヒロシさんがコロナ、紫織さんがウーロン茶で、通彦さんが……」

確かに、自分たちは似たようなことを繰り返している。ここにくれば、昔と変わらない夜があり、笑い声を聞くことができる。それでも、少しずつ自分たちは変わっていく。ここにこられなくなった人もいる。彰だけでなく、伸介も一昨年に亡くなった。死因は心不全だが、いわゆる「老衰死」だったという。

一緒に告別式に出た帰りに、美羽はいった。

「伸介さん、自分はいつ死んでも、一人のときに死んでも、孤独死じゃないからねって、いってた。だから、伸介さんが死んでも、あたしは、泣いちゃいけないんだって……だからあたし、泣かない」

毎日同じように見える潮の満ち引きでも、一つとして同じ波はない。変わることを怖れてはいけないし、変わってしまったことを嘆いてはいけない。

美羽が、貴生の肘を引っ張る。

「貴生くん。あたし、スミノフ」

「了解。美羽ちゃんがスミノフ、と……」

ドリンクオーダーは、これで全員分揃っただろうか。

八時頃にはシュウジやマルもやってきた。さらに現役の住人たちも加わり、九時頃には友樹がギターを弾き始め、みんなで唄い始めた。

そうなると、困るのは乳飲み子を抱えた紫織だ。

「潤子さん。今って部屋、全部埋まってるんだっけ」

「ああ、大丈夫よ。一番手前の右側、昔の友樹さんの部屋が空いてるから、使って……そうだよねぇ、エリカちゃんだって、もう眠いよねぇ。でも、ちょっと待ってて。お布団用意しないと、寝かせらんない」

「ありがと。じゃ、すみません。お願いします」

少しずつ人が減り始めたのは、十一時頃だったろうか。十二時には現役の住人もみな上に引き揚げ、結局、最後は「あの頃」の住人だけが残った。

友樹はギターを奥の壁に戻し、カウンターでアーリータイムズのロックを飲んでいる。

その隣には美羽。飲んでいるのは焼酎の水割りだ。

一つ置いて、通彦。やはりアーリーのロック。

その隣は紫織。エリカが寝ついたので、ヒロシに添い寝を代わってもらい、下りてきたのだ。すっかり酒を飲まなくなった紫織は、ホットミルク。

貴生は潤子と一緒に、カウンターの中にいる。飲み物も同じジントニック。

美羽と通彦の間。カウンターの上には、大きめの封筒が一つ、置かれている。中には彰の原稿が入っている。その横には、やはりアーリーを注いだロックグラスがある。潤子によると、彰はある頃から、友樹と同じこの酒を愛飲するようになったという。

潤子がグラスを手に取る。

「じゃ、彰さんに……乾杯」

「乾杯」

六つのグラスが、封筒の真上に集まる。それから一人ずつ、横に置いてあるロックグラスにカチン、コチンと当てては、散っていく。

最後に当てたのは、潤子だ。

「……ごめんね、彰さん。今年もお墓参りいけなくて」

だな、と友樹が頷く。

「越谷って、けっこう遠かったもんな、こっから」

紫織が、両手で持っていたマグカップをカウンターに置く。

「命日じゃなくてもいいから、いっぺん、みんなで一緒にいけたらいいね」

通彦が、カランとグラスの氷を鳴らす。

「じゃ、またいくか。レンタカー借りて」

珍しく、それについては美羽がはっきりと頷いた。

「……運転、あたしがする」

そっか、と通彦が、からかい顔で美羽を見る。

「プロのドライバーだもんな……ダンプの」

それにも、美羽は深く頷いた。

「それくらい……したい。それくらいしか、あたし、できない」

友樹が、美羽の頭のてっぺんを、くしゃくしゃっと撫でる。

「そんなことないって。美羽ちゃん……そんなこと、ない」

何度も繰り返したような夜が、また一つ、過ぎようとしている。

同じ夜は一つもないけれど、どの夜も、同じように愛おしい。

自分たちはみな、それぞれ罪を犯したけれども、一つとして同じ罪はないし、一人ひとり、みな違う人間だった。

明日は、また仕事がある。

二度と繰り返すことのない一日が、自分を待っている。

そんなことを最近、貴生は、とても尊いと感じるようになった。

初出

「パピルス」2014年6月号 vol. 54～2015年2月号 vol. 58

〈著者紹介〉
誉田哲也　1969年東京都生まれ。2002年に『妖の華』で、第2回ムー伝奇ノベル大賞優秀賞を受賞しデビュー。03年に『アクセス』で第4回ホラーサスペンス大賞特別賞を受賞。著書に『ストロベリーナイト』『ジウ』『武士道シックスティーン』『ケモノの城』『インデックス』など多数。最新作は『武士道ジェネレーション』。

GENTOSHA

プラージュ
2015年9月15日　第1刷発行

著　者　誉田哲也
発行者　見城 徹

発行所　株式会社 幻冬舎
〒151-0051 東京都渋谷区千駄ヶ谷4-9-7

電話:03(5411)6211(編集)
03(5411)6222(営業)
振替:00120-8-767643
印刷・製本所:中央精版印刷株式会社

検印廃止

Printed in Japan
ISBN978-4-344-02824-1 C0093
幻冬舎ホームページアドレス　http://www.gentosha.co.jp/

この本に関するご意見・ご感想をメールでお寄せいただく場合は、
comment@gentosha.co.jpまで。